풍로기

풍류

옛 사람과 나누는 술 한잔

|신정일 지음|

한얼미디어

옛 사람과 나누는 술 한잔

풍류란 바람 풍(風)자와 흐를 유(流)를 쓰는 것에서 보듯 말 그대로 자연스러움을 내포하고 있다. 그래서 풍류를 "풍치가 있고 멋스럽게 노는 일" 또는 "운치가 있는 일"로 풀이하기도 하고, "아취가 있는 것" 혹은 "속된 것을 버리고 고상한 유희를 하는 것"이라고 하기도 한다.

자연과 인생, 그리고 예술이 혼연일체가 된 삼매경에 대한 미적 표현이라고도 부르는 풍류에는 자연적인 요소, 음악적인 요소, 현실을 뛰어넘는 이상적인 여러 가지 것들이 다 포함되어 있다. 풍류에는 멋과 맛, 그리고 예술적인 모든 것들과 함께 남녀간의 사랑도 일부 포함되기도 한다. 풍류는 자연을 가까이하는 것이고, 멋이 있는 것, 음악을 아는 것, 예술에 대한 조예, 여유, 자유분방함, 즐겁고 아름답게 노는 모든 것들이 포함되어 있다. "풍류 없는 곳에 또한 풍류 있다(不風流處 他風流)"라고 《벽암록》에 실려 있는 것처럼 우리 옛 선인들은 풍류를 통하여 사람을 사귀었고, 풍류를 통하여 심신을 단련하였다. 자연과 같이하는 삶, 사람과 사람 사이 끈적끈적한 정으로 살았던 옛 사람들의 생활과 달리 지금은 대부분의 사람이 도회지에서 마치 섬에 갇혀 지내는 로빈슨 크루소처럼 단절된 채

고립된 삶을 살아가고 있다.

이러한 때 옛 선인들의 글과 멋스러운 행동을 통해 우리 민족의 풍성하고 아름다웠던 삶의 지혜를 배우고자 한다. 그 속에서 옛 사람들의 풍류, 즉 어떻게 놀고, 어떻게 공부하고, 어떻게 사는 것이 진실로 아름다움인가를 깨닫고자 한다. 나는 일찍이 《나를 찾아가는 하루 산행》이란 책에서 우리 옛 풍속 중에 '즐풍과 거풍'에 대해 이야기한 적이 있다.

우리의 옛 선조들은 오늘날 성행하고 있는 것처럼 단순히 정상에 오르기만을 위한 산행을 하지 않았다고 합니다. 정상에 올라 야호를 외치거나 기념사진을 찍고 마치 시시포스가 돌을 밀어올리고 나서 허무하게 다시 산에서 내려가는 것은 아니었지요. 그들은 산의 정상에 오르면 가쁜 숨을 고른 다음에 상투를 틀고 긴 머리를 풀어헤쳤다고 합니다. 1년 내내 망건으로 죄고만 있어야 하는 머리를 풀고 바람 부는 방향에 서서 그 머리를 바람에 맘껏 날렸다고 합니다. 바람으로 빗질을 하는 이 풍습을 즐풍(櫛風)이라고 했는데, 이 즐풍은 방향을 가려서 하였습니다. 동풍은 좋지만 서풍이나 북풍에서는 하지 않는 법이라서 그날 풍향을 살펴서 동남풍이 불어야 이 즐풍을 위한 등산을 하였다고 합니다. 즐풍, 즉 바람으로 머리 빗질을 한 다음 거풍(擧風) 단계로 접어드는데, 바지를 벗어 하체를 드러낸 다음 햇살이 내리쬐는 정상에 하늘을 보고 눕는 것이 거풍이었지요.

이러한 즐풍과 거풍 습속은 인간사회에서 억세게 은폐하고 얽매어 놓았던 생리적 부분을 탈 사회화하여 해방하는 뜻도 있지만 그 목적은 실리를 취한 것으로서 자연 속에 흩어져 있는, 정을 받는 동작이며 의식이 있던 것이라고 할 수 있습니다.

태양과 가장 가까운 산중에서 하체를 노출해 태양과 맞대면시켰던 거풍 습속은 양(해) 대 양(성기)의 직접적인 접속으로 양기를 공급받을 것으로 믿었던 유감주술에서 비롯된 것입니다. 지금도 남도에서는 거풍재, 거풍암 등이 지명으로 남아있고, 속담에 "벼랑 밭 반 뙈기도 못 가는 놈 거풍하러 간다"라는 말을 보면 거풍 습속이나 즐풍 습속이 보편화하여 있었음을 알 수 있지요.

이에 반해 우리 현대인들은 놀 줄을 모른다. 노는 방법을 모르다 보니 밥 배불리 먹고 술 마시고 2차를 가서 '돈 받고' 노래 부르는 것이 아니라 '돈 주고' 노래를 부른다. 그나마 예전에는 대부분의 사람이 가곡에서부터 가요 또는 팝송까지 그래도 몇 곡씩은 할 줄 알았는데 노래방 세대가 되다보니 노랫말이 화면에 뜨지 않으면 노래 한 곡을 제대로 부르는 사람을 찾아보기가 어렵다. 악쓰고 춤추는 사이 바람처럼 지나가는 세월이 된다.

하지만 옛 사람들은 어떻게 놀았을까. 정월 초하루, 정월 대보름, 삼월 삼짇날, 사월 초파일, 오월 단오, 유월 유두, 칠월 칠석, 칠월 백중, 팔월 한가위, 구월 중양절, 십일월 동짓달 등 달이면 달마다 그 달에 맞는 놀이를 통해 심신을 단련하고 서로 동질성과 대동정신을 함양했다. 특히 삼월 삼짇날은 나라에서 노인들에게 봄기운을 맞게 하려고 노인 잔치를 열었으며, 진달래꽃으로 떡과 국수 술을 만드는 놀이를 벌이기도 하였다. 백중에서 중양절 무렵까지, 서로 가까운 곳을 정해 만나서 놀다가 헤어지는 반보기나 봄가을 냇가에서 고기를 잡으며 즐겼던 천렵놀이나 봄나물을 뜯으며 즐겼던 상춘놀이는 일반 대중의 놀이였고, 선비들은 정자나 누각에서 좋아하는 몇 사람이 만나서 시를 읊으며 세상을 논하였다. "산천을 유람하는 것은 좋은 책을 읽는 것과 같다"라는 말이 있는데, 산천 유람은 조선시대 사대부들의 최상의 놀이였다. 또 요즘 중요시 하는 태교를 보자. 옛 사람들은 자연에서 그 태교법을 찾았는데, 솔잎 스치는 바람소리와 댓잎 스치는 바람소리, 그리고 맑고 청아하게 흐르는 시냇물 소리를 들으며 그것을 태교로 활용했다. 자연과의 교감을 중요하게 생각했던 것이다.

　이 책에서는, 옛 사람들이 어떻게 어려운 시기를 극복했고 스스로 자존을 지켜갔는가에 대한 이야기, 그들의 삶의 지혜와 주색(酒色)이라고 표현되는 술과 여자에 대한 이야기, 그리고 사람과 사람 사이의 관계, 즉 옛 사람들은 자연과 합일되는 삶을 살면서 어떻게 슬기롭게 당대를 살아갔는가에 대한 이야기를 할 것이다. 권력과 재물과 속도만이 중시되는 현실에서 마음의 평안과 느림의 미학을 통해 삶의 본질을 되짚어 볼 것이다.

2007년 4월
신정일

나는 것은 순서가 있어도 가는 것은 순서가 없으니 | 좋아하는 것과 싫어하는 것 | 이마를 만지기를 원하오 | 자식을 낳으면 서울로 보내고 말을 낳으면 제주로 보내라? | 나를 사랑하듯 남을 사랑하라 | 배가 물에 흘러내리듯 걸어야 | 백이 숙제가 원수 | 탐관의 해악은 작고 청관의 해악은 크다

참고문헌

나는 얼마나 한가한가

【 자유롭게 노는 법 】

새벽녘 연꽃이 필 때 나는 소리

- 정약용의 죽란시사와 청개화성聽開花聲

예나 지금이나 마음에 맞는 사람끼리 어떤 모임을 만들어 만나는 것은 변하지 않는 풍경이지만 그렇게 만나서 노는 방법은 전혀 다르다.

봄가을에 만나서 꽃구경을 가는 모임도 있고, 나라 곳곳의 찻집을 찾아다니며 차를 즐기는 모임도 있으며, 전국도 모자라 세계 곳곳의 골프장에 다니며 골프를 즐기는 모임에, 전국의 맛 집을 찾아 식도락을 즐기는 모임도 있다. 산을 좋아하는 사람들도 많은데 그 중 어떤 사람들은 오로지 지리산이나 설악산만 좋아하여 다니는 사람들의 모임도 있고, 사진 동우회 중에서도 세분화되어 꽃 사진을 찍는 사람들이나 낚시, 심지어 도박까지 수많은 모임이 여러 형태로 그들만의 놀이를 즐기며 살아간다.

그렇다면 옛 사람들은 어떤 모임을 만들어 어떻게 놀았을까?

강진의 유배지, 그 열악한 환경 속에서 수많은 저작을 남긴 다산 정약용도 젊은 날에는 풍류를 즐겼는데 아래의 글은 정약용의 《여유당전서與獶堂全書》에 실린 것이다. 당시 정약용과 친교를 맺었던 이치훈, 이유수, 한치응 등 열네 명의 뜻 맞는 선비들이 죽란시사竹欄詩社라는 풍류계를 맺고서 다음과 같은 규약을 정했다.

살구꽃이 피면 한번 모이고, 복숭아꽃이 필 때와 한여름 참외가 무르익을 때 모이고, 가을 서련지西蓮池에 연꽃이 만개하면 꽃구경하러 모이고, 국화꽃이 피어 있는데 첫눈이 내리면 이례적으로 모이고, 또 한 해가 저물 무렵 분에 매화가 피면 다시 한번 모이기로 했다.

서련지의 연못은 연꽃이 많기도 했지만 또한 크기로도 소문이 자자했다. 죽란시사로 맺은 선비들이 동이 트기 전 새벽에 모여서 배를 띄우고 연꽃 틈에 갔다 귀를 대고는 눈을 감고 숨을 죽인 채 무엇인가를 기다렸는데, 그것이 바로 연꽃이 필 때 나는 소리였다. 그들은 꽃이 필 때 청량한 미성을 내며 꽃잎이 터지는 그 연꽃의 아름다운 소리를 듣기 위해서 갔던 것이다.

마치 꽃이슬을 마음속에 떨어뜨리는 듯한 그 청량감, 즉 청개화성聽開花聲을 소중하게 여겼던 선비들의 그윽하고도 절절한 멋인 풍류가 이미 사라진 지 오래고 선비들이 연잎에 가득 술을 따라놓고 구멍이 연근처럼 뚫린 연대로 그윽한 연의 향기와 함께 술을 마시던 풍류 역시 사라진 지 오래다. 연꽃이 아름답기로 소문이 난 전북 전주 덕진연못이나 나라 안 곳곳의 연지에서 여름 새벽에 청개화성을 체험한다면 얼마나 운치 있고 재미있을까?

나도 그대도 자연인데

- 이행과 자연대설 自然臺說

'네 탓이 아니고 내 탓'이란 말이 유행하던 시절이 있었다. 그렇게 자신의 탓으로만 돌리는 것도 보기가 좋은 것은 아니지만, 스스로 경계하고 세상을 아우르려는 자세만큼은 우리가 배우고 따라야 할 것인지도 모른다. 세상의 일은 모든 것들이 서로 맞물려서 일어나는 것이지, 어느 한 가지 때문에 잘되고 못 되는 것이 아니기 때문이다.

옛 사람들은 나라의 일이나 세상의 일이 잘못되면 가장 먼저 자신의 덕이 부족해서 이런 일이 일어났다고 여겼지 타인을 탓하지는 않았다. 그러나 날이 갈수록 내 탓이라고 여기는 사람은 줄어들고 네 탓이라고 목청을 돋우는 사람들이 더더욱 늘어나 그들의 함성이 하늘을 찌를 듯 높아만 가고 있는 요즈음, 옛글을 읽다가 보면 그 사람들의 우정관이나 자연관이 부럽기만 하다. 다음은 이행의 《용재집容齋集》에 실린 '자연대설自然臺說'이다.

연풍에서 동북쪽 멀리 수회리라는 마을이 있으니, 좌우로 오직 큰 산이다. 좌측 봉우리는 산기슭이 완만히 뻗어서 우측으로 돌아서는 깎아지른 벼랑이 되어 물 쪽 시냇물 속으로 빠져들고 시냇물은 콸콸 흘러서 벼랑을 따라서 휘감아 도니 이 마을의 이름은 여기에서 얻어진 것이다. 이 벼랑도 모두 삼면이 바위이고 높이는 100여 척이며, 위는 평평하고 넓어서 백여 명의 사람이 앉을 수 있으며, 늙은 소나무 몇 그루가 있어 그 그늘이 짙다.

동행한 산수山水의 벗 홍자청이 이름을 지어달라고 청하기에, 내가 자연대自然臺라고 명명하였다. 자청이 무릎을 꿇고 말하기를 "소나무의 껍질을 벗기고, 글자를 새긴 다음 먹으로 채우겠으니 그 설說을 지어 주십시오" 하였다. 이에 내가 "산이 우뚝함도 자연이요, 물이 흘러감도 자연이요, 벼랑이 산수의 형세를 점거하여 독차지하고 있음도 자연이요, 오늘 우리가 이곳을 만난 것도 자연이요, 내가 그 자연스러움을 따라서 자연이라 한 것 또한 자연이라 할 것이다" 하였다. 이에 자연대로 삼노라.

영국의 시인 워즈워스를 찾아온 방문객이 워즈워스의 하녀에게 주인의 서재를 보여 달라고 하자 하녀는 이렇게 대답했다고 한다. "여기가 주인님의 책을 보관하는 곳입니다. 그러나 주인님의 서재는 야외입니다." 나도 역시 그와 비슷한 질문을 받는데, 어떤 이가 "사무실이 어디쯤인지요?" 하고 묻는다. 나는 "전주 덕진동입니다"라고 대답한다. 그러면 다시 묻는다. "서울이 아니고 전주란 말입니까?"

모든 단체는 서울에 있어야 하고 서울이 중심이 되어야 하는데,

왜 전주냐는 것이다. 하지만 알고 보면 내가 잠시 자연으로 사는 동안은 온 나라가 다 사무실이고 도서관이고 일터이자 내 집인 것을. 몇 십 평의 잘 지어진 그림 같은 별장, 혹은 그가 소유했다고 믿는 재산이라는 것에만 목매어 지키고자 고군분투하는 대부분의 사람을 대하면 어찌나 가슴이 짠한지. 당장 눈앞에 보이는 이익과 권력 때문에 불과 몇 년이나 몇 달도 못 되어 안면을 바꾸는 것은 약과이고, 서로 죽이고 죽는 게임도 불사하는 사람들을 바라보면 지치고 지쳐서 기대고 싶은 삶이 더더욱 재미가 없다. 스스로 그러한 자연 속 일부인 인간이 자연스럽게 흐르는 물처럼 도란도란 얘기를 나누며 흘러서 너른 바다에 닿을 수는 없을까?

어리석게 산다는 것이 그처럼 어려우면

− 김일손과 치론痴論

무오사화로 희생당한 김일손에게 충북 제천 현감으로 있는 친구 권자범이 객관 서쪽에 헌軒을 짓고 기문記文을 청하였다. 이에 김일손은 집의 이름을 치헌痴軒(어리석은 사람이 사는 집)이라 했는데, 그 사연이 이 기문에 나와 있다.

내 벗 권자범이 고을을 다스린 지 3년 만에 객관의 서쪽 낭무廊廡를 수리하여 헌을 만들고 나에게 기記를 청하였다. 내가 자범에게 말하기를 "먼저 이름을 짓고 뒤에 기를 쓰는 것이 가한데 치헌痴軒이라고 이름하는 것이 어떠한가?" 하였다. 자범이 치痴에 대한 뜻을 묻거늘, 내가 웃고 대답하지 않으니 자범이 자못 불쾌한 모양이었다. 한참 만에 내가 말하였다.

"왕숙과 왕연의 어리석음은 은덕의 어리석음이요, 간사한 어리석음과 투기하는 어리석음은 교활한 자의 어리석음이요, 문文으로 해서 호치虎痴가 되는 것은 재주가 특이하여 어리석은 것이다. 술을 끊은 자도 어리석은 것이고, 관청의 일을 잘하는 자도 어리석은 것이다. 옛날에 어리석은 것으로 이름 하는 것이 하나가 아닌데, 자네의 어리석음도 또한 하나만이 아니다.

세상 사람은 대부분 말하는 것이 영리한데 자네만은 말에 어리석어서 말을 발하면 기휘忌諱에 저촉되고, 세상 사람은 모양을 차리기에 능한데 자네만은 동지動止가 어리석어 사람이 미워하게 되고, 세상 사람은 출세하는 데에 교묘하여 한 관등만 얻으면 잃어버릴까 근심하는데 자네는 교리校理의 청반淸班으로서 스스로 낮추어 궁벽한 고을의 현감이 되었으니, 이것은 벼슬에 어리석은 것이다.

세상 사람은 사무를 처리하는 데 민첩하고 백성을 다스리면서 칭찬받을 일을 제일 먼저 하는데, 자네는 홀로 아무 일 없이 재각에 앉아 휘파람이나 불고, 억센 호족과 교활한 자를 탄압하고 불쌍한 홀아비나 과부를 무휼撫恤하는 것으로 마음을 삼고, 부세賦稅를 독촉하는 데에는 서투르니 이것은 정사에 어리석은 것이다.

세상의 관리가 되어 용렬한 자는 백성을 수고스럽게 한다는 것을 핑계로 내세워 관사가 낡은 것을 보고도 기울고 허물어지는 대로 내버려 두어서 스스로 간이簡易한 정치를 행한다는 말을 하고, 일에 재간이 있는 자는 높은 집과 아로새긴 담장을 쌓지 않는 것이 없어서, 그것이 토목土木이 요망한 것이 되는 것을 알지 못하고 부지런하고 일 잘한다는 명성을 크게 날리는데, 자네는 제천에 있어서 낡은 집을 수리하였으니, 이미 용렬한 자는 되지 못하였고, 또 능력 있는 자도 되지 못하였다.

노는 사람을 부리고 백성을 수고롭게 하지 않으려 하여 오히려 사기의 마음을 수고롭게 하니, 이것은 일을 하는 데에 어리석은 것이다. 자네의 어리석은 것을 합하여 이 헌에 편액扁額하는 것이 마땅하다."

이 말을 들은 권자범은 "어리석은 것으로 나를 조롱하는 것은 괜찮지마는 나의 어리석음으로 해서 공관公館에 욕이 되게 하는 것은 좋지 않다"며 못마땅해하였다.

김일손은 다시 말하기를 "치痴라는 것은 우愚와 비슷한 것인데 또 비슷한 것으로는 졸拙이 된다. 안연의 우愚와 고시의 우愚와 영무자의 우愚가 모두 공자에게서 칭찬을 받았고, 주 무숙의 졸拙은 형벌이 맑아지고 폐단이 끊어지는 데에 이르렀으니, 그렇다면 치痴로 헌軒을 이름 짓는 것은 헌의 욕이 아니라 헌의 영광이다. 어리석은 현감을 얻었으니 조물주도 또한 이 헌에 대하여 다행으로 여길 것이요, 세상의 지교로 이름난 자일지라도 비록 이 헌을 하고 싶어도 되지 못할 것이다"라고 하였다.

이 말을 들은 자범이 이를 승낙하고서 "앞으로 처세를 더욱 어리석게 하여 남은 일생을 어리석게 마치겠다"고 하자, 김일손은 다시 "어리석음을 의식한 어리석음은 어리석음이 아니니 반드시 애써서 어리석게만 살 일도 아니다"라고 말하였다. 자범이 다시 "내가 세상의 교巧한 것을 싫어하여 나의 어리석음을 지키려고 하는데 어리석게 산다는 것이 그처럼 어려우면 어떻게 어리석게 살 수 있겠는가" 하자, 김일손이 "자네는 정말 어리석다" 하고서 바라보니 치痴, 즉 '어리석음'에 대한 이론에 지친 자범은 난간에 기대어 졸고 있었다고 한다.

_《신증동국여지승람新增東國輿地勝覽》

이 어리석음에 대한 유쾌한 이론은 혼란한 세상을 살아가는 데 지혜로운 삶의 방편이 될 수 있다. 그러나 권자범이 말한 바, "어리석게 산다는 것이 그처럼 어려우면 어떻게 어리석게 살 수 있겠는가"처럼 그리 쉽지만은 않은 듯하다. 동학에서는 사람의 덕의 표준을 "말이 없고 어리석고 서툰 것에 둔다"고 하였는데 현대를 살아가면서 그렇게 산다면 정신병원에 가 있거나 도태될 수밖에는 없을 것이다. 너무 똑똑한 사람이 많아서 오히려 탈이 많은 이 세상에서 어리석게만 산다는 것도 그처럼 어려운 일이다.

> 총명한 것은 어렵지만, 어리석은 것도 어려우며
> 총명함에서 어리석음으로 돌아오는 것은 더욱 어렵다
> 한번 포기하고 한 번 양보하면, 곧 마음이 편안해 지나니
> 그것은 나중에 보답을 얻기 위해서가 아니다

청나라 사람인 정섭의 〈난득호도難得糊塗〉라는 시이다. 어리석게 사는 게 힘든 것처럼 약간 손해를 본다고 여기면서 사는 것도 쉬운 일이 아니다. 현명하다고 여기는(?) 당신은 요즈음 어떤 삶을 살고 있는가?

이 세상에 사는 덧없는 삶이
가련하구나

- 유몽인의 지리산 유람기

나는 벼슬살이에 종사하면서 아침부터 저녁까지 겨를 없이 지낸 것이 벌써 23년이나 된다. (중략) 나는 올 봄에 두류산을 유람하여 숙원을 풀고 싶소. 누가 나와 함께 유람 길에 나서지 않겠소?

《어우야담於于野譚》을 지은 유몽인의 〈유두류산록〉의 앞부분이다. 두류산은 지리산의 옛 이름으로, 대부분의 선비들은 산천유람을 최상의 즐거움으로 여겼다. 하지만 세상의 일이란 것이 마음먹은 대로 되지 않는 일이라서 김일손도 "인연이란 어기기를 좋아하고"라는 말을 남겼다.

시냇가에는 큰 돌이 수없이 널려 있었다. 이곳의 이름을 흑담黑潭이라고 하였다. 나는 웃으며 말하기를 "세상에 단청丹靑의 그림을 좋아하여 자신의 솜씨를 최대한 발휘해 화려하게 꾸며 놓은 사람이 있었다네. 지

김홍도, 선인야적仙人夜笛, 종이에 담채, 48.5x94cm, 국립중앙박물관 소장.

단원 김홍도의 그림 〈선인야적〉에는 다음과 같은 화제畵題가 적혀 있다.

밤 깊어 학은 날아가고 가을하늘처럼 고요한데 夜深鶴去秋空靜
산 아래 푸른 복숭아꽃 봄을 맞아 반쯤 피었네 山下碧桃春半開

금 이곳을 보니, 돌이 희면 어찌 그리 푸르며 꽃은 어찌 그리 붉은가? 조물주도 한껏 화려함을 뽐냈으니, 그 화려함을 누리는 자는 바로 산신령이 아닌가."라고 하였다. (중략)

아! 이 세상에 사는 덧없는 삶이 가련하구나. 항아리 속에서 태어났다 죽는 초파리 떼는 다 긁어모아도 한 움큼도 되지 않는다. 인생도 이와 같거늘 조잘조잘 자기만 내세우며 옳으니 그르니 기쁘니 슬프니 하며 떠벌이니 어찌 크게 웃을 만한 일이 아니겠는가? 내가 오늘 본 것으로 치면 천지도 하나하나 가리키며 알 수 있으리라. 하물며 이 봉우리는 하늘 아래 하나의 작은 물건이니 이곳에 올라 높다고 하는 것이 어찌 거듭 슬퍼할 만한 일이 아니겠는가? (중략)

나 같은 사람은 우리나라 바다와 산을 모두 두 발로 밟아 보았으니, 천하를 유람한 자장(사마천)에게 비교할지라도 크게 뒤지지 않을 것이다. 내 발자취가 미친 모든 곳의 높낮이를 차례 짓는다면 두류산이 우리나라 첫 번째 산임은 틀림없다. 인간 세상의 영리를 마다하고 영영 떠나서 돌아오지 않으려 한다면 오직 이 산만이 편히 은거할 만한 곳이리라.

유몽인이 두류산 기행에 나선 것은 1611년에 남원부사로 임명된 그 해 봄이었다. 조선시대 때 지리산은 두류산으로 불리었는데 그 산을 오르며 유몽인은 인간 세상의 여러 일들에 대한 생각을 남겼다. 쌍계사에 남아 있는 최치원이 지은 진감선사의 비석을 보며 유몽인은 "여러 차례 흥망이 계속되었지만 비석은 그대로 남아 있고, 사람은 옛 사람이 아니다"라고 하였는데, 그 글을 읽다보니 문득 살

아온 내 생애가 가여워지며 《미공비급眉公秘笈》 속에 나오는 글 한 편
이 떠오른다.

천하에 가련한 사람은 자기는 스스로 가련하게 생각하지 않는 사람
이다. 그러므로 남에게 가련하게 보이지 말라 하는 것이다. 천하에 아끼
는 물건은 남들도 모두 아끼는 물건이다. 그러므로 남이 좋아하는 것을
빼앗지 말라 하는 것이다.

세상은 별 것이 아니다. 그런데도 버리지 못하고 연연해 할 것들
이 왜 그리 많은지……. 아무 가진 것 없이 지리산 그 깊은 산속으
로 들어가고 싶다.

흰 눈이 뜰에 가득하고
붉은 해가 창을 비치면
- 서로 평생의 즐거운 곳을 논하다

양촌 권근과 삼봉 정도전과 도
은 이숭인이 서로 평생의 즐거운 곳을 논하는데, 양촌이 다음과 같이 말
했다.

"흰 눈이 뜰에 가득하고 붉은 해가 창을 비치면, 따뜻한 온돌방에
병풍을 둘러치고 화로를 안고 한 권의 책을 손에 들고 그 가운데 쭉 뻗고
드러누웠는데, 미인은 수를 놓다가 때때로 바늘을 멈추고, 밤을 구어 먹
으면 이것이 족히 즐거움이 아닐까?"

이 말을 들은 정도전과 이숭인이 크게 웃으며 "자네의 즐거움이 족
히 우리들을 흥기胸驥시킬 만하네" 하였다.

_ 서거정, 《골계전滑稽傳》

내 어린 날의 꿈이라면 "좋은 책을 많이 장만하여 마음대로 읽을
수 있고, 어서 빨리 단칸 방에서 벗어나고 싶고, 내가 쓴 글이 책으
로 나와서 서점에 진열되는 것을 보고 싶고 아름다운 산천을 유람

하고 싶고 마음에 맞는 벗을 사귀리라"는 것이었다. 그 꿈은 대략 이룬 것 같은데, 그래도 무언가 허전하고 아직도 못 이룬 꿈이 남아 있는 것 같아 초조할 때가 많이 있다. 곰곰이 생각해보면 내 마음의 빈자리가 채워지지 않기 때문이기도 하지만 무엇보다 지금 '이 순간'을 '인생의 정점'이라고 생각하면서도 수긍하지 않는 내 마음 탓이리라.

허근선은 방광放曠(마음이 너그러워 말이나 행동에 거리낌이 없음)하여 사사로운 예절에 구애받지를 않았다. 친밀하게 지내는 벗들과 화단 속에다 잔치 자리를 마련하면서, 아예 장막을 치거나 좌석을 만들지 않고, 단지 동복들을 시켜 떨어진 꽃들을 모아 깔도록 하여, 그 자리에 앉으면서 "본래부터 있는 내 꽃방석이다" 하였다.

명나라 사람 오종선이 엮은 《소창청기小窓淸記》에 나오는 글이다. 나 역시 답사 길에 동행한 도반들을 위해 꽃방석도 만들어주고 낙엽방석도 만들어주지만 정작 나를 위한 꽃방석을 마련하지는 않았음을 이제야 알게 되면서 나는 누구와 벗하며 살았는가를 새삼스레 생각해본다.

청나라 때 사람인 장조는 《유몽영幽夢影》에서 "학식이 많은 벗과 대화를 나누는 것은 희귀한 책을 읽는 것과 같고, 시취詩趣를 아는 벗과 대화를 나누는 것은 훌륭한 작가의 시문을 읽는 것과도 같고, 사려 깊은 마음을 가진 벗과 대화를 나누는 것은 성현의 경서를 읽음과 진배없고, 재치 있는 벗과 대화를 나누는 것은 소설 전기를 읽는 것과도 같다"라고 했다. 그 뒤에, 여러 종류의 벗을 드는데 "시를 지을 수 있는 벗이 첫 번째, 대화를 잘 하는 사람이 두 번째, 그림을 잘 그리는 사람이 세 번째, 노래를 잘 부르는 사람이 네 번째, 그리고 주도酒道에 통한 사람이 다섯 번째"라고 말하고 있다.

그런 벗들을 위해 꽃으로 방석을 만들어 두고 불현듯 부르고 싶다. 내가 부르면 그대여, 망설임 없이 오겠는가?

술기운은 언제나 봄이라네

– 숨어사는 즐거움

손님이 초당을 지나가다 암서嚴棲(세상을 피하여 숨는 것)하는 것을 물었는데, 내가 응답하기 귀찮아 단지 옛 사람들의 시구를 가지고 대답하였다.

"무슨 감개感慨로 숨어 살기를 좋아하는가?" 하기에,

"일이 많은 가운데서도 한가로움을 얻었고 젊은 시절에도 족함을 알았노라" 하고,

"무슨 일을 하면서 해를 보내는가?" 하기에,

"꽃 심느라 봄이면 눈 치우고 글 보느라 밤이면 향 피우노라" 하고,

"무슨 일을 하며 살아가며 노년을 마칠 것인가?" 하기에,

"문필생활엔 흉년이 없고 술기운은 언제나 봄이라네" 하고,

"어디를 왕래하며 적막을 없애는가?" 하기에,

"찾아오는 손님 있을 때 인사 나눠보면 순박한 사람이네" 하였다.

_ 진계유, 《암서유사嚴棲幽事》

낙동강을 도보 답사할 때의 일이었다. 제방 둑길을 걸어가는데 내가 아는 원불교 교무님에게서 전화가 걸려왔다. 신도들과 함께 단풍놀이를 다녀왔으면 하는데 어디를 가면 좋겠느냐고 물어본다. 나는 전남 화순 운주사와 쌍봉사를 추천했다. 교무님은 나더러 '신선 중의 신선', '한량 중의 한량'이라며 그런 팔자를 타고 난 사람이 우리나라에 몇 명이나 되겠느냐고 덕담을 건네신다. 나는 그 말을 받아 다리가 아파 못 견디는 '괴로운 신선', '고통스런 한량'이 어디에 있느냐고 되받았다.

　　"강산과 풍월은 원래 주인이 없고, 오직 한가로운 사람이 바로 주인이다"라고 《소문공충집》에 실려 있는데, 한가하고 너무 한가해서 걷기 때문에 그 말은 맞지만 나더러 정년도 없고 명퇴도 없는 직업을 가졌다는 것은 맞는 말이 아니다. 눈이 나빠져서 책을 못 읽거나 몸이 아프면 글을 못 쓰게 되니, 그것이 바로 정년이 아니고 무엇이겠는가?

봄비 내리는 날에

– 연암 박지원의 쌍륙놀이

비가 주룩주룩 내리는 어느 봄날이었다. 대청을 서성이던 연암이 홀연히 쌍륙을 가져다가 오른손을 갑甲, 왼손을 을乙로 삼은 뒤 교대로 주사위를 던지며 쌍륙을 두었다. 혼자 놀이를 하고는 웃으며 일어나 누군가에게 편지 한 장을 썼다.

사흘간이나 비가 주룩주룩 내리는 바람에 어여쁘던 살구꽃이 모두 다 떨어져 땅을 분홍빛으로 물들였습니다. 긴 봄날 우두커니 앉아 혼자 쌍륙놀이를 하고 있습니다. 오른손은 갑이 되고 왼손은 을이 되어 "다섯 이야!", "여섯이야!" 하고 소리치는 중에도 너와 나가 있어 이기고 짐에 마음을 쓰게 되니 문득 상대편이 적으로 느껴졌습니다. 알 수가 없었습니다. 내가 나의 두 손에 대해서도 사사로움이 있는 것인지, 내 두 손이 갑과 을로 나뉘어 있으니 이 역시 물物이라 할 수 있을 터이고, 나는 그 두 손에 대해 조물주의 위치에 있다 할 수 있지 않겠습니까? 그런데도 사사로이 한쪽을 편들고 다른 한쪽을 억누름이 이와 같습니다. 어제 비가 내려서 살구꽃은 대부분 떨어졌지만 곧 꽃망울 터트릴 복사꽃은 장차 그 화사함을 뽐낼 것입니다. 나는 또다시 알 수가 없습니다. 저 조물주가 복사꽃을 편들고 살구꽃을 억누르는 것 역시 사사로움이 있어서 그런 것은 아닌지.

연암이 편지 쓰는 것을 지켜보던 손님은 웃으며 "저는 선생님이 혼자 쌍륙놀이를 하시는 것이 놀이에 뜻을 두어서가 아니고 글을 쓰기 위해서라는 것을 처음부터 알았습니다" 하였다.

연암 박지원이 쌍륙놀이를 하고 느낀 생각이 어쩌면 그리도 현재 우리나라의 상황과 흡사한지. 나와 생각이 같으면 좋은 사람이고 나와 생각이 다르면 나쁜 사람인 이 시대. 이도 저도 아닌 나 같은 회색인들은 어디에 서 있어야 할지. 그런 연암인지라 그의 삶은 순탄하지만은 않았다. 연암은 사람을 만나 대화를 나눌 적에 언제나 격의 없이 대하였으나 마음에 맞지 않는 사람이 자리하고 있다가 말 중간에 끼어들기라도 하면 기분이 상해서 하루 종일 그 사람과 마주보고 앉아있더라도 한 마디 말도 하지 않았다고 한다.

그를 아는 대부분의 사람은 연암의 그러한 태도를 단점으로 여겼다. 악을 싫어하는 연암의 성품은 타고난 것이어서 부화뇌동하거나 아첨하거나 거짓을 꾸미는 태도를 억지로 용납하지 않았다. 그래서 누구라도 한번 위선적이거나 비루한 자로 단정하면 그 사람을 아무리 정답게 대하고자 해도 마음과 입이 따라주지 않았다고 한다. 나중에 연암은 그러한 것을 두고 "이것은 내 기질에서 연유하는 병통이라 고쳐보려고 한 지 오래지만 끝내 고칠 수 없다. 내가 일생 험난한 일을 많이 겪은 것은 모두 이 때문이었다."라고 하였다.

얼마나 솔직한 자기 고백인가? 싫은 것은 싫은 것이지 그게 어디 바뀔 수 있다는 말인가? 살면 얼마나 산다고 자기 소신껏 살지 못하고 위선적으로 또는 억지로 웃고 울고……, 그렇게 산다는 말인가. 그런데도 대부분의 사람은 그리 살고 있다. 살아야 한다고 그게 잘 사는 것이라고, 좋은 게 좋은 것이라고 한다.

"생활의 천 가지 형태 중에서 각자는 하나밖에 알 수가 없거든. 남들의 평가에는 전혀 신경 쓰지 말고 자신이 좋아하는 일만 할 필요가 있어. 되풀이 말하지만 인간은 개별적이고, 행복 역시 개인적이거든."

앙드레 지드의 〈배덕자〉에 나오는 구절이다. 그래서 나도 내가 좋아하는 사람만 만나고, 좋아하는 일만 하면서 살고자 하는데 그런 내 희망은 어쩌면 무망한 것인가?

혼자서 즐긴다

– 권근과 〈독락당기獨樂堂記〉

어떤 사람이 나에게 말하기를
"송나라 사마군실(이름은 광)과 범중엄은 모두 유술儒術로써 벼슬이 재상에
까지 이르렀는데 덕과 업적도 서로 막상막하였다. 범중엄의 말에, 천하의
근심을 먼저 근심하고 천하의 즐거움을 나중에 즐긴다, 하였으니 그 뜻이
크고 그 인仁이 넓어서 임금에게 충성하고, 백성에게 혜택을 입혀 천하를
구제한 것은 당연하다. 성현의 도는 독선獨善을 귀중하게 여기는 것이 아
니고 남도 그렇게 되게 하려는 것이기 때문에 '벗이 찾아오면 즐겁다' 고
공자가 말했고, '대중과 함께 즐겨야 한다' 고 맹자는 말했다. 두 분이 모
두 공자 맹자의 도를 배운 사람으로서 범공의 뜻은 이와 같이 크고 사마
공은 독락獨樂으로 그의 동산을 이루었으니 어째서인가?" 하였다.

내가 말하기를 "군자의 낙은 본과 말本末이 있으니 마음속에 얻어진
것은 본이고, 나타나서 사물에 미치는 것은 말이다. 마음속의 즐거움으
로부터 미루어 사물에 미친다면 천지만물이 모두 나의 일체이니, 어느
하나도 나의 낙樂 속에 있지 않은 것이 없을 것이다. 그러나 사람은 동류

이기 때문에 그 낙을 마땅히 먼저 미쳐가야 한다. 그러므로 '벗이 먼데서 찾아오면 기쁘다' 고 공자는 《논어》에서 말했고 '영특한 인재를 얻어 교육하는 것이 즐겁다' 라고 맹자는 《맹자》의 '진심상' 편에서 말했던 것이다. (중략)

봄날 아침 꽃을 보노라면 꽃이 즐길 만한 것이었지만 꽃이 나와 함께 즐겨 주지 아니하고, 가을밤에 달을 보노라면 달이 즐길 만한 것이지만 달이 나와 함께 즐겨주지 아니하며, 구름 속의 기이한 봉우리와 눈 속의 빼어난 소나무가 즐겁게 구경할 만하고, 진기한 새 소리와 반가운 빗소리가 즐겁게 들을 만하여, 무릇 이목에 접하는 만물들로 나의 마음을 즐겁게 할 수 있는 것들이 비록 한이 없지만, 한 가지도 나와 즐기는 바가 같은 것은 없으니, 독락이라고 하지 않을 수 있겠는가.

글은 혼자도 보는 것이어서 강론이 필요치 않고, 시는 혼자도 읊조리는 것이어서 화답이 필요치 않고, 술은 혼자도 마시는 것이어서 꼭 손님이 있지 않아도 되며, 느지막이 일어나고 피곤하면 잠자며, 더러는 정원을 거닐고 더러는 평상에 누워, 오직 생각가는 대로 그림자와 함께 다니니, 이것이 내가 한가히 지내며 홀로 즐기는 것이다.

_ 권근, 《양촌집陽村集》 권13

"사람들은 누구나 자기의 생애를 혼자서 살고 자기의 죽음을 혼자 맞는다" 라고 야콥센이 말했다. 홀로라서 슬프고 홀로라서 기쁘고 그래서 항상 누군가에게 의지하고자 하고 기대려고 한다. 그리고 진정한 외로움을 느낄 때쯤이면 홀로서 간다. 아무도 모르는 그 길을 혼자서, 그렇게. 하지만 하머링이라는 사람은 《은혜와 사랑》에서 "최고를 추구하는 사람은 항상 자기의 길을 간다. 사람은 최고를 다른 사람과 함께 누리려 하지 않는다. 그러니까 행복해지기를 원하는 사람은 우선 고독해져야 한다."라고 말하지 않았는가.

그대여, 고독을 두려워하지 말고 고독 속으로 들어가라.

즐거움이 극에 이르면

− 정도전과 〈구인루기求仁樓記〉

세상에서 유람의 즐거움을
다하는 자는 반드시 그윽하고 깊은 산수를 찾거나 아니면 광막한 운야를
걷는다. 그래서 정신을 피로하게 하고 근육을 수고롭게 한 뒤에야 즐거
움을 얻는다. 그러나 이것은 눈앞의 경치를 기뻐하여 일시의 감상을 취
할 뿐이지, 즐거움이 극하면 식어서 잠깐 사이에 까마득한 옛 자취가 되
어 마치 지난밤 꿈이 하나도 남지 않는 것처럼 되고 만다.

어떤 이는 혹 서울 근교에서 배진공의 녹야당綠野堂(당나라 배도가 지
은 별장)과 사대부가 지은 별장 같은 것을 얻기 쓰기도 하지만, 이는 참
으로 어려운 일이며, 혹은 만년에 은퇴하고서, 혹은 나라의 운명이 위급
한 때에야 그러한 재미가 있으니, 뒷날 호사자가 크게 탄식하지 않을 수
없는 일이다.

오직 우리 윤공만은 국가가 한가한 때를 당하여 젊은 나이에 중추
부에 들어가 국가의 기밀에 참여하였고, 도성의 남쪽 모퉁이에 땅을 얻
어 초옥을 짓고 살았다. 산은 울창하여 그 집 밖을 둘러싸고, 샘물은 맑

김명국, 탐매도探梅圖, 종이에 엷은 채색, 54.8x37cm, 국립중앙박물관 소장.

게 그 가운데로 흘러나왔다. 또 새 누각을 집 동쪽에 짓고, 날마다 손님을 맞아 그 누각 위에서 마시고 읊었다. 그러니 장상將相의 자리를 떠나지 않고도 유인幽人이 속세를 떠날 생각을 하게 되고, 문 밖을 나서지 않고도 유연히 산수 간에 유람하는 즐거움을 얻었으며, 이른바 "인仁이 먼 곳에 있겠는가? 내가 인을 실천하려 하면 인이 이에 이른다"고 한 것이 어찌 미덥지 않으랴?

공자는 말하기를 "어진 사람은 산을 좋아한다"고 하였으니 구인求仁으로써 이 누각 이름을 짓기를 청한다. 저 인의 도가 크지만 결국 구하는 방법은 스스로 힘쓰는 데 있으므로 뒷날 그대를 대하면 반드시 괄목하게 될 것이다.

_ 정도전, 《삼봉집三峯集》

"즐거움이 극에 이르면 잠깐 사이에 까마득한 옛 자취가 된다"는 말, 그럴지도 모르겠다는 생각이 든다. 그런데도 고개를 들고 일어나는 생각은 '나만, 아니 몇 사람만이 어질게 산다고 세상의 모든 일들이 잘 돌아갈 것인가' 인데 그것도 역시 자신이 없다. 방안에서도 천지를 볼 수 있고 마음속으로도 세상의 별의별 것을 다 체험할 수도 있지만 내 마음속 풍경을 있는 그대로 드러낼 수가 없으니 나는 어떤 즐거움을 좋아하는가.

세상에서 즐거운 것 세 가지

- 공자와 맹자와 신흠의 세 가지 즐거움

공자는 《논어》에서 세 가지 즐거움에 관해 이렇게 이야기했다.

사람의 삶에는 유익한 즐거움이 셋이 있고 해로운 즐거움이 셋이 있다. 예악禮樂을 조절하는 것을 좋아하고, 다른 사람의 착한 행실을 칭찬하는 것을 좋아하며, 어진 벗이 많은 것을 좋아하는 일이 유익한 즐거움이다. 해로운 즐거움이란 교만과 향락을 즐기고, 안일한 생활을 즐기며, 유흥을 즐기는 것이다.

맹자는 '가정의 즐거움, 사람으로서 수양의 즐거움, 일(교육)을 하는 즐거움'을 세 가지 즐거움으로 보았다. 조선 중기의 문신이자 문장가인 신흠은 다음과 같은 즐거움을 말한다.

문을 닫고 마음에 맞는 책을 읽는 것, 문을 열고 마음에 맞는 손님을 맞이하는 것, 문을 나서서 마음에 맞는 경계景溪를 찾아가는 것, 이 세 가지야말로 인간의 가장 큰 즐거움이다.

《공자가어孔子家語》에는 세 가지 즐거움이 다음과 같이 실려 있다.

어느 날 공자가 거문고를 뜯으면서 노래를 부르는 영계기라는 사람에게 물었다.

"선생은 무엇을 즐거움으로 삼고 사십니까?"

이 말을 들은 영계기는 다음과 같이 답했다.

"내게는 즐거움이 많이 있지만 세 가지의 예를 든다면 만물 가운데서 사람으로 태어난 것이 첫 번째의 즐거움이고, 남녀 가운데서 남자로 태어난 것이 두 번째의 즐거움이며, 인생을 살면서 강보襁褓도 면하지 못한 자가 수두룩한데, 내 나이 95세이니 이것이 세 번째 즐거움입니다. 선비가 가난한 것은 당연한 일이고 사람이 죽는 것 또한 거역할 수 없는 진실인데, 무슨 걱정이 있겠습니까?"

나는 신흠 선생의 즐거움이 가장 마음에 드는데 당신의 생각은 어떠신지?

열엿새 달빛을 추억함

- 박지원과 달에 대한 생각

보름날 밤에 만나 달빛 어린 강 길을 걷자는 모임이 두어 번이나, 그것도 내 탓에 열엿새로 옮겨지다 보니 모임이 시원치가 않다. 열엿새 달이 기린봉 위로 두둥실 떠올랐는데도 온다는 사람들이 태반이 오지 않고 겨우 최 원장만 나타나 다른 사람들이 피우고 놀다가 끄지 않고서 가버린 모닥불 가에 우두커니 서서 그 불빛이 사위어 가는 것을 한참이나 바라보고 있었다. 달이 강물에 내려앉은 열엿새 밤, 달빛 아래 오지 않는 사람들을 그리워하고 서 있던 시간, 박지원의 《연암집燕巖集》 중 '중옥에게 답하는 세 번째 편지'가 생각난다.

어제는 우리가 달을 저버린 것이 아니라 달이 우리를 저버린 거요. 세상에 어떤 일이든 모두 저 달과 같지 않겠소.

한 달 서른 날에도 큰 달이 있고 작은 달도 있으니, 초하룻날과 초이튿날은 방백旁魄일 따름이며, 초사흗날에는 겨우 손톱 흔적만 하고, 그래도 낙조 때에는 빛을 발하며, 초나흗날이면 갈고리만 하고, 초닷샛날이면 미인의 눈썹만 하고, 초엿새 날이면 활만 하되 빛은 아직 넓게 퍼지지 못하고, 칠팔일부터 열흘에 이르면 비록 얼레빗만 하나 빈 둘레가 여전히 보기 싫고, 열하루, 열이틀, 열사흘이면 변송(북송)의 산하처럼 오·촉·강남이 차례로 평정되어 판도에 들어오는데 운주와 연주가 요나라에 함락되어 국토가 끝내는 이지러진 모습을 지닌 것과 같고, 열나흘이면 마치 곽분양의 운수가 오복五福을 다 갖추었으나 다만 한편으로 옆에 달라붙은 어조은(당나라의 환관) 때문에 두려워하고 조심했던 것이 한 가지 결함인 것과 같습니다.

그렇다면 거울같이 완전히 둥근 때는 보름날 하룻저녁에 불과한데다 그나마 달이 가장 둥근 때가 열엿새로 옮겨지거나 혹은 살짝 월식月蝕이 되든지 달무리가 지거나 혹은 먹구름에 가려지거나 혹은 모진 바람과 세찬 비가 내려 어제처럼 사람들을 낭패하게 하지요. 우리는 이제부터 마땅히 송조宋朝의 인물을 본뜨고, 다만 곽분양처럼 자기에게 주어진 복을 아끼기를 바라는 것이 옳겠습니다.

달이 차면 기울고 다시 차오르는 것이 세상의 이치이고 이런 기다림은 또 다른 만남을 위한 예비 단계일 것이다. 이번 달만 달이 아니고 다음 달에는 또 다른 달이 떠오를 것이다. "마음은 정신의 집이요, 눈은 정신의 창문"이라는데, 그때도 강물에 저렇게 둥근 달이 내려앉고 나는 그 강물을 바라보며 가는 세월을 아쉬워하고 있을까?

인생을 털만큼 가볍게 여기다

- 홍일휴의 기괴한 삶

조선 세조 때 기이한 삶을 살았던 홍일휴의 일화가 《용재총화慵齋叢話》에 나온다.

중추 홍일휴는 용모가 옹위擁衛하고 조그마한 일이라도 거리끼지 않으며, 성질이 또한 깨끗한 것을 좋아하지 않아 항상 얼굴을 씻지 아니하고, 머리를 빗지 아니하며, 음식도 좋고 나쁜 것을 가리지 않았다. 벗들과 강가에서 낚시질을 할 때 지렁이로 미끼를 하는데 칼이 없어 자를 수 없으면 이빨로 물어 끊고, 종일토록 한 마리도 잡지 못하고는 누원樓院에 올라 옷을 벗고 다락에 올라 기왓장을 떠들어 참새나 비둘기를 찾아 털이 난 놈은 버리고, 오로지 빨간 새끼만 가져다 싸리나무에 꿰어 구워서 여러 꿰미를 먹고 병을 기울여 술을 마신 뒤 "이것도 또한 맛이 좋은데, 하필 자잘한 물고기만 취할까 보냐?" 하였다.

세조를 따라 명경明京에 갈 때, 매양 말똥을 주워 만두를 구워먹었다. 그 후에 세조께서 여러 신하와 더불어 말씀을 하시면, 늘 홍일휴를 놀리면서 "이 사람은 깨끗하지 못하니 향관享官(제관)을 시키지 마라" 하였다. 그는 시를 잘 짓고, 시사가 호건하며 또 중국말에 능통하여 여러 번 경사를 왕래하였는데, 어느 해 사신이 되어 남방으로 갔다가 하루저녁에 여러 말의 술을 마시고, 그만 죽고 말았다. 괴애 김수온이 만사를 지었는데, "실컷 마실 제는 첫 술잔을 중히 여기고, 뜬 인생은 한 털만큼 가볍게 여기도다"고 하였다.

굵고 짧게 산다는 말은 잘 하면서도 대부분의 사람은 이런저런 체면 다 차리면서 가늘고 길게 살고자 한다. 어느 것이 잘 사는 것인지 분명하지 않은 게 이 세상이라서 홍일휴와 같은 삶이 부럽고 부러운지도 모르겠다.

"강바람은 나에게 시를 읊게 하고, 산 위에 걸린 달은 나에게 술을 마시게 하네. 취해서 꽃밭 앞에 쓰러지니, 천지가 그대로 이부자리구나."

양만리는 이렇게 바람과 꽃과 세상살이를 노래했고, 스위스의 철학자인 아미엘은 "나의 지친 마음이여, 삶이란 얼마나 어렵고 힘든 말인가"라고 말하며 삶의 어려움을 내면에서 우러나오는 탄식처럼 뿜어냈다.

언제쯤 나는 마음 홀가분하게 아무것도 거리끼지 않고 떠날 수 있을까?

바람과 비와 눈과 안개를
바라보기 좋은 곳

- 세상에서 마땅한 것

작은 정원에서 경치를 감상
하는 것은 제각기 마땅한 바가 있다. 바람은 소나무로 둘러싸인 높은 누
각이라야 좋고, 비는 시내가 내려다보이는 집의 들창에서가 좋다. 달 구
경은 물가의 평평한 정자가 알맞고, 눈은 산허리에 자리 잡은 누각의 난
간에서 바라볼 때 운치가 있다. 꽃은 구불구불한 회랑을 지난 규방에서
가 좋고, 안개는 대숲가 외로운 정자에서 볼 때가 좋다. 떠오르는 해는
산꼭대기 날렵한 누각에서 맞이해야 제격이고, 저녁노을은 연못가 작은
다리에서 바라보는 것이 좋다. 하늘이 잔뜩 노해 우레가 칠 때면 불전에
똑바로 앉아 있는 것이 좋고, 하늘이 움츠려 안개가 자욱할 때는 문 닫아
걸고 들어앉아 있는 것이 좋다.

청나라 말의 문인 주석수가 지은 《유몽속영幽夢續影》에 있는 글이
다. 멀리서 바라보면 어느 한군데도 질서정연해 보이지 않은 곳이
없는데 안을 들여다보면 어디 한군데도 제대로 된 곳이 없다. 꽃은

피고 지는데, 바람 불지 않아도 꽃잎은 지는데, 아무렇지도 않게 강
물은 흐르는데.

운명대로 살게 하소서

- 신흠과 붙여 사는 생활

　　　　　　　　　　내 마음이 혼란스러운 것은
내 탓만이 아니고 세상이 혼란스럽기 때문인지도 모른다. 날이 가
고 달이 가고 해가 다 가는 것에 대한 허무 내지는 쓸쓸함 뿐만이
아니다. 좀 더 조용하게, 좀 더 서로 감싸 안으면서 보내도 어딘가
허전할 터인데 어제의 동지들이 철천지원수보다 더한 독설을 퍼붓
고 각자의 길을 간다고 하니, 삶이란 무엇인가 되돌아보지 않을 수
가 없다.

　　가지고 있으면서 그 가진 것을 독차지하려고 하는 자는 망령된 자이
고, 가지고 있으면서 마치 가지고 있지 않은 듯이 하는 자는 속임수를 쓰
는 자이며, 가지고 있으면서 그것을 잃을세라 걱정하는 자는 탐하는 자
이며, 가진 것이 없으면서 꼭 갖고 싶어 하는 자는 너무 성급한 자이다.
있으면 있고 없으면 없고, 있거나 없거나 집착할 것도 없고, 배척할 것도
없이 나에게는 아무 더하고 덜 것도 없는 것, 그것이 옛 군자였는데, 기

재 영감 같은 이는 그에 대하여 들은 바가 있는 것이라고 할 것이다.

'붙인다寓'는 것은 '붙여 산다寓'는 말이다. 즉 있기도 하고 없기도 하고, 가고 오가는 일정하지 않은 상태를 말하는 것이다. 사람이 하늘과 땅 사이에 사는 것이 참으로 있는 것인가, 아니면 참으로 없는 것인가? 태어나기 이전의 상태에서 본다면 완전히 있는 것이며, 죽음에 이르고 보면 또 없는 데로 돌아가는 것이다. 만약 그게 사실이라면 사람이 산다는 것은 결국 있고 없는 그 사이에 붙어 있는 꼴이다. 대우大禹가 "산다는 것은 붙어 있는 것이고 죽음이란 돌아가는 것이다"라고 말하였지만 참으로 산다는 것 자체가 나의 소유인 것이 아니라 하늘과 땅이 맡겨놓은 형체일 뿐이다.

사는 것도 붙어 있는 것뿐인데 하물며 밖에서 오는 영욕이며, 밖에서 오는 화복이며, 밖에서 오는 득상得喪이며, 밖에서 오는 이해利害이겠는가. 이 모두는 성명性命이 아니고 붙어 있을 뿐인데, 어떻게 일정할 수가 있겠는가. 영욕은 일정하지 않고, 화복이 일정하지 않고, 득상이 일정하지 않고, 이해가 일정하지 않는데, 사람도 결국 그것들과 함께 모두 죽어 없어지고 만다. 그렇다면 그 일정하지 않은 것들은 다 죽어 없어지고 일정한 것만이 죽어 없어지지 않는 것 아니겠는가.

죽어 없어지는 것은 사람이고, 없어지지 않고 영원히 존재하는 것은 하늘이며 따라서 하늘과 합치되는 자는 반드시 사람과는 맞지 않게 되는데, 사리에 통달한 자는 그 길을 가리켜 이르기를 주어진 그 시기에 편안히 살고 하늘이 시키는 대로 따르라고 하였고, 성인은 그를 논하기를 평이하게 살면서 운명을 따르라고 하였다.

환경을 따름으로써 구속에서 풀려난 것이나 천성을 다해 하늘을 섬기는 것이나 그 결과는 같은 것이다. 붙여 있을 것이 와도 붙여 있는 것이 없는 것처럼 여기고, 붙여 있다가 가면 원래 없었던 것으로 생각하며 상대가 나에게 붙여 있을지언정 나는 상대에 붙여 있지 말고, 형체가 마음에 붙여 있을지언정 마음은 형체에 붙여 있지 않는다면 못 붙여 있을 것이 뭐가 있겠는가.

풀이 무성했다 하여 봄에 대해 감사하지 않고, 나무가 잎이 졌다고 가을을 원망하지 않는 것처럼 내 생애를 잘 가꾸러 가는 것이 바로 내가 좋게 죽는 길인 것이다. 붙여 있는 동안을 잘 처리하면 돌아갈 때 잘 돌아갈 수 있을 것이 아닌가.

내가 기재 영감과 죄를 같이 얻어 두메산골로 귀양 오고, 영감은 바닷가로 귀양살이 갔는데, 나 역시 내 사는 곳에다 여암旅菴이라고 편액을 달았다. 나그네나 붙여 있는 것이나 그게 그것인데, 이 어찌 같은 병을 앓는 자는 같은 길을 간다는 것이 아니겠는가. 나그네 신세, 붙여 사는 생활이 어느 때 끝나려는지 모를 일이지만 나그네를 면하고 붙여 있는 생활을 청산하는 것 역시 조물주에게 맡겨 둘 뿐 나와 영감은 거기에 관심을 둬지 않는다. 다만 내가 나그네 생활을 당연한 것으로 받아들이는 뜻을 그대로 써서 그에게 보내는 것이다.

_ 신흠, 《상촌집象村集》 권23 〈기재기寄齋記〉

어딘들 집이 아니고 어딘들 길이 아니겠는가. 길 위에 있으면서 집을, 그리고 집에 있으면서 길에 나서기를 꿈꾸는 이 이율배반. 가졌다고 다 가진 것이 아니고 못 가졌다고 또 못 가진 것이 아닌데 하루하루 산다는 것은 비교의 연속이다.

"산다는 것은 붙여 있는 것이고, 죽음이란 돌아가는 것." 그럴지도 모른다. 돌아가는 것도 머물러 있는 것도 어쩌면 하나의 간격도 없는데 사람들은 그 간격을 하늘과 땅 차이라거나, 죽음과 삶이라고 거창하게 규정지어 놓고서 호들갑을 떨고 있거나 미리부터 주눅이 들어서 한번밖에 없는 생을 낭비하고 있는 것은 아닌지.

"운명아! 길을 비켜라, 내가 간다"일 수도 있고 "운명대로 살게 하소서"라고 할 수도 있는데, 나는 전자보다 후자를 따르겠다.

달팽이뿔을 쇠뿔과 같이 보고 메추리를 큰 봉새처럼 보게나

– 이규보와 슬견설虱犬說

어떤 손님이 나에게 말하였다.

"어제 저녁에 어떤 불량한 사람이 큰 몽둥이로 돌아다니는 개를 쳐 죽이는 것을 보았는데, 그 광경이 너무도 비참하여 아픈 마음을 금할 수 없었네. 그래서 이제부터는 맹세코 개나 돼지고기를 먹지 않을 것이네."

이 말을 들은 나는 다음과 같이 대답했다.

"어제 어떤 사람이 불이 이글이글한 화로를 끼고 이蝨를 잡아 태워 죽이는 것을 보고 나는 아픈 마음을 금할 수 없었네. 그래서 맹세코 다시 는 이를 잡지 않으려네."

그러자 손님은 실망한 태도로 "이는 미물이 아닌가? 내가 큰 물건 이 죽는 것을 보고 비참한 생각이 들기에 말한 것인데, 그대가 이런 식으로 대응하니 이는 나를 놀리는 것이 아닌가?"라고 말하였다.

나는 말하기를 "무릇 혈기가 있는 것은 사람으로부터 소, 말, 돼지, 양, 곤충, 개미에 이르기까지 삶을 원하고 죽음을 싫어하는 마음은 같은 것이네. 어찌 큰 것만 죽음을 싫어하고 작은 것은 그렇지 않겠는가? 그렇다면 개와 이의 죽음은 같은 것이네. 그래서 그것을 들어 적절한 대응으로 삼은 것이지, 어찌 놀리는 말이겠는가? 그대가 나의 말을 믿지 못하거든 그대의 열 손가락을 깨물어보게나. 엄지손가락만 아프고 그 나머지는 아프지 않겠는가? 한 몸에 있는 것은 대소 지절支節을 막론하고 모두 혈육이 있기 때문에 그 아픔이 같은 것일세. 더구나 기식氣息을 품수稟受한 것인데, 어찌 저것은 죽음을 싫어하고 이것은 죽음을 좋아할 리 있겠는가? 그대는 물러가서 눈을 감고 고요히 생각해보게나. 그리하여 달팽이뿔을 쇠뿔과 같이 보고, 메추리를 큰 봉새처럼 동일하게 보게나. 그런 뒤에야 내가 그대와 더불어 도를 말하겠네."라고 하였다.

_ 이규보,《동국이상국집東國李相國集》권21

"만물은 모두 평등하다"고 말한다. 작은 것이나 큰 것이나 저마다 나고 죽으며, 저마다의 영혼이 깃들어 있다. 그런데도 사람들은 눈에 보이는 것에 의해 자신의 잣대를 가지고 규정하기를 좋아한다. 삶과 죽음, 어쩌면 삶을 즐거워하는 것은 미혹이 아닐까? 죽음을 싫어하는 것은 어려서 집을 잃고 돌아갈 줄 모르는 것과 같은 것이 아닐까?

미녀 여희는 애艾라는 곳의 변경지기 딸이었네. 진나라로 데려갈 때 여희는 너무 울어서 눈물에 옷깃이 흠뻑 젖었지. 그러나 왕의 처소에 이르러 왕과 아름다운 잠자리를 같이하고 맛있는 고기를 먹게 되자 울던 일을 후회하였다네. 죽은 사람들도 전에 자기들이 살았던 삶을 후회하지 않을까?

_ 장자,《장자》〈제물론〉

그럴까? 죽음 이후의 세계가 아름답고 행복한 것인지도 모르는
데, 우리는 그곳을 가보지도 않고 경험해보지도 않고서 죽은 사람
을 위해 슬퍼하기도 하고 두려워하는 것은 아닐까?

미친 것에 대한 변설

– 이규보의 광변狂辨

세상 사람들은 모두 거사居士를 미쳤다고 하지만 거사는 미친 것이 아니요, 아마 거사를 미쳤다고 말하는 자가 더 심하게 미친 자일 것이다. 그 자들이 거사의 미친 짓을 보았는가? 또는 들었는가? 거사의 미친 짓을 보고 들었으면 어떠하던가? 알몸에 맨발로 물이나 불에 뛰어들던가, 이가 으스러지고 입술에 피가 나도록 모래와 돌을 깨물어 씹던가, 하늘을 쳐다보고 욕을 하던가, 발을 구르며 땅을 보고 꾸짖던가, 산발머리를 하고 울부짖던가, 잠방이를 벗고 뛰어다니던가, 겨울에 추위를 모르며 여름에 더위를 모르던가, 바람을 잡으려 하며 달을 붙들려 하던가? 이런 일이 있으면 미쳤다고 하겠지만, 그렇지도 않은데 어찌 미쳤다 하는가?

아, 세상 사람은 한가하게 지낼 때에는 용모와 언어와 의복 차림이 제법 사람 같다가, 하루아침에 벼슬자리에 앉으면 수족은 하나인데 올리고 내리는 것이 일정하지 못하고, 마음은 하나인데 이랬다저랬다 한결같지 못하며, 이목이 뒤바뀌고 동서가 바뀌며, 서로 현란시켜서 중도로 돌아갈 줄을 모르고 마침내 궤도를 상실하여 엎어지고 뒤집힌 후에야 알게 되니, 이는 겉으로만 엄연하고 속은 실상 미친 자이다. 이 미친 자는 저 물과 불에 뛰어들고 모래와 돌을 깨물어 씹는 자보다 더 심하지 않은가?

아! 세상에는 이렇게 미친 사람이 많은데, 자기를 돌보지 않고 어느 겨를에 거사를 보고 미쳤다고 웃느냐? 거사는 미친 것이 아니다. 그 행적은 미친 듯하지만 그 뜻은 바른 자이다.

_ 이규보,《동국이상국집》

알베르 카뮈의 〈시시포스의 신화〉에는 목욕탕에 얽힌 이야기가 나온다.

어떤 환자가 병원의 목욕탕에서 낚싯대를 드리우고 있자 그것을 유심히 바라보던 의사가 다음과 같이 물었다. "고기가 물립니까?" 그 말을 들은 환자는 "아닐세, 여기는 목욕탕일세"라고 했다.

미친 사람이 자기를 미쳤다고 하는 경우가 없는 것처럼 스스로 미쳤다고 하는 사람은 미친 사람이 아니다. 그러나 세상은 날이 갈수록 뒤죽박죽이고 그런 세상을 미치지 않고 산다는 것이 진정으로 미칠 것 같은 세상이다.

나는 얼마나 한가한가

― 《미공비급》과 한적閑適

매일 바쁘게 돌아가는 세상, 쉬지 않고 흐르는 강물만큼이나 저마다 바쁘기만 하다. 어떻게 사는 것이 잘 사는 것인지 알 것 같다가도 도무지 아리송한 세상에 《미공비급》에 수록된 '한적閑適'을 읽는다.

한閑 자의 자의에 대하여 어떤 사람은 달月이 대문 안에 들이비치는 것이 바로 한閑 자라고 한다. 옛날에는 모두 문門 안에 일日을 넣은 간閒 자와 같이 보아 왔지만, 그 음만은 달리 쓰이는 경우가 있다. 아무튼 한가로움이란 저마다 얻기 어려운 것이다. 이를테면 두목지杜牧之의 시에,

한인이 아니고야 한가로움을 얻을 수 없으니
이 몸이 한객閑客되어 이 속에 놀고파라

라는 구절이 있다. 이에 오흥吳興(지금의 복건성 포성현)에 한정閑亭을 건립

하였다. 나는 본시 한가로움을 무척 좋아하면서도 한가로운 가운데 조용히 앉아 있지 못하여 시를 짓고 술을 마련하거나 꽃나무를 가꾸고 새들을 길들이는 데에 무척이나 바쁘다. 옛날 한치요(치요는 당나라 한악의 자)의 시에,

> 벽화 그리며 꽃 모종 할 날짜 내심 기억하며
> 술독 씻으며 술 빚을 기회 먼저 짐작하네
> 한인에게도 바쁜 일 있다는 걸 알아다오
> 아침 일찍 비 맞으며 어부를 찾아가네

하였으니, 옥산초인玉山樵人(한악의 호)이야말로 나와 뜻이 같은 자라 하겠다.

사람들은 한가하다고 생각하는 나를 두고 "얼마나 바쁘십니까?" 하고 묻지만 나는 매양 같은 말만 되풀이한다. "아닙니다. 매일 놀고 있습니다." 그러면 사람들은 "뭘 그러십니까, 매일 바쁘시면서?" 한다. 노는 것처럼 공부하고 공부하는 것처럼 놀리라는 내 마음과는 달리 나 역시 진실로 바쁘기는 다른 사람들과 매양 다를 바가 없다. 다만 내가 나를 다독이며 하는 말이 있다.

나는 얼마나 한가한가.

볼 만한 곳은 가까운 곳에도 있다

— 이제현과 〈운금루기雲錦樓記〉

산천을 찾아 구경할 만한 명승지가 반드시 궁벽하고 먼 지방에만 있는 것은 아니다. 임금이 도읍 한 곳으로 많은 사람이 모이는 곳에도 진실로 구경할 만한 산천이 없는 것은 아니다. 그러나 명예를 다투는 사람은 조정에 모이고 이익을 다투는 사람은 시장에 모인다. 비록 형산, 여산, 동정호, 소상강이 반 발짝만 나서면 굽어볼 수 있는 거리 안에 있어서 우연히 만날 수 있는데도 그런 것들이 있는지를 알지 못한다.

어째서 그러는가? 사슴을 쫓아가면 산이 보이지 않고, 금을 움켜쥘 때는 사람이 보이지 않는다. 가을의 털끝은 살피면서 수레에 실은 나뭇짐은 보지 못한다. 이것들은 마음이 쏠리는 곳이 있어 눈이 다른 데를 볼 겨를이 없기 때문이다.

일을 벌이기를 좋아하면서 재력이 있는 자는, 관문과 나루를 지나 시골 마을을 골라 자리 잡고 산천을 고루고루 유람하면서 스스로 고상하다고 여긴다. 사강락이 길을 개척한 것은 백성이 놀라는 바이고, 허범이 집을 묻는 것은 호걸스러운 선비가 꺼리는 바이다. 그러니 그런 것들 때문에 하지 않는 것이 더욱 고상하게 되는 것만 같지 못하다.

경성 남쪽에 한 연못이 있는데 백묘는 된다. 그 연못가로 빙 둘러 있는 것들은 여염집들로서 고기의 비늘같이 착잡하고 빗살같이 나란히 있는데, 짊어지고 이고 말을 타고 걷는 사람들이 그 곁을 왕래하며 줄을 이어 앞서거니 뒤서거니 한다. 그러나 그들이 어찌 그윽하면서 넓은 경내가 그 사이에 있는 줄을 알겠는가?

그 후 정축년(고려 충숙왕 6년, 1337년) 여름에 연꽃이 한창 피었을 때 현복군 권후가 그곳을 발견하고 매우 살고 싶어 하여 바로 그 연못 동쪽에다 땅을 사서 누각을 지었다. 그 누각은 높이가 두 길이나 되고 넓이가 세 길이나 되게 만들었으되, 주춧돌은 안 받쳤지만 기둥은 썩지 않게 하고, 기와는 이지 않았지만 이엉은 새지 않게 하였으며, 서까래는 다듬지도 않았는데 화려하지도 않고 누추하지도 않았다. 대개 이와 같은데 그 연못에 가득한 연꽃을 다 포괄하여 앞에 두었다.

이에 그 아버지 길창공과 형제와 동서들을 그 누 위로 청해다가 술자리를 베풀어 즐겁고 유쾌하게 노느라고, 날이 저물어도 돌아가는 것을 잊을 지경이었다. 그때 아들 중에 큰 글씨를 잘 쓰는 사람이 있어 운금雲錦이라는 두 글자를 써 달아 누각의 이름으로 삼았다.

내가 시험 삼아 가서 보니 붉은 꽃향기와 푸른 잎 그림자가 넓게 연못 속에 끝없이 비치는데, 어지러이 흩어지는 바람과 이슬이 연파煙波(안개가 자욱하게 긴 수면)에 움직이니, 이름이 헛되지 않다고 할 만하였다. 그뿐만 아니라 용산의 여러 봉우리가 청색을 모으고 녹색을 바르고 처마 밑으로 몰려들어, 컴컴할 때와 밝을 때와 아침과 저녁에 따라 늘 각각 다른 모양을 나타낸다. 또 건너편 여염집들이 나타내는 자세한 모습을 누각에 앉아서 하나하나 셀 수도 있으며, 지고 이고 타고 걸으면서 왕래하는 사람, 친구를 만나 서서 말하는 사람, 어른을 만나 절하는 사람들이 모두 형태를 숨길 수 없으니, 바라보며 즐길 만하다. 그러나 저편의 그 사람들은 연못만 있는 것을 보고 누각이 있는 줄을 알지 못하니, 어찌 또 누각 안에 사람이 있는 줄을 알겠는가? 구경할 만한 명승지는 반드시 궁벽하고 먼 지방에만 있는 것이 아니고, 조정과 시장 사람들이 언제나 보면서도 그것이 있는 줄을 알지 못하여 그런 것이다. 그러지 않으면 아마도 하늘이 만들고 땅이 감추어 두어 사람들에게 경솔하게 보이지 않았음인가?

권후는 만호萬戶의 부절符節(돌·대나무·옥 등으로 만들었던 물건으로 신분을 증명하는 신표)을 허리에 차고 외척의 세력을 깔고 앉아 나이는 옛사람의 강사強仕(나이 마흔에 처음으로 벼슬을 하게 된다는 뜻으로, 마흔 살을 이르는 말)할 나이도 되지 않았다. 으레 부귀와 이록利祿에 빠져서 취해 있을 때인데, 그는 인자와 지자가 즐기는 바를 즐기되, 백성을 놀라게 하지도 않고 선비들에게 미움을 받지도 않으면서 시장과 조정 사람들이 보지 못하는 곳에서 기졸하고 넓은 경내를 차지하여 그 어버이를 비롯하여 손님까지 즐겁게 하고, 자기 자신을 비롯하여 남에게까지 즐겁게 하니 이는 가상할 만한 일이다.

《동문선》에 수록된 익재 이제현의 〈운금루기〉에 나오는 글인데, 예나 지금이나 먼 곳을 그리워하고 가까운 곳은 생각지 않는 경우가 태반이다. 그래서 사람들을 만나면 외국을 얼마나 여러 번 다녀왔는지를 자랑하면서도 우리나라 곳곳을 돌아다녔다는 사람은 그리 흔치가 않다. 등잔 밑이 어둡고, 나무만 보다가 울창한 숲을 보지 못하는 격이다.

내가 제주도에서 2년 반 정도 세 들어 살던 집의 주인은 1970년대 말 신제주가 건설되면서 땅값이 올라 부자가 된 제주 토박이였다. 하지만 서울과 광주에는 다녀왔으면서도 천백고지나 오일륙도로를 넘어 두 시간 남짓이면 갈 수 있는 거리인 서귀포를 나이가 오십에 이르렀는데도 한번도 구경을 하지 않았다고 했다. 마침 쉬는 날 버스를 타고 서귀포 구경을 하며 너무 즐거워하는 것을 보았다.

제주도에 산다고 꼭 서귀포나 성산포를 안 보았다고 해서 그리 손해 볼 것도 없는 삶이고, 그렇다고 잘 살았다고 볼 수도 없을 것이다. 그러나 우리나라의 참모습을 보지도 않은 사람들이 우리나라는 볼 것이 없다고 다른 나라 여행에만 열을 올리는 것을 보면 마뜩찮을 때가 있다. 사시사철이 변하기 때문에 그만큼 볼 만한 곳이 많은 나라가 대한민국이다. 25년 동안을 돌아다녔는데도 아직도 내 발길이 미치지 않은 곳이 있는 것을 보면 우리나라도 작은 나라는 아닌 것만은 틀림없다.

시내버스나 지하철을 타고 한 시간만 나가면 그 어디고 간에 금수강산이 안 펼쳐지는 곳이 없는 내 나라를 돌아다니는 것은 어쩌면 이 땅에 태어나 사람들의 당연한 의무이자 국토 사랑의 한 방법인지도 모른다.

낚싯대를 들고 쪽배의 노를 저어

- 권근과 〈어촌기漁村記〉

어촌은 나의 벗 공백공의 자호이다. 백공이 나와 동갑이나 생일이 뒤이기 때문에 내가 아우라고 한다. 풍신風神이 소탕하고 명랑하여 친애함직한데, 대과에 급제하여 좋은 벼슬에 올라 갓끈을 휘날리며 인끈을 두르고 붓을 귀에 꽂고 옥새를 맡았으니 진실로 원대한 앞날을 기대했으나, 소연蕭然이 강호에 뜻을 두어 이따금 흥이 나서 어부사漁父詞를 노래하면 그 소리가 맑고 깨끗하여 천지에 가득 차는데, 마치 증삼曾參이 상송商頌을 노래하는 것을 듣는 듯하여 사람들의 가슴속을 유연하게 하여 마치 강호에 있는 듯한 느낌을 주니, 이는 그의 마음에 사욕이 없어 사물에 초탈하였기 때문에 그 소리의 나타냄이 이러한 것이다.

하루는 그가 나에게 말하기를 "나의 뜻은 고기 낚기에 있는데, 그대는 고기 낚는 즐거움을 아는가? 대저 강태공은 성인이니 내가 감히 그와 같이 때 만나기를 기필期必(꼭 이루어지기를 기약함)할 수가 없고, 엄자릉은 어진 분이니 내가 감히 그와 같이 개결介潔(성품이 깨끗하고 굳음)하기를 바랄 수는 없지만, 동자와 관자들을 이끌고 갈매기와 백로를 벗 삼아, 이따금 낚싯대를 들고 쪽배의 노를 저어 조류 따라 오르내리며 배 가는 대로 맡겨 두었다가, 깨끗한 모래사장에 배를 매거나 산수 좋은 중류에서 구운 고기와 신선한 회로 술잔을 들어 서로 수작하다가 해가 지고 달이 떠오르며 바람은 자고 물결이 고요할 때에는 배에 기대어 길게 휘파람 불고 노를 치며 높이 노래하고, 흰 물결을 날리며 맑은 달빛을 헤치노라면 호호히 마치 성사星槎(은하수로 가는 배)를 타고 하늘로 올라가는 듯하다. 그러다가 강에 연하煙霞가 자욱하고 짙은 안개가 내리면 도롱이와 삿갓을 펄럭이고, 그물을 던지면 금빛 비늘과 옥빛 꼬리의 고기들이 멋대로 펄떡거려 보기에도 상쾌하며 마음도 흐뭇해진다. 그러다가 밤이 깊어 구름이 짙어지고 하늘이 캄캄하면 사방은 아득하고 고기잡이 등불만이 깜박이는데, 배 지붕에 뿌리는 빗소리는 느렸다가 빨랐다가 구슬프게 운다. 이때에 배 안에 누워 아득히 먼 옛날의 창오蒼梧(순 임금이 죽었다는 뜻)를 생각하고 상루湘累(굴원이 죄를 뒤집어쓰고 추방됨을 말함)를 슬퍼하노라면, 진실로 시대를 감상하는 생각이 무한히 일어나게 된다.

그뿐이겠는가! 양쪽 언덕에 꽃이 붉을 적에 몸이 그림 속에 있는 듯하고, 가을에 요수가 다 빠지고 물이 냉철할 적엔 배가 거울 위에 다니는 듯하며, 여름 뜨거운 햇볕에 더위가 쏟아질 적엔 버들 밑 낚시터에 바람이 산들거리고, 겨울 북풍에 눈이 내릴 적엔 차가운 강 위에서 혼자 낚시질하여 사철 따라 낙이 없는 때가 없다.

저 현달하여 벼슬하는 사람들은 구차하게 영화에만 빠져 있지만 나는 그때그때 당하는 대로 편하게 지내고, 곤궁하여 어부 노릇을 하는 사람은 구차하게 이득만 노리지만 나는 자적하는데 낙을 두어 현달하거나 침체함을 운명에 맡기고, 서권舒卷(진퇴와 같은 뜻)을 오직 시절대로 하여, 부귀 보기를 뜬구름같이 하고 공명 버리기를 헌 신짝 버리듯 하여 스스로 형해形骸 밖에서 방랑하니, 어찌 시속을 따라 이름을 낚으며, 벼슬길에 빠져 생명을 가볍게 여기며, 이득만 취하다가 스스로 깊은 수렁에 빠지는 자와 같겠는가!

이러므로 나는 벼슬을 하면서도 강호에 뜻을 두어, 매양 노래에 의탁하는 것이니, 그대는 어떻게 여기는가?

하기에, 내가 듣고서 좋게 여기고, 따라서 기記를 지어 주고, 또한 나 자신도 두고 보려 한다.

_ 권근, 《양촌집》 권2

강을 따라 걷다 보면 어디고 간에 낚싯대를 드리운 낚시꾼들을 심심치 않게 만날 수가 있다. 어떤 사람은 낚싯대 하나를 드리우고 세월을 낚는 사람도 있지만 어떤 사람은 낚싯대를 여남은 개 세워놓고 전쟁을 하듯이 낚는 경우가 많이 있다. 낚시가 현대인들에게 널리 퍼져 나가면서 여자들도 같이 나가는 일도 많고 심지어 낚시 전문 잡지가 몇 개 생겼고 낚시 전문 케이블 방송까지 생겨났다. 바다낚시, 강변낚시를 비롯하여 고기를 사다가 넣어놓고 낚시터의 요금을 받는 유료낚시터까지 생겨났지만, 옛 사람들의 풍류와는 너무 동떨어진 문화가 낚시 문화가 아닐까 싶다.

어떻게 하면 낚싯대를 드리우고 세월과 세상을 이야기하고 고기

잡는 사람이 자연이 되는 그런 경지에 이를 수 있을 것인지, 세상을 돌아다니다 보면 세상은 넓고 저마다 생각이 깊고 또 다르다는 것을 알면 알수록 서글픔만 더할 뿐이다.

인간 세상의 즐거움이
쉬는 것보다 나은 것이 없건만

- 강희맹이 〈만휴정기萬休亭記〉를 지은 사연

내 친구 홍군洪君 아무개가 충

청도 회덕 현감에서 면직되어 금양의 별장에서 사는데, 산수의 경치가

좋았다. 임오년 여름에, 내가 동향 사람으로 향사鄕射의 열에 끼이게 되어

술 두어 순배를 나누는데 홍군이 술잔을 쳐들며 청하기를 "내가 대대로

이 땅에 살아서 정자의 나무가 교목이 되었는데 아직도 편액이 없으니

어찌 사문斯文(사림) 몇몇 분의 수치가 되지 않겠느냐" 하였다. 희맹希孟은

말하기를 "서글프다. 인생이 지극한 낙이 있어도 낙으로 여기지 않고,

지극한 병이 있어도 병으로 여기지 않는 것을 그대는 아는가?" 하니 홍

군은 "모른다" 하므로 희맹이 다음과 같이 말했다.

"인생이 휴식할 줄을 몰라서 병인데, 세상은 휴식하지 않는 것을 낙

樂으로 여기니 대체 어쩌자는 것인가. 무릇 사람의 생명이 얼마 길지 않

아서 백년을 사는 자는 만에 하나둘도 없으며, 설사 있다고 하더라도 그

어릴 적과 늙고 병든 햇수를 제외하면 강건하여 일자리에 다다른 때가

4,50년에 불과하다. 그 사이에 또 승침昇沈, 영욕榮辱, 애락哀樂, 이해利害가

내 병이 되고, 내 진기真氣를 해롭게 하는 것을 제외하고 유연히 즐기고 쾌활하게 휴식할 수 있는 날은 역시 몇 달에 불과한데, 하물며 백년도 다 못 사는 몸으로 무궁한 근심걱정을 감당함에 있어서랴. 이러기에 세상 사람이 우환에 골몰하여 휴식할 기약이 없게 되는 것이다.

옛날 사공도가 왕관곡에 세거世居하여 정자를 짓고 그 정자 이름을 삼휴三休라 하며 말하기를 "첫째는 재주를 요량해보니 쉬는 게 마땅하고, 둘째는 본을 헤아려보니 쉬는 게 마땅하고, 셋째는 귀먹고 노망했으니 쉬는 게 마땅하다"고 하였다. 그렇다면 옛 사람도 또한 일찍이 이 휴식을 취하는 자가 있었다. 비록 그러하나 사람이 한 세상에 나서 사단事端은 만 가지인데, 쉬어야 할 것이 어찌 이 세 가지뿐이겠느냐.

지금 그대가 일찍이 백리의 지방에 수령이 되어 세상맛에 손가락을 물들였으니 모르겠지만, 닷 말의 녹봉을 탐내어 몸을 위태한 땅에 두는 것이 쉬는 것과 비해 어느 것이 나으며, 수판手版(홀)을 공손히 쥐고 허리를 굽히며 얼굴빛을 강작하여 세속에 아첨하는 것이 쉬는 것과 비해 어느 것이 나으며, 몸을 숙여 일자리에 들어가 노심초사하며 미치지 못할까 염려하는 것이 쉬는 것과 비해 어느 것이 나으며, 마음으로 이해를 따지고 보통 생각을 벗어나 스스로 높게 가져 늙어 죽은 뒤에야 마는 것이 쉬는 것과 어느 것이 났다 하랴. 인간 세상의 즐거움이 쉬는 것보다 나은 것이 없건만 도리어 병 되게 여기니 의심스런 일이다.

금양이 비록 작은 고을이나 산림이 있고 전토田土는 족히 생활을 유지할 만하고, 손님과 친구가 있어 족히 즐길 만하니, 이는 나나 그대가 모두 적합하게 여기는 바이다. 청하건대, 그대와 더불어 산수의 사이에 노닐고, 천지의 안을 곁눈질하며, 사물과 더불어 경쟁하지 않고 정신이 엉기고 생각이 고요하여, 죽은 듯이 자아를 잊고 만 가지 일을 모두 쉬게 되면, 내 병이 저절로 물러가고 내 낙이 저절로 이르러 올 것이니, 저 사공司空씨의 삼휴三休를 비교해볼 때 너무도 많지 아니한가. 청하건대 정자 이름을 만휴萬休라 하려 하였다."

홍군은 술을 돌려놓고 잔을 씻어 다시 붓고 축수하며 다음과 같은 노래를 불렀다.

> 금산은 푸르고 푸른데
> 한강수는 유유하구료
> 물은 수레로 가고 물은 배로 가서
> 잠불簪佛을 벗어 던지고 즐겁게 쉬라
> 솔가지를 어루만지고 그곳에 머무르련다
> 금산은 푸르고 푸른데
> 한강수는 유유하구나
> 상마桑麻는 들을 덮고 벼와 보리는 밭을 메웠으니
> 힘을 다해 밥 먹으매 무슨 근심 있으리
> 소원에 맞섰거니 다시 무얼 구하리
> 노래를 마치자 무위자無爲子는 써서 기記를 하였다.

_ 강희맹, 《속동문선續東文選》 권13

세상에 쉬는 것처럼 좋은 것이 어디 있으랴. 세상이 복잡해지다

보니 인생이 지극한 낙이 있어도 낙으로 여기지 않고, 지극한 병이 있어도 병으로 여기지 않는 그러한 시간에, 잠시 쉬면서 세상을 멀리서 관조해볼 수 있다면 얼마나 좋을까?

소를 타는 것은 곧 더디고자 함이다

– 양촌 권근의 기우설騎牛說

내가 일찍이 말하기를 "산수에 유람하는 데는 오직 마음속에 사사로움과 매인 것이 없는 뒤에라야 가히 그 즐거워하는 바를 즐길 수 있다" 하였다. 나의 벗 이주도가 평해에 살면서 매양 달밤이면 술을 가지고 소를 타고서 산수 사이에 놀았다. 평해는 명승지로 일컫는 곳이라, 그 유람하는 즐거움을 이군은 능히 옛 사람이 알지 못한 묘한 바를 다 얻었을 것이다. 무릇 물체에 눈을 주시함이 빠르면 정하지 못하고, 더디면 그 미묘함을 다 얻는다. 말은 빠르고 소는 더딘 것이니, 소를 타는 것은 곧 더디고자 함이다. 생각하건대, 밝은 달이 하늘에 있으매 산은 높고 물은 넓어, 상하가 한빛으로 굽어보나 우러러보나 한계가 없는지라, 만 가지 일을 뜬구름같이 여기고 긴 휘파람을 맑은 바람에 보내며, 소를 놓아가는 대로 맡기고 생각나는 대로 자신이 술을 부어 마시면, 흉중이 유연하여 스스로 그 즐거움이 있는 것이니 이 어찌 사사로움과 누累에 구애된 자의 능히 할 일이랴. 옛 사람 중에 이러한 즐거움을 얻었던 사람이 있었던가. 파공(동파, 즉 소식을 말함)의

적벽의 놀이가 거의 근사할 것이다. 그러나 배를 타는 것이 위태하고 소 등의 안전함만 같지 못할 것이요, 술도 없고 안주도 없을 때에 집에 돌아 가서 아내에게 의논하는 것은 스스로 휴대하는 용이함만 같지 못할 것이 다. 계수나무 노와 모란 노는 번거로운 일이 아니며, 배를 버리고 산으로 오르는 것은 수고로운 일이 아니겠는가. 소를 타는 즐거움을 그 누가 알 리요. 성인이 문하에 이 사람이 있었더라면 공자가 위연히 탄식함을 볼 것을 믿어 의심하지 않겠네.

_ 권근, 《양촌집》

소를 타고 그 소가 놓아가는 대로 맡기고, 자신은 술을 마시거나 시를 읊조리거나 하는 풍류는 옛 선비들의 공통된 꿈이었으리라. 배를 타며 노는 풍류도 좋지만 그건 위험하여 소 등의 안전함과 같 지 못하다. 또 배를 버리고 산으로 오르는 것은 더욱 수고로운 일이 다. 이런 옛 사람의 느림의 놀이가 그립다.

그리워지는 겨울의 풍류

– 성현의 거문고 소리

첫눈이 내렸을 때, 그 소
식을 "첫사랑처럼 첫눈이 온다"고 한다. 살아가는 것을 처음처럼,
첫사랑처럼 설렘으로 지속할 수 있다면 얼마나 좋을까 싶지만 쉬운
일은 아닐 것이다. 첫눈이 그리워지는 겨울, 옛 사람들은 겨울에 어
떤 풍류를 즐겼을까?

"산다는 것은 떠돈다는 것이요, 쉰다는 것은 죽는다는 것이다"라
는 말을 남긴 연산군 때의 풍류객 성현의 아들인 성세창의 친구 중
에 홍모洪某라는 사람이 있었다. 홍모가 눈 내리는 밤에 성현의 집
동원별당에서 밤새워 담소를 나누고 있는데 거문고 소리가 들려왔
다. 홍모가 문틈으로 밖을 내다보자 한 노인이 눈과 달이 소복한 매
화나무 밑에서 눈을 쓸고 앉아서 하얀 백발을 날리며 거문고를 타
고 있었다. "누구인가?" 하고 묻자 성세창은 아버지라고 하였다. 홍
모는 그날 밤의 잊히지 않을 장면을 다음과 같은 글로 남겼다.

그때 달빛이 밝아 대낮 같고, 매화가 만개했는데, 백발을 바람에 날려 나부끼고 맑은 음향이 암향暗香에 타 흐르니 마치 신선이 내려온 듯, 문득 맑고 시원한 기운이 온 몸에 가득함을 느꼈다. 용재(성현의 아호)는 참으로 선골유골仙骨遺骨의 풍류객이라 할 만하다.

흰 눈이 내리는 밤에 거문고를 타거나 듣는 호사를 누리지는 못할지라도 그윽한 향이 감도는 커피나 차 한 잔이라도 가운데 놓고 담소를 나누는 겨울의 운치, 거기에 군고구마나 군밤이 곁들여진다 해도 그리 나쁠 것 같지는 않다.

천리를 가야 하는데

【 세상 살아가는 이치 】

마음을 맑게 할 수 있느냐

– 이첨의 청심설淸心說

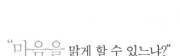"마음을 맑게 할 수 있느냐?"

"가능하다."

"그 방법이 있느냐?" 하니, 요령이란 욕심을 없게 하는 데 있다. 맹자는 말하기를 "본연의 마음을 기르려면 사람의 욕심을 적게 함보다 더 좋은 것이 없다. 그 사람됨이 욕심이 적으면 비록 물욕에 끌려 밖으로 달려간다 해도 적다."라고 하였다. 나는 말하기를 "마음을 청정하게 하는 데는 욕심이 적고 물욕에 끌리지 않는 데에 그치지 않는다. 대개 작은 것이 또 적게 되면 무無에 이르나니, 욕심이 없게 되고 고요하면 비고 움직이면 곧게 한다. 고요하고 공허하면 밝고 또 통하며, 움직임이 곧으면 공평하게 하고 넓으며, 밝게 통하면 본심을 잡고 기름이 치밀하고, 공평하고 넓으면 살피기를 정밀하게 한다. 옛 성현이 비록 천성으로 말미암아 이에 이른 것이나 또한 반듯이 마음을 맑게 함으로써 이룬 것인데, 맑게 하는 요령이 대개 이와 같으니 이 사람에게 있을 뿐이다. 내신 강공姜公이 본래 학문의 공부는 없으나 맑은 마음을 마음으로 삼으니, 이는 가히 존경하고 숭상할 일이다. 그러므로 해설을 써서 권면하는 바이다."라고 하였다.

고려말에서 조선초의 문신 이첨이 말한 '청심설淸心說'로 《동문선》에 실려 있다. 마음을 맑게 하고 싶은 것은 모든 사람이 꿈꾸는 것이지만 마음의 호수엔 항상 구름이 덮여 있거나 탁한 물이 가득 담겨 있기가 일쑤이다. 욕심을 없애거나 마음을 비운다는 것에서부터 마음의 맑고 탁하고가 판가름 날 것인데, 대부분 인간의 마음속 호수에 항상 바람 잘 날이 없다.

중국 당나라 때 영철이란 승려는 "만나는 사람마다 사직하고 떠나겠다 말하지만, 수풀 아래 어디 한 사람이나 보이느냐"라며 비아냥거리는 시를 지었지만, 어디 그렇게 모든 것 내던지고 떠난다고 하면서도 떠나지는 못하고 그저 망설이고만 있으니, 이를 대체 어떻게 한단 말인가.

하늘과 땅 사이에 이보다 더 큰 즐거움

– 〈소창청기〉에서 말하는 즐거움

사는 게 무엇인지 만나는
사람마다 바쁘지 않은 사람이 없다. 저마다 하루에 몇 차례씩의 만
남이 예정되어 있어서 서로 약속 시간을 잡는 게 그렇게 어려울까?
나는 매일 한가하고 한가해서 내 의견을 고집하지도 못하고 남의
시간에 내 시간을 맞추는 게 가장 현명한 듯싶고 그때마다 내가 행
복한가? 아니면 그냥 너무 밋밋하게 사는 게 아닌가 한참씩 되돌아
보고는 한다.

정신과 육체가 피로할 때에는 낚싯대를 던져 고기를 낚거나 옷자락
을 접고서 약을 캐거나 개천물을 돌려 꽃밭에 물을 대거나 도끼를 들어
대나무를 쪼개거나 뜨거운 물로 손을 씻거나 높은 곳에 올라 사방을 두
루 살피거나 이리저리 한가롭게 거닐면서 마음 내키는 대로 즐기면 좋
네. 그때 밝은 달이 동편에 떠오르고 맑은 바람이 저절로 불어오면 움직
이고 멈추는데 구애받음이 없이 내 신체에 달린 모든 부위가 자유롭기

이인문, 산수도山水圖, 종이에 열은 채색, 98.5x54cm, 국립중앙박물관 소장.

때문에 마냥 고상하고 활발하여 하늘과 땅 사이에 이보다 더 큰 즐거움
이 없을 듯싶네.

_ 오종선, 《소창청기》

한가로이 노닐면서 어제 쓴 여러 편의 글들이 어딘가로 날아가
서 보지도, 보내지도 못하고 있다. 그러면서 잃어버린 고기가 더 크
다는 말을 떠올리며 사라진 글들이 아쉽고, 그래서 더욱 한가하지
도 못한 오늘 오후엔 어디로 갈까? 하지만 그곳에 가서도 해야할
일들을 잊어버리지 못하고 서성거리지는 않을지, 걱정이 앞선다.
　나는 지금 어디에 서서 어디를 향해 가고 있는가?

일체가 마음속에 있다

– 참모습을 찾는 법안의 이야기

나한이 법안에게 물었다.

"어디로 가려는가?"

"여기저기 돌아다니겠습니다."

"무엇 하러 돌아다니는가?"

"모르겠습니다."

"모른다는 것이 가장 가까운 말이다."

법안이 작별을 고하니 나한이 물었다.

"일체가 오직 마음이라고 하는데, 저 뜰 아래 있는 돌은 마음 안에 있는가, 마음 밖에 있는가?"

"마음 안에 있습니다."

"돌아다니는 사람이 왜 무거운 돌을 가지고 다니는가?"

법안은 말문이 막혔다.

이 의문을 풀고자 법안은 나한을 스승으로 모시고 매일 자신의 견해를 스승에게 말했으나 스승은 "불법은 그런 것이 아니다"고 말할 뿐이었다.

한 달이 될 무렵 스승에게 말했다.

"이제 더는 드릴 말씀이 없습니다."

그러자 스승이 말했다.

"불법이란 모든 현상의 있는 그대로의 모습이다."

이 말에 법안은 크게 깨달았다.

후에 법안은 때때로 대중에게 이렇게 설법했다.

"진리는 있는 그대로의 모습으로 우리 눈앞에 있다. 그러나 그대들은 이름과 형태로 받아들이고 있다. 그렇게 해서 어떻게 참모습을 찾을 수 있겠는가?"

_《금릉청량원문익선사어록金陵淸涼院文益禪師語錄》

진리가 무엇인지 잘 알지도 모르면서 진리를 찾아 헤매는 것이, 한 사람으로 태어나 사람답게 산다는 것이, 그 평범한 일이 얼마나 어려운 일인가를 깨닫고, 마음은 있지만 그 마음먹은 바를 아무런 제약 없이 실천하고 산다는 것은 쉬운 일이 아니라는 것을 안다. 인위가 아니라 물이 아래로 흐르듯 자연스레 행하고 산다는 것이 깨달음을 얻은 사람이나 모든 것을 포기한 사람이 아니면 진실로 쉬운 일이 아니리라. 아, 어렵고도 어려운 세상을 사는 일이여!

내가 거울을 보는 것은

- 이규보의 경설鏡說

거사居士가 거울을 한 개 가졌는데, 먼지가 끼어서 흐릿한 것이 꼭 구름에 가린 달빛과 같았다. 그러나 아침과 저녁으로 들여다보고 얼굴을 가다듬는 것처럼 하였다. 손客이 보고 묻기를 "거울이란 얼굴을 비추는 것이요, 그렇지 않으면 군자가 이것을 보고 그 맑은 것을 취하는 것이다. 지금 그대의 거울은 흐릿한 것에 안개가 낀 것과 같은데도 그대는 오히려 늘 비춰보고 있으니, 그것은 무슨 까닭이냐?" 하였다.

거사는 말하기를 "거울이 밝은 것은 잘생긴 사람은 좋아하지만 못생긴 사람은 싫어한다. 그러나 잘생긴 사람은 적고 못생긴 사람이 많아서 만일 한번 보면 반드시 깨뜨려서 부숴버리고야 말 것이니, 먼지에 흐려진 것만 못하다. 먼지로 흐리게 된 것이 그 겉은 부식되었다 할지라도 그 맑은 바탕은 없어지지 않는 것이니, 만일 잘생긴 사람을 만난 뒤에 다시 갈고 닦을지라도 늦지 않다. 아, 옛적에 거울을 보는 사람은 그 맑은 것을 취한 것이나 내가 거울을 보는 것은 그 흐린 것을 취하는 것이니,

그대는 무엇을 이상스럽게 여기는가?" 하니, 손은 할 말이 없었다.

_《동문선》권96

네델란드 격언에 "눈이 보지 않은 것은 마음이 간청하지 않는 다"라는 말이 있다. 안 보면 아무런 일이 없는데, 아침저녁으로 거 울을 보면 가끔은 내가 너무 낯설어 당황하거나 두려울 때가 있다. 나를 가장 자세하게 꾸밈없이 보여주는 거울인데도 거울에 비치는 내가 싫어서 거울을 믿지 못하고 눈길을 돌리는 것. 거울아, 거울 아! 뭐하니? 보고 또 보는 사람에게 아부도 못하고, 설움만 당하는 거울아!

어느 곳이 아름다운가
- 한 낭관이 본 뛰어난 경치

옛날에 두 재상이 우연히 길에서 만났다. 두 사람 모두 일찍이 영남지방의 사또를 지낸 적이 있었는데 서로 어느 곳이 좋은가에 대한 이야기를 나누었다. 그 중 한 사람은 진주 기생을 좋아한 적이 있었으므로 촉석루가 세상에서 가장 경치가 좋은 곳이라고 하였고, 또 한 사람은 밀양 기생을 좋아한 적이 있어서 영남루가 가장 좋은 경치라며, 서로 자랑을 하는데 어느 곳이 아름다운가를 가릴 수가 없었다.

그 자리에 반년쯤 고을 사또를 지낸 적이 있는 낭관 한 사람이 같이 있었는데, 두 재상의 말을 듣고서 다음과 같이 말했다.

"영남루와 촉석루가 경치로 보면 좋기는 하나, 제 생각에는 두 곳 다 상주의 송원만은 못한 것 같습니다."

그 말을 들은 한 재상이 말하였다.

"송원은 볼품없는 곳이지 않소. 거친 언덕마저 잘록한 산모퉁이 아래에 있고, 밭두렁 사이에 도랑물이 흐르는 정도이지 않소. 먼 산이며 큰 들판은 볼 만하지만 푸른 대나무나 안개구름 같은 운치는 아예 없어서 올라가서 멀리 바라볼 수도 없고, 그래서 그다지 흥이 나지 않을 곳인데 당신이 그렇게 말하니 무슨 별다른 얘깃거리라도 있다는 말입니까?"

그러자 그 낭관은 답하였다.

"내가 남쪽을 유람할 때에 상주 기생에게 정을 준 적이 있었습니다. 마침 돌아오는 날이 되어, 갑자기 이별할 수도 없고 해서 함께 말을 몰아 서쪽 송원에 이르게 되었습니다. 날이 이미 어두워졌으므로 허물어진 집의 뻥 뚫린 창가에서 베개를 나란히 하고 누웠더니 가을비는 쓸쓸히 내리지요, 가는 바람은 잎사귀를 흔들어 도무지 잠을 이룰 수가 없었습니다. 그렇게 아름답던 밤이 지나고 새벽이 찾아오자, 이별할 수밖에 없는 우리들의 처지인지라 말머리를 돌리는데, 쇠잔한 산이며 잘록한 골짜기에서 열 걸음에 아홉 번은 뒤돌아보았을 것입니다. 고개를 넘은 뒤로 여러 날을 지냈지만, 그곳의 언덕이며 쓸쓸한 들판의 정경이 지금도 새록새록 눈앞에 아른거립니다. 촉석루와 영남루는 일찍이 꿈도 꿔본 적이 없으니, 송원 경치가 촉석루나 영남루보다 나아도 한참이나 나은 경치이지 않을까요?"

그 낭관의 말을 들은 두 재상이 배꼽을 잡고 웃으며 말했다.

"낭관의 말이 맞는 듯합니다. 송원은 낭관이 본 가장 아름다운 경치라고 해야 맞겠고, 촉석루나 영남루는 우리 두 사람이 본 가장 빼어난 경치라 해야 맞겠습니다."

_ 홍만종, 《명엽지해蓂葉志諧》

'제 눈에 안경'이라는 말이 있다. 내 눈에 안경은 아마도 영주의 부석사와 금산사 가는 길 옆의 귀신사, 그리고 강진의 무위사일 것이다. 내 마음이 편안해지는 그곳은 누가 뭐라고 해도 내가 가장 편안해지는 경치라고 해야 할 것이고 내 마음속 명당이라고 해도 과언이 아닐 것이다. 내가 그곳에 가 있을 때 마음이 편안한 곳, 그곳이 명당이고 가장 좋은 경치일 것이지만 무엇보다 중요한 것은 그때 그 순간에 누군가와 함께 있었느냐, 일 것이다.

축촉한 이슬같이 두루
바른 정치를 베풀어야 할지니

- 연암 박지원이 〈하풍죽로당기荷風竹露堂記〉를 지은 까닭

요즘 지자체마다 본청 건물
을 크게 짓기 시합을 하는지 건물마다 으리번쩍하다. 박지원의《연암집》
에 나오는 〈하풍죽로당기〉를 보자.

정당正堂의 서쪽 곁채는 다 무너져 가는 곳간으로 마구간, 목욕간과
서로 이어져 있고, 두어 걸음 밖에는 오물과 재를 버려 쌓인 쓰레기더미
가 처마보다도 높이 솟아 있으니, 대개 이곳은 관아의 구석진 땅으로 온
갖 더러운 것이 모인 곳이다. 바야흐로 봄이 되어 눈이 녹고 바람이 따스
해지자 더욱 견딜 수가 없었다.

그래서 종복들에게 일과를 주어 삼태기와 바지게로 긁어 담아내게
하여, 열흘 뒤에는 빈터가 이루어졌는데, 가로는 스물다섯 발에 이르고
너비는 그 십 분의 삼이었다. 떨기나무들을 베어버리고 잡초를 쳐내고
울퉁불퉁한 곳을 깎아 내어 패인 곳을 메우고 마구간을 다 옮겨버리니
터가 더욱 시원해졌고, 좋은 나무들만 골라 줄지어 심어 두니 벌레와 쥐

가 멀리 숨어 버렸다. 이에 그 터를 반으로 나누어, 남쪽에는 남지南池를 만들고 폐가가 되어 방치되어 있던 재목을 이용하여 북쪽에 북당北堂을 지었다.

당堂은 동향으로 지어 가로는 기둥이 넷, 세로는 기둥이 셋이요, 서까래 꼭대기를 모아 상투같이 만들고 호로胡盧를 모자처럼 얹었다. 가운데는 대청을 만들고 연하의 장방을 만들었으니, 전면은 왼쪽이 되고 협실은 오른쪽이 되며 빈 곳은 트인 마루요, 높은 곳은 층루요, 두른 것은 복도요, 밖으로 트인 곳은 창문이요, 둥근 것은 통풍창이 되었다. 굽은 도랑을 끌어 푸른 울타리를 통과하게 하고, 이끼 긴 뜰에 구획을 나누어 흰 돌을 깔아 놓으니, 그 위를 덮어 흐르는 물이 어리비쳐서 졸졸 소리 낼 때는 그윽한 시내가 되고 부딪치며 흐를 때는 거친 폭포가 되어 남지로 들어간다. 그리고 벽돌을 쌓아 난간을 만들어 못 언덕을 보호하고, 앞에는 긴 담장을 만들어 바깥 뜰과 한계를 짓고, 가운데는 일각문一角門을 만들어 정당과 통하게 하고, 남으로 더 나아가 방향을 꺾어 못의 한 모서리에 붙여서 홍예문을 가운데 내고 연상각燕相閣이란 작은 누각과 통하게 하였다.

대체로 이 당의 절경은 담장에 있다. 어깨 높이 위로는 다시 뒤 기왓장을 모아 엇물려서 여섯 모로 능화菱花 모양을 만들기도 하고, 쌍고리처럼 하여 사슬 모양을 만들기도 하고, 하나씩 풀어놓으면 돈꿰미 무늬가 되고 서로 잇대면 설전雪錢이 되니 그 모습이 영롱하고 그윽하다.

그 담 아래에는 한 그루 홍도紅桃, 못 가에는 두 그루 늙은 살구나무, 누대 앞에는 한 그루의 꽃 핀 배나무, 당 뒤에는 수만 줄기의 푸른 대, 연못 가운데는 수천 줄기의 연꽃, 뜰 가운데는 열한 뿌리의 파초, 약초밭에는 아홉 뿌리의 인삼, 화분에는 한 그루의 매화를 두니, 이 당을 나가지 않고도 사계절의 명물들을 모두 감상할 수 있다.

이를테면 동산을 거닐면 수만 줄기의 대에 구슬이 엉긴 것은 맑은 이슬 내린 새벽이요, 난간에 기대면 수천 줄기의 연꽃이 향기를 날려 보내는 것은 비 개고서 햇빛 나고 바람 부드러운 아침이요, 가슴이 답답하고 생각이 산란하여 탕건이 절로 숙여지고 눈꺼풀이 무겁다가 파초의 잎을 두드리는 소리를 듣고 정신이 갑자기 개운해지는 것은 시원한 소낙비 내린 낮이요, 아름다운 손님과 함께 누대에 오르면 아름다운 나무들이 조촐함을 다투는 것은 갠 날의 달이 뜬 저녁이요, 주인이 휘장을 내리고 매화와 함께 여위어 가는 것은 싸락눈 내리는 밤이다. 이것은 또 철에 따라 각 사물에다 흥을 붙이고 할 동안에 각각의 절경을 발휘하게 한 것이기는 하지만, 저 백성이 이러한 즐거움에 참여하지 못한다면 그것이 어찌 태수가 이 당을 지은 본뜻이겠는가?

아아! 나중에 이 당에 거처하는 이가 아침에 연꽃이 벌어져 향내가 멀리 퍼지는 것을 보면 다사로운 바람같이 은혜를 베풀고, 새벽에 대나무가 이슬을 머금어 고르게 젖은 것을 보면 촉촉한 이슬같이 두루 선정을 베풀어야 할지니, 이것이 바로 내가 이 당을 '하풍죽노당'이라고 이름 지은 까닭이다. 이로써 뒤에 오는 이에게 기대하는 바이다.

_《연암집》(박지원 지음, 신호열, 김명호 옮김, 민족문화추진회)

세상은 그때보다 더 좋아졌다고 한다. 봉건주의에서 민주주의로

변했다고 하지만 일반 서민들의 삶과 위정자들의 삶의 괴리는 그제나 지금이나 매일반이다. 정조에서 현종까지 벼슬을 지냈던 연천 홍석주가, 진안의 원이 되어 떠나는 정경수에게 보내는 편지에 "이 몸이 하루라도 구차하게 안일하면 백성은 끝없는 괴로움에 걸린다. 이 마음을 지킨다면 비록 이것으로 천하를 다스린다 하여도 가하다."고 하였는데, 지금은 선거 때나 국민에게 굽실거리고 선거만 끝나면 목에다 깁스를 한 채 위세도 당당하게 살아가는 것이 비일비재하다. 당나라의 시인 두보는 나이 50세가 되던 해인 761년, 〈초가집이 가을바람에 날아감을 노래함〉이라는 글에서 가난한 선비들을 사랑하는 마음을 이렇게 읊었다.

어떻게 하면 천만 칸의 넓은 집을 얻어서 천하의 가난한 선비들을 널리 구제하여 그들의 즐거운 얼굴을 보게 될까? (중략) 비바람에도 끄떡없는 집들이 세워져서 가난한 선비들에게 제공된다면 비록 내가 얼어 죽더라도 한이 없을 것이다.

운동장같이 넓은 집무실을 만들어야 도정이나 시정이 잘 되고, 관사를 호화롭게 치장해야 자치단체의 위상이 올라가는가? 안타깝게도 그곳은 일반 국민은 한번 들어가 볼 기회조차 없다. 바람이 불면 저희끼리 쏠리어가고 오는 갈대 잎이나 억새 잎처럼 흔들거리다 가는 인생길에 연암 선생 같은 오지랖 넓은 마음을 가진 몇 사람만 만나면 얼마나 행복할까?

망태기 거지 이야기

― 〈삭낭자전索囊子傳〉

완산(전북 전주)에 한 거지가 있었는데, 이름을 물어도 모르고 성을 물어도 또한 모르는데, 어떤 사람이 그를 홍洪이라고 불렀다. 그는 많이 먹어도 배가 부르지 않고 먹지 않아도 배가 고프지 않았다고 한다. 눈바람을 맞고 있어도 춥지 않았고, 사람들이 옷가지를 주면 갖지 않았으며, 쌀을 동냥하여 먹다가 남는 것이 있으면 굶주리는 사람들에게 주었다.

단 한번도 다른 사람과 함께 거처한 사람이 없고, 한번도 남과 더불어 말을 한 적도 없었다. 관사 아래에서 자고 있는데 고을의 노인네들도 모두 이 거지가 완산에 온 연대가 어느 때인지를 몰랐지만 세월이 그렇게 오래 흘렀어도 얼굴은 항상 그대로였다.

어떤 사람들은 그를 '망태기'(삭낭자)라고 불렀는데 새끼를 꼬아 망태기를 만들어서 다닐 때에는 둘러메긴 메었으나 망태기에는 아무런 물건도 없었으며 또한 이상한 일도 없었다. 가끔 서울에 가서 놀다 오는

데 사람들이 그가 가고 오는 것을 아무도 몰랐다. 다 떨어지고 찢어진 옷에 나막신을 신고 저자에서 구걸을 했다. 지금 정승 원공元公이 일찍이 완산 부윤이 되었을 때, 마음에 이상한 생각이 들어서 부로 불러들여 몹시 친절하게 대접하고자 했더니 또한 사양하지를 않았다. 먹을 것을 주니까 감사히 먹었으나 말을 하지는 않았다.

그런데 하루아침에 어디로 갔는지 알 수가 없었다. 그 후 남쪽 지방에 큰 흉년이 들었고, 다시 오지 않은 지가 몇 십 년이 되었다고 한다.

이 사람은 대개 방외方外에 노닐면서 사물과 상관하지 않고 세상을 잊어버리면서 그가 긴긴 자취를 없애고자 했던 듯이 보이고, 떠돌아다니며 얻어먹으니, 토태土駘의 광인 접여接輿의 무리가 아닌가 싶다.

_ 허목, 《기언記言》 별집 권14

제임스 힐튼의 원작소설로 영화화되었던 〈잃어버린 지평선〉의 무대가 중국 운남성의 샹그릴라이다. 그곳에서는 시간이라는 것이 정지되어 그곳으로 들어간 나이만큼에서 더는 늙지 않기 때문에 스무 살 남짓의 여자는 몇 백 년의 세월이 흘렀어도 그 젊음을 유지하고 있다. 그런 샹그릴라에서 벗어나자마자 수백 년 된 노파로 변하여 죽고 마는 그 소설 덕분에 사람들은 지금도 샹그릴라를 하나의 이상향으로 여기는데, 미수 허목이 살았던 조선 중기에 세월이 흘러도 나이가 들지 않는 사람이 살았다는 것이 신비하기 짝이 없다. 더구나 그는 먹어도 배가 부르지 않고 먹지 않아도 배가 고프지 않았다고 하며 눈보라 비바람이 몰아쳐 와도 춥지를 않았다니, 얼마나 부러운 일인가?

　요즘처럼 치솟는 주거환경과 실업난에다, 부모들은 가족부양 때문에 등살이 굽는데, 가족도 없고, 집과 양식이 없어도 아무렇지도 않게 살아갈 수 있다는 것은 얼마나 행운일까? 오늘 저녁에 전주 땅 여기저기를 헤매고 다니다 보면 어디선가 그가 나타나 어깨를 툭 치며, "여보게 술 한 잔 사주지 않겠나?"라며 웃음을 지으면 술 한 잔 사주고, 그렇게 살아가는 방법을 한 수 배워야겠다.

천리를 가야 하는데
– 익재 이제현과 묵암 탄사와의 대화

　　　　　　　　아래의 글은 익재 이제현의
《익재난고益齋亂藁》 권6 '기記'에 실린 〈백화선원정당루기白華禪院政堂樓記〉이다. 묵암 탄사가 경북 예천군 용궁면에 있는 천덕산에 정사精舍를 짓고 이제현에게 글을 받고자 해서 이제현과 묵암 탄사가 만나 주고받은 내용을 가지고 쓴 기문記文이다.

　　그때 이제현이 물었다.
　　"보리달마는 탑을 만들고 절을 세우는 것을 인위로 복을 만드는 일로 여기고, 혼자서 깨닫고 늘 아는 것을 참다운 공덕으로 여겨 비록 존귀한 천자에게 용납되지 않더라도 개의하지 않았는데, 탄사는 달마를 배우면서 도리어 토목土木에 노심하여 집을 웅장하게 짓고는 달관達官의 명칭을 빌어 호화롭게만 하니, 할 말이 있는가?"
　　탄사가 말하였다.
　　"지금 여기 누가 있다고 하자. 천리를 가야 할 참인데, 태만한데도 통솔하는 사람이 없어 중도에서 주저앉고, 우매한데도 인도하는 사람이 없어 지름길로 가다 도달하지 못하게 된다. 내가 지금 세상의 우리 무리를 보건대, 도 배운다는 것이 옛 사람의 남은 찌꺼기만 얻게 되면 버젓이 스스로 방자해져 명성이나 공리에 빠지고 마니, 중도에 주저앉는 태만한 사람이 되지 않겠는가? 혹은 산 속에서 추위나 주림을 견디며 각심하여 닦고 깨닫되, 소견이 좁고 미혹하여 바로잡아 가지 못하니, 지름길로 가는 우매한 사람이 되지 않겠는가?

　나는 이 때문에 분발하여 결사하니, 다소나마 우리 무리를 규합하여 명예나 공리의 함정에서 벗어나고, 산 속의 추위와 주림을 면하도록 하여 태만한 사람을 통솔하고, 우매한 사람을 인도하게 된다면 우리 스승이 예전에 말한 '혼자서 깨닫고 늘 안다'는 이치를 반드시 묵계하여 환히 아는 자가 있지 않겠는가?'

　조금만 다른 사람보다 더 배웠다고 여기거나 다른 사람보다 더 깨우쳤다고 여기면 목에 깁스부터 하고 힘을 주는 사람들이 어떻게 천리 길의 지름길을 바로 알아서 많은 사람을 데리고 가겠으며, 어떻게 다른 사람들을 인도할 수 있겠는가? 짧은 기記 속에서 많은 생각을 할 수 있게 하는 글이다.

고양이로 하여금
수레를 끌 수 있겠는가
- 토정 이지함의 사람에 대한 생각

　　"악한 범은 사람의 작은 몸을 엿보고 사특한 생각은 사람의 큰 몸을 먹어 들어가는데, 사람들이 악한 범은 무서워하고 사특한 생각은 무서워하지 않으니, 어쩐 일이냐?"

　　토정 이지함의 글로서 보이는 형체만 보려 하고, 보이지 않는 내면의 것들을 중요시하지 않음을 빗대고 있다.

　　토정이 포천 군수로 있을 때에 〈만언소萬言疏〉를 올렸는데, 그 중 사람을 쓰는 데는 반드시 그 재주대로 하여야 한다는 조목이 있었다.

　　해동청海東靑은 천하의 좋은 매이지만 새벽을 알리는 일을 맡게 한다면 늙은 닭만 못하고, 한혈구汗血駒는 천하의 좋은 말이지만 쥐를 잡게 한다면 늙은 고양이만 못할 것입니다. 하물며 닭이 사냥을 할 수 있겠으며, 고양이로 하여금 수레로 끌 수 있겠습니까?

　　조선 인조 때의 문신 정홍명의 문집 《기옹만필畸翁漫筆》에 실린 글이다. 이지함이 세상을 떠돌아다니며 방랑 생활을 한 것은 세상을 싫어해서만이 아니라 구속받는 것을 피하는 생각에서 나온 것이라고 한다. 그런데 이지함의 생각과 달리 그가 만들었다는 《토정비결》은 지금도 사람들의 손에서 손으로 전해지며 그의 이름까지 들먹여지고 있으니 참으로 아이러니하다.

세상과의 불화

– 방외지사 김시습

말이 좋지 방외에서 비바람
맞으며 사는 것은 쉬운 일이 아니다. 평생을 방외지사로 떠돌았던
김시습의 외모에 관한 글이 율곡이 지은 〈김시습전〉에 보면 다음과
같이 실려 있다.

사람 된 품이 얼굴은 못 생겼고 키는 작으나 호매영발豪邁英發하고 간
솔簡率하여 위의威儀가 있으며 경직하여 남의 허물을 용서하지 않았다. 따
라서 시세에 격상하여 울분과 불평을 참지 못하였다. 세상을 따라 저앙低
仰할 수 없음을 스스로 알고 몸을 돌보지 아니한 채 방외方外(속세를 버린
세계)로 방랑하게 되어, 우리나라의 산천山川치고 발자취가 미치지 않은
곳이 없었다. 명승을 만나면 그곳에 자리 잡고 고도古都에 등람登覽하면
반드시 여러 날을 머무르면서 슬픈 노래를 부르며 그치지 않고 불렀다.

또, 김시습은 금오산에서 지내면서 다음과 같은 시를 지었다.

오막살이 푸른 털 담요 포근하여라

매화나무 꽃그늘이 창문에 비낀

달 밝은 밤이구나

긴긴 이 밤에

등잔불 돋워 놓고

향불 피워 놓고

이 세상 사람들은 보지도 못한

이 글을 한가로이 쓰노라

_《금오신화에 쓰노라》(김시습 지음, 김주철, 류수 옮김, 보리)

세상을 살다가 보면 김시습 같은 사람이 도처에 있어서 세상을 맑게 정화시키기도 하고, 또는 긴장을 시키기도 하는데 이런 사람이 세상에 꼭 필요한 사람이라면 너무 과찬일까? 어떤 면에선 대부분의 사람들에게 불편한 사람, 이런 사람들을 만나며 살고자 하는 것은 아직도 나의 정신이 세상과 불화를 겪고 있다는 증거일 것이다.

왕이 주시는 것마저
사양하였으니 복도 없도다

- 최치운의 겸손

세종 15년에 최윤덕이 야인정

벌에 나섰을 때에 최치운은 종사관으로 가서 이기고 돌아왔다. 최치운은
참의에 오르고 바로 좌승지가 되었다. 얼마 뒤에 야인野人이 조명朝命(천자
의 명)을 받들어 우리나라를 침략한다고 하자, 나라에서 어찌할 바를 모
르고 있었다. 그때 최치운이 말하기를 "천자에 아뢰어 해결하는 외에 다
른 방법이 없습니다"고 하였다. 그러자 세종이 "그러면 보낼 사신을 천
거하라" 하였는데, 마땅히 보낼 사신이 없는지라 임금이 이르기를 "경
(최치운)만 한 사람이 없다" 하고 이어서 공조참판을 제수한 뒤에 이튿
날 떠나보냈다.

중국에 가서 황제의 윤가를 받고 칙서를 가지고 오니, 그 공로로 전
토 500결과 노비 30명을 주었다. 최치운이 노비만큼은 극구 사양하며 7
차례나 글을 올리는지라, 그 일로 임금이 대신들과 협의를 하였다. 이에
모든 대신들이 "30명밖에 안 되는 노비는 최치운의 공로에 비하여 부족
합니다만, 마땅히 억지로라도 주어야 합니다" 하였다. 그때 허조가 말하

기를 "이 사람은 인정 아닌 거짓으로 조작하는 것이 아니라 진실 된 마음에서 원하지 않는 것이니, 그것을 받아들여서 일후의 명에를 이르게 하는 것이 좋겠습니다" 하는지라 드디어 허조의 말을 따라 노비 주는 것을 그만두었다.

　　최치운이 집에 돌아가 가족에게 말하기를 "오늘 나는 청을 얻었노라" 하면서 기뻐하자 그의 부인이 말하기를 "왕이 주시는 것마저 사양하였으니 복도 없도다" 하였다.

_ 허봉, 《해동야언海東野言》 권2, 《대동야승大東野乘》

　　조그마한 공만 세워도 자기에게 돌아오는 것이 적다고 투덜대고 급기야는 모종의 일들을 꾸미는 사람이 많고도 많은데 공을 세우고도 드러내지 않고 겸양하는 최치운의 미덕이 매우 아름답다.

한밤중에 탄식하며 상상하네
- 목은 이색의 〈영개사永慨辭〉

입 오므려 소리를 내면 남들이 나를 교만을 벌인다 하고, 변론해서 도를 밝히기를 좋아하면 남들이 나를 말 많다 하며, 명량明良의 노래를 좇아 내 몸을 맹세하면 남들이 나를 쓸데없는 노래를 한다 하고, 봉황이 천인千仞(산이나 바다가 매우 높거나 깊음)에 낢을 생각하면 남들이 나를 다루기 어렵다 하며, 부엉이가 내 집을 망가친다 하면 남들이 나를 조롱한다 하고, 세상이 너절하게 비좁다 여기면 남들이 나를 너펄거린다 이르며, 명교名敎의 준칙準則을 좁다 하면 남들이 나를 멋대로 거닌다 하고, 내 방에 들어앉아 편히 쉬면 고부간 싸움으로 지껄이고, 성현들을 옛 글에서 대할 양이면 넓은 허공에 바구미를 찾는 듯하여 소리도 그림자도 아득히 찾을 길 없으니, 부끄러운 면목으로 맞으리.

하물며 미묘한 말씀이 귀에 들릴 수 있으랴. 사조의 아득한 메아리가 막막하네. 집을 나서 길이 달려 녹이騄駬 표조驃骉(빠르게 잘 달리는 말을 일컬음) 앞세웠네. 슬프다. 가시덤불이 간 길을 가려 고삐를 돌려 무료히 오네. 남들이 나를 용用이 없다 하는 것은 나의 배움이 난잡함이요, 남들이 나를 체禮가 없다고 하는 것은 나의 행실이 엷음이요, 남들이 나를 공밥 먹는다고 하는 것은 내가 실로 그 말을 달게 받겠네. 다만 나의 입에서 나오는 말이 끝의 말임을 생각하니, 눈물이 두 뺨을 적시네. 대저 공업功業 세움은 반드시 남의 힘에 의탁해야 하는 것, 요행을 바랄 것이 못되네. 덕을 닦을 줄 모르는 것, 왜 남들이 나를 "요량키 어렵다" 이르는가. 어두워 알지 못하고서 바르고 곧은 길 버티니 허둥지둥 내닫다가 타락에 빠짐을 면하지 못하리라. 네가 이미 뉘우쳐도 이렇듯 망설이니, 남들이 나를 "요량키 어렵다" 하는 것이 마땅하구나. 천년 뒤에 사람이 있으리니 한밤중에 탄식하며 상상하네.

고려 말의 문신 목은 이색이 지은 글로 《동문선》 권1 '사辭'에 실린 글이다. 누가 누구를 안다고 하고 누가 누구를 이해할 수 있으랴. 다만 기대고 싶고, 이해받고 싶은 마음 하나 부질없이 가지고 살다가 가는 이 세상, 그래서 이색은 〈유수사流水辭〉라는 글에서 인생을 어떤 상황 속에서도 아래로만 흐르는 강물에 비유했는지도 모르겠다.

"물은 오직 아래로만 흘러 백번 꺾여도 그냥 내리네. 바다에 들지 않곤 어느 고비엔들 멈추리."

천하의 반을 준다 해도
바꾸지 않은 집

- 율정과 악양루의 차이

서울 근교에 한 선비가 있었
는데 그의 집이 남산 기슭이었다. 동산 가운데에는 바위틈에서 새어 나
오는 샘이 맑고 차가웠으며, 또 오래 묵은 밤나무가 있으므로 사람들은
그 동산의 이름을 율정栗亭이라고 하였다.

어느 날 이름이 알려지고 글을 잘하는 친구 대여섯 명이 그 집에 모
여 고회高會(모임을 높여서 부르는 말)를 가졌다. 이 가운데 이름난 벼슬을
가진 사람이 말하기를 "내 집은 서울 가까이 있는데 지대가 그윽하고 뛰
어났습니다. 그대의 이 집과 바꾸었으면 싶은데 그대는 어떻게 생각하
오?" 하자, 주인은 고개를 좌우로 설레설레 흔들며 허락하지 아니하였
다. "그렇다면 내 별장까지 더 드리겠소" 했지만, 주인은 승낙하지 아니
하였다. 그러자 다른 사람이 주인에게 말하기를 "악양루에다 덤으로 천
하의 반을 덧붙여서 주게 되면, 주인은 허락할 수 있겠소?" 하였지만, 주
인은 "안 되는 말입니다" 하였다. 옆에 있던 사람이 말하기를 "이만하면
장사가 잘된 셈인데, 주인은 왜 허락하지 않으십니까?" 하며 마침내 모
두 한바탕 웃었다.

상국 용재(이행)가 이 말을 듣고, 그를 위하여 시 한 귀를 지었다. "한 골짜기에 천하의 절반을 더하는 값을 오래도록 지니고 있으니, 율정을 어찌 악양루와 바꾸랴." 그 사람이 죽은 다음 용재는 그 글귀에다 한 귀를 더 지어 절구로 하여 만가挽歌로 하였는데, 지금 문집 속에 실려 있다. 그런데 이 말이 전하지 아니하니, 결함 중의 하나라고 할 수 있다.

— 차천로, 《오산설림초고五山說林草藁》

내가 사는 집은 그저 집일 뿐이다. 집을 집으로 여기지 않고 투기대상으로 여기는 한 이런 현상은 당분간 지속할 것 같아 그게 가슴이 아프다. '곧 죽어도 고'라는 말처럼, 남이 아무리 좋은 것을 준다고 해도 내가 가진 것에 비하랴. 도스또예프스키의 《까라마조프가의 형제들》에서 드미뜨리는 다음과 같이 말한다.

"우리는 수백만 금을 구하는 것이 아니고 자기 자신의 의문에 대한 해답을 구하는 사람이 되고 싶은 것입니다."

그렇게 살고자 했던 내 마음도 가끔은 흔들리지만 "돈에는 더 많은 돈 이외에는 친구가 없지"라고 존 스타인벡이 《분노의 포도》에서 한 말을 떠 올리면 그 생각이 말끔히 사라진다.

천하의 반을 준다고 해도 가지고 갈 수는 없는 것, 좋아하는 몇 사람과 서로 정을 나누며 사는 것이 행복하지 않은가?

못 하는 것이 없는 노인
- 대제학 박연의 겸손한 풍류

대제학 박연은 영동 사람이다. 나이 40이 되도록 영락하여 세상을 만나지 못하고, 거문고와 장기로 스스로 마음을 위로하며 살고 있었다. 아들 몇이 있었으나 또한 글 읽기를 힘쓰지 않아 바둑을 들고 이웃집에 놀러 가 통음痛飮(술을 매우 많이 마심)하는 것으로 소일하였다. 그러나 밤이 되면 등잔불을 켜놓고 글을 읽지 않은 적이 없었고, 때때로 피리를 비껴 물고 스스로 즐기곤 하였다. 그 뒤 과거에 급제하여 벼슬이 첨지에 이르렀다.

휴가를 얻어 고향으로 돌아가는 도중 서원을 거쳐 가게 되었다. 지위를 속여 남루한 옷차림으로 주사州司에 자고 가기를 청했는데 이때 박연은 이미 백발이었으나 동침하는 기생이 있었다. 거문고에 대하여 잘 알고 있기에 공이 순수 몇 곡을 타니, 여러 아전이 모여들어 안 보는 자가 없었고, 수리首吏는 공이 연로하면서도 솜씨가 있음을 기뻐하여 많은 음식까지 장만하여 대접하니 박연은 마음껏 즐기고 놀았다. 그 뒤로는 악기만 있으면 꼭 두세 곡씩 즐기니, 아전들이 모두 "노인께서는 못 하는 것이 없으신 분입니다" 하였다. 박연이 살통의 큰 살을 뽑아서 여러 아전에게 나누어주고 서로 한껏 즐기다가 파하였다. 아침에 공이 주관州官에게 이름을 대자, 목사 이하 모두 달려와 절하고 뵈었다. 여러 아전은 매우 놀랐지만 박연은 끝내 이에 대하여 한 마디의 언급도 없었다. 서원 고을 사람들이 지금까지도 이 일을 말하고 있다.

_ 이육, 《청파극담青坡劇談》, 《대동야승》

한국인의 심성을 가장 잘 드러내는 악기를 꼽으라면 거문고를 드는 사람이 많다. 우리나라 사람만이 아니라 《대지》의 작가 펄벅이 우리나라에 와 대구에서 거문고 연주를 듣고서 다음과 같이 말했다고 한다. "거문고 소리는 귀로 듣는 소리가 아니다. 이것은 눈으로도, 코로도 피부로도 듣는 초감각적인 소리다."

우리가 우리 것을 짐짓 모른 체해도 알 만한 사람은 다 아는 소리, 그것이 음악이나 대부분의 예술이 세계의 공통이라는 증거일 것이다.

허리를 껴안으며 가난을 즐거워하다

- 밥만 축내는 어느 서생 이야기

어느 집에 3형제가 살고 있었
다. 그 중 큰 형은 문관으로 높은 벼슬을 지내고 있었고, 막내는 무관으
로 수문장이었다. 그 가운데 둘째는 서생書生으로 밥만 축내고 있었다.
항상 그것을 못마땅하게 여긴 그의 아내가 하루는 남편을 붙잡고 투덜거
렸다.

"당신 형제들은 다 저렇게 높은 관리가 되어 부귀를 누려서 동서들
은 아무 걱정이 없는데, 왜 나만 가난한 선비의 아내가 되어서 이런 고생
을 해야 하나요?"

남편이 말하기를 "형님하고 동생이 비록 부귀공명을 누리는지는 모
르지만 부부금실은 우리만 못할 것이오" 하였다. 아내가 남편에게 묻기
를 "그게 무슨 말씀입니까?" 하였다.

남편이 다시 말하기를 "벼슬이 높은 형님은 첩들이 많아 형수와 같
이 지내는 날이 거의 없고, 동생은 무인이기 때문에 대부분은 변방에 나
가 있는 날이 더 많으니, 항상 기생만 끼고 살 뿐 제수씨와는 생이별이

아닌가? 당신은 나와 함께 한 밥상에서 밥 먹고 이불도 같이 덮고 지내니, 부부금실이 우리보다 좋은 사람이 어디 있겠는가." 하였다.

그 말을 들은 아내는 남편의 허리를 껴안으며 "당신 말이 진정으로 맞는 말입니다. 그까짓 부귀영화가 다 무슨 소용이겠습니까." 하였다.

_ 홍만종, 《명엽지해》

세상에는 허울만 좋은 부부들이 너무도 많다. 돈이나 권력 때문에 가타부타 말도 못하고, 형식적으로 부부인 체하며 사는 사람들. 고관대작이면 어떻고 가난뱅이면 어떻단 말인가? 부부란 무엇인가? 좋은 일도 나쁜 일도 함께 나누며 사는 것이 부부가 아니겠는가. 그런 의미에서 '허리를 껴안고 가난을 즐거워하다' 라는 이야기는 요즘 세상에 한 줌의 진한 깨소금 같은 이야기이다.

신선이 된다는 것

- 이덕무가 말하는 신선

신선은 별다른 사람이 아니다. 마음속에 한 점의 누도 없어 도가 이미 원숙한 지경에 이르고 금단술金丹術이 거의 이루어졌을 때를 말한 것이다. 매미처럼 껍질을 벗고 날아서 하늘에 오른다는 것은 억지 말이다. 만약 내 마음에 잠깐이라도 누가 없으면 이는 잠깐 동안 신선이 된 것이고, 반나절 동안 누가 없으면 반나절 동안 신선이 되는 것이다. 나는 비록 오랫동안 신선이 되지는 못하지만 하루에 두세 번쯤은 신선이 된다. 세상을 발밑에 두고도 하늘 높이 날아오르는 신선이 되려 하는 사람은 일생 동안 한번도 될 수 없을 것이다.

_ 이덕무, 《청장관전서青莊館全書》 권63

힘들어 나를 주체할 수 없을 때, 나는 온 몸을 가장 편안한 자세로 누이고 힘을 다 뺀다. 그리고 죽은 사람처럼 몇 십 분 내지 몇 시간을 가만히 꿈쩍도 하지 않고 누워 있으면 정신이 맑아지고 없어졌던 힘이 생긴다. 그때가 가장 맑은 정신으로 돌아오는 때인데, 그

때가 어쩌면 가장 욕심이 없는 때이고 달리 말하면 그때는 내가 신선이거나 아니면 있는지 없는지도 모르는 그 경계에 서 있는지도 모르겠다. 그런 때 누군가가 불쑥 나타나 나를 어디로 데려갔으면 싶지만 그런 때는 누구도 오지 않고 바람만 창문을 두드리고 간다.

박지원이 지은 〈김신선전〉에는 "그는 밥을 먹지 않았으므로 사람들은 그가 찾아와도 귀찮아하지 않았으며, 겨울이 되어도 솜옷을 입지 않고 아무리 더워도 부채질을 하지 않으므로 남들은 곧 그를 '신선'이라고" 하였고, 말미에는 "선仙이란 산에 살고 있는 사람이야", "산 속으로 들어가는 게 곧 선이야"라고 하였다.

눈 오는 밤이나 비 오는 밤에 다정한 친구가 오지 않으니, 누구와 애기를 나눌까? 시험 삼아 내 입으로 글을 읽으니 듣는 것은 나의 귀요, 내 손으로 글씨를 쓰니 구경하는 것은 나의 눈이었다. 내가 나를 친구로 삼았으니 다시 무슨 원망이 있으랴?

_ 이덕무, 《청장관전서》 권63

내가 나를 친구 삼아 술 한 잔 나누고 혼자서 슬퍼지는 그 시간, 아무도 없는 그 시간. 그때가 어쩌면 내가 신선도 되고 무無도 되는 그런 시간인지도 모르겠다.

맑고 좋은 물이 무겁다

– 만물의 이치는 하나로 통한다

일학 노숙은 상문桑門의 종사이다. 오대산에서 입정入定한 지 근 50년이나 있다가 세상을 떠났다. 그는 일찍이 다음과 같은 말을 남긴 적이 있다.

젊어서 율곡을 따라 산놀이를 하였는데, 한 곳을 지나다가 돌구멍에서 나오는 작은 샘물이 있어 여러 사람이 모두 모여서 물을 마셨다. 율곡도 물을 길어오라 하여 한 모금 마시고는 "이 물은 세상에 둘도 없는 맛이다" 하였으나, 여러 사람은 조금도 그 특이한 맛을 몰랐다. 율곡이 말하기를 "대저 물은 맑은 것이 좋은데, 맑으면 무게가 무겁다. 흐린 물은 비록 모래와 진흙이 섞였더라도 무게는 맑은 물을 따르지 못한다." 하니, 같이 가던 사람들이 다투어 시험해보았다. 과연 무게가 다른 물의 두 배나 되었다. 그래서 철인哲人은 만물의 이치를 모르는 것이 없음이 다 이러한 것임을 알았다.

강희안, 고사관수도高士觀水圖, 종이에 엷은 채색, 23.4x15.7cm, 국립중앙박물관 소장.

정홍명의 《기옹만필》에 실린 글이다. 대부분의 사람은 물의 중요성은 알면서도 물에 대해서는 아무것도 모르는 경우가 허다하다. 그래서 물이 맑은 것과 흐린 것의 그 차이를 모르고 흐리고 탁한 물이 더 무거울 것으로 생각한다. 우리가 방송이나 신문매체, 그리고 학교 교육을 통해서 배운 것과는 또 다른 방식으로 우리 옛 선인들은 자연과의 교감을 확인하고 살았음을 알 수 있다.

나 이외에는 모두가 다 나의 스승이다

- 오만에 대하여

왕수인이 말하기를 "지금 사람들의 병통의 대부분은 오직 오만뿐이다. 오만하면 스스로 높다 하고 스스로 옳다 하여 남에게 굽히거나 몸을 낮추기를 좋아하지 않는다. 그러므로 남의 아들이 되어 오만하면 반드시 효도할 수가 없을 것이고, 아우가 되어 오만하면 반드시 공경하지 못할 것이며, 신하가 되어 오만하면 반드시 충성하지 못할 것이다."라고 했다.

또 이르기를 "학문을 하려면 먼저 그 병의 뿌리를 제거해야 한다. 그렇게 하면 사방 한 치의 땅만 있어도 걸음을 옮길 수 있을 것이다. 오만의 반대는 겸손이다. 겸손이란 글자는 바로 이 병 증세에 대한 약이다."라고 했다.

나는 이르겠다. 세상의 문장을 일삼는 자가 스스로 높다고 하고 스스로 옳다고 생각하면, 마침내 한걸음도 나가지 못하고 도리어 물러나 앉기를 꾀하게 된다. 이것이 병이다. 오만이 병이 되는 것은 어찌 학문하는 자만이 그러하겠는가? 이른바 천 가지 죄와 만 가지 악행이 다 오만에서 나오는 것이다.

_ 이수광, 《지봉유설芝峰類說》 '학문' 편

'오만과 편견', '오만과 겸손'. 재미있는 말이다. 세상을 이렇게
도 저렇게도 해볼 수 있는 위치에 앉아본다면 그때는 분명 세상이
달리 보일 것이다.

가당치 않게도 내가 세상의 주인공이라고 여겼던 적이 있다. 열
네 살 어린 나이에 가난이라는 것을 지긋지긋하게 체험하고 있었고
아무도 나를 눈여겨 보아주지도 않은 그런 시절이었다. "세상은 나
를 위해 존재하고 내가 세상의 주인공이라, 세상과 세상의 모든 사
람들이 나에게 역경의 시절을 주고 있는 것이다." 그렇게 위안했는
데, 그 생각이 하나하나 부서지고 어느 순간에 아무것도 남은 것이
없는 나의 본질을 깨달았을 때 느꼈던 절망감.

나만이 할 수 있다, 내가 적임자다, 그럴 수도 있다. '오만과 안
하무인'이라, 일면 부럽기도 하지만 어쩌면 안타까워 보이는 것이
그 단어의 실체 같다.

"나 이외에는 모두가 다 나의 스승이다."

《법구경》 중의 한 구절이다.

무덤에서 요람까지

- 물러남의 미학

태부 소광이 그의 조카인 소부 소수에게 말하였다. "나는 들건대 만족할 줄 알면 욕辱을 면할 수 있고 중지할 줄 알면 위태롭지 않다고 한다. 이제 벼슬이 이천석二千石에 이르렀으니, 지위로 명예를 이룬 것이다. 이때 떠나지 않으면 후회가 있을까 염려스럽다." 그리고 삼촌과 조카가 함께 상소하여 고향으로 돌아가게 해주길 청하였다. 임금은 이것을 허락하고 황금 이십 근을 하사했다.

집으로 돌아온 그는 그 황금을 팔아 잔치를 베풀고 친척과 친구와 빈객들을 초청하여 서로 즐겁게 놀았다. 잔치에 참가한 어떤 사람이 소광에게 그 황금으로 자손을 위해 산업의 기본을 많이 장만하는 것이 어떻겠느냐고 권유를 하자 소광이 말하였다.

"내가 늙은 몸으로 어찌 자손을 생각하지 않겠는가? 그러나 지금 있는 전지만 가지고도 자손들이 부지런히 노력한다면 의식을 남과 같이 충분히 받을 수 있네. 그런데 이제 전지를 더 사줌으로써 남아도는 재물이 있게 되면, 이는 자손들에게 게으름만을 가르치는 것이 된다. 어질면서 재물이 많으면 자신의 뜻을 손상하게 되고 어리석으면서 재물이 많으면 자신의 허물을 더하게 되는 것이다. 또 부자라는 것은 사람들의 원망을 받기 마련이다. 내가 이미 자손들을 교화시키지 못했는데 자손들에게 허물을 더하게 하고, 또 남의 원망까지 받게 하고 싶지 않다."

이에 친척들이 감동하였다.

_ 허균, 《한정록》 권4

요즘 유행하는 말이 있다. 요람에서 무덤까지 뒷바라지를 해주어야 한다는 것이다. 자녀들을 가장 좋은 환경에서 태어나게 해야 하고 공주나 왕자처럼 좋은 유치원, 좋은 학교를 마치게 해서 좋은 직장을 갖고 가장 편안하고 행복하게 살다가 가장 좋은 명당 터에 묻혀서 후손에게까지 복을 주는 것, 그렇게 요람에서 무덤까지를 책임지을 수 없으면 오히려 혼자 사는 게 낫다. 그러다 보니, 아이들이 스스로 제 갈 곳을 가는 사람이 드물고 역경에 부닥치면 그 역경을 헤쳐 나갈 능력을 배양할 기회가 없어진다. 여러 가지 폐단들이 나타나고 급기야는 자식들을 피해 사는 부모들도 생겨나고 있다.

저마다의 살아갈 지혜를 가지고 태어나는 것을, 그 지혜를 써먹지도 못하게 원천봉쇄하고서는 잘했다고 소리치는 어리석은 부모가 될 것인가? 아니면 스스로 길을 가도록 지혜의 등불을 켜 놓고 바라보고 기다리는 부모가 될 것인가는 우리의 마음과 실천에 달렸다.

게으름을 풍자하다

- 이규보와 용풍(慵諷)

내가 게으른 병이 있어서 이것
을 손님에게 알리기를 "이렇게 바쁜 세상에 나는 게으름뱅이로 작은 몸
하나도 제대로 지탱해 나가지 못하며, 집이라고 하나 있는데도 게을러서
풀도 매지 아니하고, 책이 천 권이나 있는데 좀이 생겨도 게을러서 펴보
지 아니하며, 머리가 헝클어져도 게을러서 빗지 아니하며, 몸에 병이 있
어도 게을러서 치료하지 아니하며, 남과 더불어 사귀는데도 게을러서 회
소하며 노는 일이 적으며, 사람들과 서로 왕래하는데도 게을러서 그 왕래
가 적으며, 또 입은 말을 게을리하고 발은 걸음을 게을리하며, 눈은 보는
것을 게을리하여 땅을 밟든지 일을 당하든지 간에 무엇에든지 게으르지
않은 것이 없는데, 이런 병을 무슨 재주로 낫게 하겠는가."라고 하였다.

　　손님은 아무 대답도 하지 않고 물러가더니, 이 게으른 병을 낫게 해
주려고 한 열흘 지나 다시 와서 다음과 같이 말하였다. "요사이 오래 보
지 못해 심히 그립구려. 한번 보고 싶어 왔네." 그런데 나는 게으른 병
때문에 다시 만나기를 좋아하지 않았다. 그러자 기어이 만나자고 한 뒤

에 다음과 같이 말하였다.

"내가 오래 거사의 부드러운 웃음과 심오한 말을 듣지 못했네. 지금이 어느 땐가? 모춘暮春이라 새가 동산에서 지저귀고, 날씨는 화창하며, 여러 가지 꽃이 무성하게 피는 때라네. 내가 옥저玉蛆(흰 밥알)가 뜨는 좋은 술이 있어 그 향기가 방에 가득 차고, 그 술기운이 독에 꽉 찼는데, 혼자서 마시기가 마음에 미안쩍은데, 그대가 아니면 누구와 같이 마시겠는가. 집에는 시아侍兒가 있어서 소리를 잘하고 생황을 잘 불며 또 비파를 잘 타니, 차마 혼자서는 듣기가 아까워 선생을 기다리고 있네. 그러나 선생이 가는 것을 꺼릴까 염려되네. 잠깐 갈 생각이 없는가?"

나는 좋아서 옷자락을 걷어올리고 즉시 일어나서 "그대가 나를 노쇠했다고 버리지 않고, 맛 좋은 술과 세상에 드문 자색姿色으로 답답한 마음을 위로하려고 하니, 내가 어찌 굳이 사양하겠는가?"하고 서두르면서 허리띠를 매는데도 늦을까 걱정하고, 신을 신는데도 더딜까 염려하여 급급히 나서서 가려 하니, 손님이 홀연히 게으른 자태로써 우물쭈물하면서 대답을 하지 않더니, 조금 있다가 다시 반복하여 말하기를 "선생이 이미 그 청을 승낙하였으니 고칠 수는 없으나 선생이 전에는 말이 게으르더니 지금은 말이 급하고, 전에는 돌아보는 것이 게으르더니 지금은 돌아보는 것이 조심스러우며, 전에는 걸음이 게으르더니 지금은 걸음이 빠르니, 아마도 선생의 게으른 병은 오늘로부터 다 나은 것 같소. 그런데 성품을 해롭게 하는 도끼로서는 색이 가장 심하고, 창자를 상하게 하는 약으로는 술이라 이르는데, 선생이 여기에만 게으름이 해이해짐을 깨닫지 못하고, 급히 가려는 태도는 마치 누가 시키지 않아도 저자에 가는 것 같으니, 아마

선생이 지금 이대로 가게 되면 그 본성을 훼손시키며, 몸을 패망하기에 이르고 말 것이라고 생각되오. 나는 선생이 이렇게 되는 광경을 보기 싫어서 축연히 선생과 말하기도 게을러지며 같이 앉기도 게을러지오. 생각하건대 선생의 게으른 병이 내게 옮겨지지는 않았습니까?" 하였다.

나는 낯빛이 붉어지고 이마에 땀이 났다. 그에게 사과하기를 "착하도다. 그대가 내 게으름을 풍자함이여, 내가 종전에 그대에게 게으른 병이 있다고 말을 하였는데, 지금 그대의 말을 들으니, 그림자가 사람을 쫓는 것보다 더 빨리 나의 그 게으름이 내 몸에서 없어지는 것을 깨닫지 못하겠구나. 나는 이제 비로소 기욕嗜慾이 사람에게 그 마음을 움직임이 빠르고, 그 귀에 들어옴이 순한 줄을 알았다. 이것을 미루어 보면, 기욕이 인신人身에 화를 주는 것이 지독하게 빠르니, 진실로 삼가지 않을 수가 없다. 내가 앞으로 이 마음을 옮겨서 인의仁義의 집에 들어가 그 게으름을 버리고 어질고 의로운 일에 힘쓰려고 하는데, 그대의 생각은 어떠한가? 조금 기다리고 나를 조롱하지 말아주오."라고 말하였다.

_ 이규보, 《동문선》 권107

"사람이 이 세상에서 삶은 마치 백마가 틈 사이를 지나가는 것처럼 빠르다."《장자》에 나오는 글이다. 그렇게 쏜살처럼 지나가는 생을 앞에 두고 게으름을 피우고 있다는 것은 어떤 식으로든 용납될 수가 없는데도, 이 핑계 저 핑계 대며 그날그날을 보내는 사람들이 많다. 베르질리우스는 〈전원시〉에서 "노령은 모든 것을, 심지어 기억력까지도 훔쳐간다"고 말하는데, 우리는 언제까지 게으를 수 있을까?

반드시 길을 아는 사람에게 물어야

- 먼 길을 가는 그대에게

길은 항상 예정되어 있지만 세상의 바른길을 가는 것 또한 쉽지 않다. 그렇다고 이정표가 절대적으로 맞는다고 볼 수도 없고, 길을 물었을 때 길을 가르쳐주는 사람의 말이 정확한지는 알 수 없다. 청춘의 시절은 여러 가지 변수가 많아서 모험도 할 수 있으므로 '길은 잃을수록 좋다' 라는 말도 해줄 수 있지만 나이 들면 그가 살아온 내력에 따라서 스스로 정한 길이 맞는지 심히 고민에 고민을 거듭해야 할 것이다. 아래는 김정희 《완당전집》에 나오는 '적천리설適千里說'로 먼 길을 가는 사람에게 지침이 되는 글이다.

지금 대체로 천리 길을 가는 사람은 반드시 먼저 그 경로의 소재를 분변한 다음에야 발을 들어 걸어갈 뒷받침으로 삼을 수 있는 것이다. 그런데 막 문을 나섰을 때에 당해서는 진실로 갈팡질팡 어디로 갈 줄을 모르므로, 반드시 길을 아는 사람에게 물어야 할 것이다.

그런데 마침 바르고 큰길을 알려주고 또 굽은 길로 가서는 안 된다는 것을 세세히 가르쳐주는 사람을 만났을 경우, 그 사람이 정성스럽게 알려주기를 "그 굽은 길로 가면 반드시 가시밭으로 들어가게 되고, 그 바른길로 가면 반드시 목적지에 이를 것이다"고 하리니, 그 사람의 말이야말로 성심을 다했다고 이를 수 있겠다. 그러나 의심이 많은 사람은 머뭇거리며 과감히 믿지를 못하여 다시 딴 사람에게 물어보고 또다시 딴 사람에게 묻곤 한다. 그러면 성심을 지닌 곁에 있는 사람들은 모두 묻기를 기다리지도 않고서, 그 길의 곡절曲折을 빠짐없이 열거하여 나에게 일러주되, 오직 자신이 잘못 알았을까 염려해서 사람마다 모두 같은 말을 하기까지에 이르는데, 이 정도면 또한 충분히 믿고 뒤질세라 서둘러 길을 달려갈 수 있을 것이다. 그러나 그 사람은 더욱 의심하여 생각하기를 "나는 감히 남들이 옳게 여긴 것을 따를 수 없고, 남들이 모두 그르게 여긴 것도 나는 또한 참으로 그른 줄을 모르겠으니, 나는 모름지기 직접 경험해보리라" 하고서 자기 마음대로 가다가 함정에 빠져들어 구해낼 수 없게 되고 만다. 그러나 가사 종말에 가서야 자신이 미혹된 것을 깨닫고 되돌아온다 하더라도 이때는 또한 이미 시간을 허비하고 심력을 소모해버린 터라 자못 시간의 여유가 없어 낭패를 당하게 되는 것이니, 어떻게 하면 남들이 명백하게 일러준 말에 따라 힘써 행하여 공을 쉽게 거둘 수 있을까?

　　하지만 길은 여러 갈래고 길을 정해진 대로만 가는 것이 행복하다고 볼 수만도 없을 것이다. 그래서 '길은 잃을수록 좋다'는 말이 있다. 왜냐하면 길을 잃은 다음에 그 속에서 헤매다 전혀 다른 길을 발견하게 되고 그 길이 새로운 창조를 제시할 수도 있으니까. 살아 갈수록 길을 떠나기도 어렵지만 그 길에서 낙오하거나 옆길로 새지 않고 끝까지 간다는 것도 힘들다.

어떻게 하면 우리에게 정해진 인생길을 잘 걸어갈 수 있을까? "길이 멀어야 말의 힘을 알 수 있고 날이 오래 지나야 사람의 마음을 알 수 있다路遙知馬力 日久見人心"라는 옛말처럼.

술이 들어가면
지혜가 나오느니

【 술 마시는 법 】

바람에 떨어지는 꽃잎을 안주 삼아

- 모임 이름에 깃든 아름다움

촉나라 때 사람인 범진이 허하
許下에 살 때 집 근처에다 큰 집을 짓고 장소당이라 이름을 지었다. 앞에
는 다미가가 있는데 그 높이가 손님 수십 명을 수용할 수 있었다. 매년
늦봄 꽃이 만발할 때 그 아래에서 손님들에게 잔치를 베풀면서 약속하기
를 "만일 꽃잎이 술잔 가운데 떨어진 사람은 대백大白(술잔의 이름)으로
한 잔씩 마셔야 합니다" 하였다.

술잔을 들고 담소하는 사이에 미풍이 스치고 지나가면 그 자리에
참석한 모든 사람의 잔에 빠짐없이 꽃잎이 떨어졌다. 그래서 그 당시 사
람들이 이 모임을 두고 비영회飛英會라고 불렀는데, 그 모임이 사방에 널
리 전해져서 아름다운 이야기로 남아 있다.

_ 허균, 《한정록閒情錄》 권6

내가 사는 게 좀스러워서 그런지, 남들과 어울리지를 못해서 그
런지 이유는 잘 모르지만 제법 살았는데도 어디 변변한 모임 하나

가 없다. 형제·남매 계나 여행 계 또는 무슨무슨 계를 어떤 사람들은 십여 개씩 든 사람도 많지만 나는 어디 하나 들지 않아서 홀가분하기도 하고 섭섭하기도 하고 그렇다.

그러다 딱 하나, 여러 사람들과 의기투합해서 활동하는 모임이 생겼으니 매월 음력 초사흘마다 만나서 근처의 맛있는 음식을 먹으며 담소를 나누는 초사흘 모임이다. 얼마나 즐거운가? 마음에 맞는 사람들끼리 모여서 음식도 먹고 이야기의 꽃을 피우고 밥값은 그때그때 나온 만큼만 제각각 내고 헤어진다. 회장도 없고 구속력도 없는 모임, 그래서 대충 지은 이름이 '먹고 보자'이다. 그러다 '먹고 보자'라는 이름이 불량한 모임이나 게걸스럽게 먹는 무슨 집단의 이름 같다고 해서 바꾼 게 이름의 앞뒤만 바꾼 '보고 먹자'이다.

초사흘 날 만나서 음식을 먹는 모임도 괜찮다고 여겼는데, 꽃잎 지는 봄날, 술잔에 꽃잎을 안주 삼아 술을 마시는 모임인 비영회를 생각하니 아무래도 초사흘 모임 이름을 바꿔야 할 것 같다.

이 국화꽃이 오늘 나의 손님들이다

- 신용개와 국화 손님

문경공 신용개는 천품이 호탕하고 뛰어나 탁월한 큰 절개가 있었다. 술을 좋아하여 때로는 늙은 계집종을 불러 서로 큰 잔을 기울여 취하여 쓰러져야 그만두기도 하였다. 일찍이 국화 8분을 길렀는데, 한가을에 활짝 피므로 대청 가운데 들여놓으니 높이가 대들보에 닿았다. 공이 그 국화꽃 향기를 사랑하여 끊임없이 보고 또 보았다. 그런 어느 날 집안사람들에게 다음과 같이 말했다. "오늘은 내가 좋아하는 손님이 여덟 분이 올 것이니 술과 안주를 마련해 놓고 기다리라."

그 말을 들은 집안에서는 만반의 준비를 하고 손님을 기다렸다. 해가 저물어도 기다리는 손님이 오지 않자 집안사람들이 언제 오시느냐고 물으며 "벌써 술상을 준비해 놓았습니다"라고 했다. 그러자 신용개는 "조금만 기다려라" 하였다.

그 뒤 둥근 달이 떠 그 빛이 대청 안으로 들어와 꽃 빛이 달빛에 아름답고 환하게 비치자 신용개가 그제야 술을 내오라 하며 여덟 개의 국

김희성, 초충도草蟲圖, 종이에 엷은 채색, 25.1×18.8, 국립중앙박물관 소장.

화 분을 가리키면서 하는 말이 "이 국화꽃이 오늘 나의 손님들이다" 하고는 각각 그 앞에 좋은 안주를 차려 놓고 말하였다.

"내가 은도배銀桃盃에 술을 따르겠네" 하고 각각 두 잔씩을 따라 주고 그도 역시 마셨는데, 그렇게 술이 몇 순배가 돌자 신용개가 몹시 취하였다.

_ 박동량, 《기재잡기奇齋雜記》, 《대동야승》

니코스 카잔차키스는 〈그리스인 조르바〉에서 주인공 조르바는 풀 한 포기, 나무 한 그루, 그리고 돌멩이 하나에도 영혼이 깃들어 있다고 느껴서 순간순간 그들과 만나며 경외감을 표시한다. 자연을 섬기는 것이 인간 자신을 섬기는 것인데도, 스스로 그러한 자연 속의 한 부분인 사람들이 주제를 파악하지도 못하고 설치다가 화를 당할 때가 많다. 그런데 신용개는 그 자신이 그렇게 애지중지하게 가꾼 국화가 눈부시게 만개하자 그 만개한 친구들과 한잔 술을 기울인다. 아름답고 또 아름다운 달 밝은 밤에 나누는 술 잔치여!

그와 비슷하면서 아름다운 이야기가 전해온다.

중종 때 기묘사화가 일어나자 세상에 환멸을 느껴 낙향한 박공달과 박수량은 강릉에서 한 냇물을 사이에 두고 서로 술벗으로 살았다. 그들은 쌍한정雙閒亭에 모여 나이에 개의치 않고 술을 마셨다. 비가 많이 내려 물이 불어서 오고 가지를 못하면 양쪽 언덕에 서 마주보면서 서로 잔을 들어 권하며 한나절을 흥겹게 보냈다고 한다.

조광조와 함께 혁신정치를 펼치다 비운의 죽임을 당한 김정이 금강산을 유람하는 길에 강릉을 지나다 박수량의 집을 찾아갔다. 가난한 박수량은 머슴들 속에서 함께 새끼를 꼬고 있었는데, 여러 사람 속에 있기 때문에 누가 주인인지 모를 지경이었다. 반갑게 김정을 맞이한 박수량은 마당에 자리를 깔고서 나물로 술안주를 삼아 이틀 동안을 놀다가 작별하였다. 그때 박수량은 철쭉 지팡이를 선사하면서 다음과 같은 헌시 한 편을 지었다.

깊은 산골짜기 층층 바위 뒤 안에
늦가을에 눈 서리 맞은 이 가지
이 가지를 가져다 군자에게 주노니
늘그막에 그처럼 살아보자는 걸세

그들먹하게 밥 먹고 고급 술집 가고, 노래 부르고 춤 추는 오늘날의 풍속도 보기에 따라서는 아름답지만, 공자가 말한 "예에서 노닌다遊於藝"라는 말이나 두보가 〈영회고적咏懷古迹〉이란 시에서 "흔들리며 떨어지는 나뭇잎에서 송옥宋玉의 깊은 슬픔을 헤아릴 수 있나니, 그 풍류스럽고 유아함은 나의 스승일지니"라는 한 폭의 수채화 같은 우리 옛 선인들의 은은하면서도 격조 있는 풍류를 오늘에 되살린다면 얼마나 아름다울까?

관문의 기둥에 잔을 들어 권하다

- 고형산과 술

판서 고형산은 배가 크고 몸이 비대해서 음식 두 사람 분을 먹었다. 사람들이 음식을 대접하면 좋고 나쁘고, 많고 적음을 가리지 않아 입이 놀 때가 없었으며, 주량은 더욱 한이 없었다. 호조에 있을 때의 일이다. 하루는 아전에게 말하기를 "내일은 내가 아는 사람이 지방관으로 가는데, 모화관慕華館에서 전송을 할 테니 장막을 친 다음 술상을 차려놓고 기다리거라" 하였다.

그 다음날 가마를 재촉해서 나가보니 과연 관문 밖에 장막을 치고 그 옆에 술 세 동이와 안주 상자를 상 위에 벌려 놓았다. 그가 앉자 한 아전이 급히 달려와 말하기를 "소인이 대궐 문에서 보니, 단지 대포만호가 하직하는데 동대문을 거쳐서 나갔을 뿐입니다" 하였다. 고 판서가 말하기를 "그가 내 옛 친구로서 일찍 약속이 있었는데, 어찌 나를 속였을까? 어찌할 수 없는 일이지. 밥 먹은 지 오래지 않으나 목이 자못 마르니 시험 삼아 한 대접 마시겠다." 하고는 안주 상자를 열어 두어 젓가락 들다 보니 곧 술이 절반이 없어졌다. 연거푸 10여 잔을 마시니 한 동이가 다

비었다. 그가 말하기를 "녹사錄事도 일찍 출근하여 필연코 배가 고플 것이니, 한 잔을 권해야겠다" 하고, 또 "서리와 하인들도 여러 시간 분주히 뛰어다녔으니, 또한 마셔야 할 것이다" 하고는 공이 반드시 대작을 하였다. 아직 한 동이가 남아 있는 것을 본 고 판서는 "어찌 주인에게 전하지 않을 수가 있겠느냐" 하면서, 관문의 첫째 기둥에서부터 잔을 들어 권하여 마치 대작하는 사람이 있는 것처럼 하여 세 동이를 다 비우고 나서야 얼근히 취하여 돌아갔다.

　나는 생각하건대 문경공의 행동은 소박하고 시원스러운데서 출발한 것으로 꽃을 보고 흥이 발동한 것으로 보고 그 기상이 진실로 추어줄 만하나, 고형산은 주량을 채우는데 지나지 않는 것이니, 어찌 술이나 마시는 사람이 아니겠는가. 하물며 공유물과 사유물은 구분이 다른 것이니, 문경공(신용개)은 호걸스럽고, 고 판서는 거칠다 하겠도다.

　_ 박동량, 《기재잡기》, 《대동야승》

　술을 술로 마시는 사람이 있고 운치로 마시는 사람도 있다. 먹어도 먹어도 취하지 않는 것도 병이고 조금만 마셔도 세상의 술을 다 마신 듯이 취하는 것도 병 중의 병일 것이다. 위진남북조 시대의 유의경이 지은 《세설신어世說新語》에는 "자경子敬이 자유子猷에게 쓴 편지에서 말하길, 형은 남들과 잘 어울리지 않아 항상 쓸쓸해 보이는데 술을 대하면 마음껏 취하며 일어설 줄을 모르니 이것은 참 좋은 점입니다"라는 글이 실려 있다.

　술은 술 이상의 역할을 하기도 하고 인간의 삶에 어떤 때는 장애가 되기도 한다. 고형산은 진정으로 술과 음식이 좋아서 술을 마시는 사람이고, 신용개는 세상을 초탈한 듯한 풍류를 아는 사람이었는지라 그 아름다운 국화꽃들과 함께 술잔을 기울였을 것이다.

술이 들어가면 지혜가 나오느니

– 술을 사랑한 이백과 송강 정철

하늘이 만약 술을 사랑하지
않았다면 하늘에는 주성酒星이라는 별이 없었을 것이요, 만약 땅 또한 술
을 사랑하지 않는다면 이 지구 위에 주천酒泉이란 땅은 없었을 것이 아닌
가? 이렇듯 하늘이나 땅도 술을 사랑하는데, 하물며 하늘 밑 땅 위에 사
는 인간이 술을 좋다고 사랑한들 하늘의 도에 부끄러울 게 하나 없다.

옛날 청주를 성인이라고 일컫고 탁주를 현자라고 칭했듯이 범속한
범인이라도 성인이나 현자를 뱃속이 삼키는 것이나 진배없으므로 구태
여 수양을 하고 도를 닦고자 심산유곡에 들어가고 고행을 할 필요가 없
는 것이다. 큰 잔으로 석 잔을 마시면 생각하는 대로 행동하여도 자연의
대도에 통하고, 일 두를 마시면 도연한 경지에 이르러 자연 그대로의 사
람이 되는 것이다. 술을 마시는 것은 속세를 떠나 무욕하고 초연한 경지
에 설 수 있고, 또한 올바르고 곧은 행동과 사상을 체득할 수가 있는 것
이다.

이러한 주도를 술을 못 마시는 졸장부 성자醒者 따위에게 들려주어도

이 도리를 터득할 리가 없으므로 차라리 얘기를 않는 편이 좋을 것이다.

_ 이백, 〈월하독작이月下獨酌二〉

  대단한 발상이다. 청주를 성인이라 일컫고 탁주를 현자라고 칭하며 그 술을 마시는 순간 성인이 되고 현자가 된다는 말이니, 영국의 신학자 허버트는 "술이 들어가면 지혜가 나온다"고 했고, 도연명은 〈음주시飮酒詩〉에서 "술 속에 깊은 뜻이 있다酒中有深味"고 한 것이 과연 탁견이다. 그에 딱 들어맞는 사람이 몇몇을 보자면, 중국의 이백과 도연명, 고려의 이규보, 조선의 송강 정철 등일 터인데, 정철의 〈장진주사將進酒辭〉를 보자.

> 한잔 먹세 그려 또 한잔 먹세 그려
> 꽃 꺾어 셈하고 무진무진 먹세 그려
> 이 몸 죽은 후면 지게 위에 거적 덮고 졸라매어 지고 가나
> 화려한 상여에 만인이 울어 예나
> 억세 속세 떡갈나무 백양 속에 가기만 하면
> 누런 해 흰 달 굵은 눈 쓸쓸한 바람 불 때 누가 한잔 먹자 할고
> 하물며 무덤 위에 잔나비 휘파람 불 때 뉘우친들 무엇하리

  사람은 가도 술과 시는 남는다. "무진무진 먹다" 보면 도대체 무엇이 남고 무엇이 사라질까?

바로 지금이지, 다른 시절은 없다

– 내가 다만 바라는 바

다만 내가 바라는 바는, 동이에 술이 비지 않고 부엌에 연기가 끊이지 않으며 띳집이 새지 않고 포의布衣를 입을 수 있으며 숲에서 나무하고 물에서 고기 낚을 수 있다면 영화도 욕심도 없이 그 낙이 도도할 것이다. 이만하면 인생이 만족하니 무엇을 바라겠는가?

원나라 때의 문인 초려 오징의 《철경록輟耕錄》에 나오는 글이다. "내일은 노련한 사기꾼이다. 그의 사기는 언제나 그럴싸하다."는 글이 S. 존슨의 《서한집》에 나오고, 러시아 속담에 "사람은 내일을 기다리나 그 내일은 묘지로 간다"가 있다. 그 내일 때문에, 내일을 대비한다는 것 때문에, 가장 중요한 오늘과 가장 중요한 지금 만난 사람에게 최선을 다하지 못하고 만족할 줄을 모르고 계속 갈구하기만 하는 것이다. 하지만 그 내일이라는 것이 있기나 할까? 사르트르의 소설 〈자유의 길〉에는 다음과 같은 대화가 나온다. 더 좋은 기회(내일)가 있을 것이라고 모든 것을 기다리기만 하는 철학교사인 주인공 마뚜우에게 레지스탕스로 나갔던 친구가 찾아와 묻는다.

"자네는 지금도 그 기회(내일)가 올 것이라고 생각하는가?"

"그렇다네."

"자네가 기다리는 기회가 저만큼에서 자네에게 다가오고 있을지도 모르지."

"그렇다네."

"그 기회가 지금 문 앞에서 문을 똑똑 두드리고 들어올지도 모르지."

"그렇다네."

"그렇다면 말일세. 자네가 기다리는 그 기회가 이 세상에 전혀 없는 것일지도 모르지 않은가?"

한참을 생각하던 마뚜우가 "그럴지도 모르지"라고 말한다. 그러자 친구는 "그렇다면 다시 한번 묻겠네. 그 기회가 전혀 없는 것이라면 자네는 어떻게 하겠는가?" 마뚜우는 한참 후에 다음과 같이 대답한다.

"그때는 내가 한심한 놈이 되고 말테지."

내일보다 지금, 바로 지금이 중요하다는 것을 알고 욕심 없이 사는 것이 제대로 사는 것인데, 하루하루 새로운 욕심을 스스로 수용하지 못하면서도 그 욕심을 버리지 못하고 있으니 안타까울 따름이다. 임제선사도 말하지 않았던가? "바로 지금이지, 다른 시절은 없다"고.

아침이슬과도 같은 인생
– 행행행 설열세 중중중 이기사

　　　　　　　　　　　　선비 다섯이 모여서 술을 마
시면서 술 마시는 규칙을 정하였는데, 한 글자에 세 가지 음이 있고 의미
가 훈훈하며 단 것을 말한 사람이 술을 마신다는 것이었다. 한 사람이
"행행행行行行, 옛물에 사탕을 먹는다" 하였다. 또 한 사람이 "설열세說說說,
웅장熊掌(곰의 발바닥)에 벌꿀을 합했다" 하였다. 또 한 사람이 "중중중重重
重, 규수방에 운우雲雨가 무르녹다" 하였다. 마지막 사람이 고심하더니,
"이기사ㄹㄹㄹ, 흰 쌀을 가지고 시장에 가다" 하였다. 넷째 사람이, "이기
사는 한 글자가 아니고, 흰쌀은 훈훈히 취하거나 단 것도 아니다"고 하
니, 그 사람이 "세 글자는 획이 같고 흰쌀을 가지고 시장에 가면 사탕도
여기 있고, 운우도 무르익을 수 있으니 어찌 훈훈하고 달콤하지 않겠는
가?" 하였다.

　_ 권별, 《해동잡록海東雜錄》 권4, 《대동야승》 권23

　　사람이 술을 마시다가 술이 술을 마시고 결국은 술이 사람을 마

시는 경우가 많이 있다. 술술 넘어가면 좋은 술을 그대는 어떤 사람들과 어떤 경우에 마시는가? 중국의 어느 작가는 "엄격한 자리에서의 술은 천천히 유장하게 마시라. 속 편하게 마실 수 있는 술은 점잖게 로맨틱하게 마시라. 병자病者는 술을 아주 적게 마셔야 하고, 슬픔의 술은 취하기 위해서 마시라. 봄 술은 정원에서 마시고, 여름 술은 들에서 마시라. 가을 술은 조각배 위에서 마시면 좋고, 밤에 마시는 술은 달빛 아래가 좋다."고 하였다. 뒤를 이어서 그는 "취하는 데는 때와 장소가 있다. 꽃의 색향과 조화를 이르려면 햇볕 아래서 꽃을 대하며 취해야 하고, 상념을 씻으려면 밤의 눈雪을 향해 취하여야 한다. 성공을 기뻐하며 취하는 자는 그 기분에 화합하여 노래를 한 곡 불러야 하고, 송별연에 임하여 취하는 자는 이별의 정에 곁들여 한 곡의 음악을 연주해야 한다. 선비가 취하면 수치를 면하기 위해 행동을 삼가야 하며, 군인이 취하면 위용을 높이기 위해 크게 술을 분부하여 위엄을 더해야 한다. 누각 위에서의 잔치는 서늘한 기운을 이용하기 위해 여름이 좋으며, 강물 위에서의 잔치는 의기양양한 자유 감회를 더하기 위해 가을이 좋다. 이것이 곧 기분과 경치에 알맞은 음주의 올바른 방법인데, 이 법칙을 어기면 음주의 낙은 상실될 따름이다."라고 했다.

조조도 〈단가행〉에서 다음과 같이 노래하지 않았던가. "술을 대하면 응당 노래하세. 인생이 그 얼마나 되리오. 아침 이슬과도 같은 것, 지난날은 우환도 많았어라. 격앙된 마음에 걱정은 잊기 어렵나니, 무엇으로서 근심을 잊을고, 오직 술이로세."

술은 시가 되어 훨훨 나는데

- 술을 사랑한 이규보

                      내가 예전에 젊었을 때 막걸리(백주) 먹기를 좋아한 것은 맑은 술을 만나기가 드물어 늘 막걸리를 마셨기 때문이었는데, 높은 벼슬을 거치는 동안에 늘 맑은 술을 마시게 되어 막걸리를 좋아하지 않았으니, 습관이 되었기 때문인가? 요새는 벼슬에서 물러나 녹이 줄었기 때문에 맑은 술이 계속되지 못하는 데가 있어 하는 수 없이 막걸리를 마시는데, 금방 엎혀서 기분이 나쁘다. 옛날에 두자미(두보의 자)는 그의 시에서 '막걸리에 묘리가 있다濁醪有妙理' 하였으니 왜인지 모르겠다. 나는 옛날 늘 마시던 때에도 그저 마셨을 뿐이요, 그 좋은 점을 몰랐었는데 하물며 지금이랴? 두보는 본래 궁했던 사람이라 역시 그 습관 때문에 말한 것인지는 모를 일이다. 드디어 백주시를 지었다.

    내 옛날 벼슬하지 않고 떠돌던 때는 / 마시는 것이 오직 막걸리여서 / 어쩌다 맑은 술을 만나면 / 취하지 않을 수 없었다

정선, 동리채국東籬採菊, 선면화扇面畵, 21.9x59cm, 국립중앙박물관 소장.

높은 벼슬자리에 올랐을 적엔 / 막걸리 마시려도 있을 리 없었다

이젠 늙어 물러난 몸 되니 / 봉급 적어 먹을 것이 자주 떨어지네

좋은 술 늘 있지 않아 / 막걸리를 먹는 일이 자주 있는데

체하여 가슴 막하는 듯 / 독우督郵(나쁜 술이라는 뜻)가 나쁜 것을 이제 알겠네

막걸리에 묘리가 있다고 하나 / 두공의 말한 뜻을 아직 몰랐는데

이제야 알리로다 사람의 성품이란 / 습관과 함께 젖어든다는 것을

음식이란 처지에 따르는 거라 / 즐기고 안 즐기고가 어디 있으랴

이래서 살림하는 부인에게 일러두노니 / 돈 있어도 부비浮費를 헤프게 말아

독 속에 있는 술로 하여금 / 맑기가 물 같게는 하지 마라

_ 이규보,《동국이상국집》

놀기 좋아하고 술을 좋아했으므로 이규보의 청년기 작품에는 '시의 즐거움'과 함께 '술의 즐거움'이 항상 따라다녔다.

술은 시가 되어 훨훨 나는데

여기 미인의 넋, 꽃이 있다

오늘은 마침 이 돌이 쌍쌍하니

귀인과 함께 하늘에 오름과 같도다

그가 지은 시의 한 토막이다. 술을 좋아하는 사람은 당연히 여자

를 좋아한다고 하는데, 이규보는 그렇지를 않았던지 여자는 가까이
하지 않았다. 오직 그가 사랑한 것은 술이고 시였다. 그래서 '술 한
잔에 시 한 수'라는 말은 이규보를 두고 일컫는 말이었다. 〈술이 없
어서〉라는 시를 보자.

> 목마른 생각이 왜 갑자기 일어나노
> 술 떨어진 빈 항아리 집구석에 누웠구나
> 매실을 생각만 해도 목마름이 그쳤다던데
> 어째서 물 마셔도 시름없어지지 않나

"생사의 열반이 지난밤의 꿈과 같으니, 일어남도 없고 멸함도 없
으며 오는 일도 없고 가는 일도 없다."《원각경》의 한 구절을 이야
기하는 듯, 이규보는 그 뒤에 삼마시三魔詩를 지었는데 그렇게 짓게
된 연유는 이러했다. "내가 연로하여 오랫동안 색욕을 물리쳤으되
시주詩酒는 버리지 못했다. 그러나 시주도 때로 흥미를 붙일 뿐 성벽
을 이루면 곧 마魔가 되는 것이다. 내 이를 걱정한 지 오랜 터이라
점차 덜고자 하여 먼저 삼마시를 지어 내 뜻을 보인다." 삼마시는
아래와 같다.

> 색마色魔
> 제 얼굴 내 말고 아양 떠는 것 나도 기쁘거니
> 저 얼굴 어여쁜들 내게 무슨 상관이냐

많이들 미인을 향해 흘리고 마나니
어느 남아 색마에 몸 버리지 않으리

주마酒魔

사람마다 음식 중엔 신 음식을 싫어하되
술 맛은 시고 좋은 것을 어찌하랴
기필코 사람 창자 녹이려는 음식이라
알지 못해라 이것 원래 독 중의 마로다

시마詩魔

시가 하늘에서 내려온 것 아니련만
애태우며 찾아냄은 무슨 뜻에선가
좋은 바람 밝은 달 처음엔 서로 즐기지만
오래되면 흘리나니 이게 바로 시마라네

"3일만 술을 마시지 않아도 몸과 정신이 서로 멀리 떨어진 것 같고 심신이 서로 불일치하게 느껴진다"고 말한 왕침이나 한 말의 술을 마시고 100편의 시를 지어서 스스로 주중선酒中仙이라고 칭한 이백과 겨루어도 손색이 없을 이규보의 생에 술이 없었다면 우리는 그토록 아름다운 그의 글을 접하지 못했을지도 모른다.

잔 들어 달을 청해 오고

– 달 아래 홀로 술을 마시는 이백

사혜는 함부로 사람을 사귀지 않아서 잡스런 손님이 그 집 앞을 지나가지 않았다. 가끔 혼자 술을 마시고는 이렇게 말하였다. "나의 방을 드나드는 것은 오직 맑은 바람뿐이오. 나와 대작하는 것은 다만 밝은 달이 있을 뿐이다."

허균의 《한정록》 권6 '하씨어림'에 나오는 글이다. 이른 봄에 여기저기 도반들 모여 꽃을 보러 가는 길에 이백을 초청해 꽃노래 〈달 아래 홀로 술을 마시며月下獨酌〉를 듣는다. 꽃과 달과 그림자가 한 폭의 그림처럼 잘 어우러진다.

꽃 사이에 술을 받아놓고, 아무도 없이 홀로 마시네
잔 들어 달을 청해 오고 그림자를 마주하니 문득 세 사람
달은 술을 마실 줄 모르고 그림자도 헛되이 나만 따라 움직인다
잠시나마 달과 그림자를 벗하니 즐김도 그때를 타야 하는 것

내가 노래하면 달은 서서히 배회하고
내가 춤추면 그림자도 움직인다
깨어 있을 때는 서로 함께 즐기면서, 취한 후에는 제각기 흩어지니
이러한 무정의 교유를 맺어
먼 은하수 하늘에서 영원히 함께 하길 바라도다

　아무도 없어도 외로워하지 않으며 달을 초청해서 술을 마실 수
있는 경지에 이른 사람이 어디 흔한가? 산수유꽃, 매화꽃이 만개한
산자락에서 마시는 술, 그 술과 꽃이 내게 어떤 말을 걸어올까?

떡과 밥에 관한 말은 한 마디도 없더라

- 떡·밥·술 우열 가리기

세 유생儒生이 모여 책을 읽는데, 어떤 사람이 쌀을 보내왔다. 한 사람은 술을 좋아하고, 한 사람은 밥을 좋아하고, 나머지 한 사람은 떡을 좋아하였다. 그래서 세 사람이 글을 지어 승부를 가리기로 하였다.

떡을 좋아하는 사람이 "사온 술은 먹지 않고 밥은 때 아니면 먹지 않는다" 하였고, 밥을 좋아하는 사람이 "술은 위의威儀를 손상시키며 떡은 배를 채울 수 없다" 하였다. 술을 좋아하는 사람이 "어린애는 떡 달라 울고, 굶주린 사람이 밥을 찾는다. 옛날 요 임금은 천 사발의 술을 마셨고, 순 임금은 그 술을 백 잔을 마셨으며, 우 임금은 그 술을 마시고 달다 하였고, 고종은 단술을 만들도록 명령하였으며, 강숙(주공의 동생)은 덕이 커서 취하지 않았다. 공자는 유주무량有酒無量이요, 진나라 평공은 술잔을 날랐으며, 위나라 문제(조비)는 벌주를 마셨으며, 백륜(죽림칠현의 한 사람인 유영의 자)은 주덕송을 지었으며, 낙천(백거이)은 술의 공을 찬양하고, 초화는 주보를 지었으며, 서막은 성(성은 청주, 현은 탁주)을 말하였다. 뿐만 아니라 하늘에는 주성酒星이 있고 땅에는 주천酒泉이 있으며, 고을에 주향酒鄉이 있고, 신선에 주선酒仙이 있으니 예로부터 오늘날에 이르기까지 모두 술을 찬양하였지, 떡과 밥에 관한 말은 한 마디도 없더라." 하였다.

이래서 술을 사게 되어 좋아하니, 떡을 좋아하는 사람은 냄새만 맡고 취하였으며, 밥을 좋아하는 사람은 잔을 잡더니 쓰러지고, 술을 좋아하는 사람은 가득 찬 잔을 당겨 술기운이 오르도록 마시며 몹시 즐거워하였던 것이다.

_ 권별, 《해동잡록》 권4, 《대동야승》 권23

떡을 잘 먹는 떡보도 있고 술을 잘 먹는 술꾼이 있고 밥을 잘 먹는 먹보가 있다. 학생들을 가르치는 교사나 박사도 있지만 '밥사'도 있다. 우리 땅 걷기 모임의 도반 중에 일찍 명예퇴직을 하신 광주의 서화자 선생은 연금이 너무 많이 나오므로 교사도 박사도 아닌 스스로 '밥사'라 칭하며 만날 때마다 밥을 사주신다.

중국 속담에 "마음으로 통하는 으뜸가는 길은 밥통이다"가 있고, 나폴레옹은 "군대는 밥통으로 싸운다"고 했고, 중국의 사상가인 임어당 역시 "내게 있어서는 행복이란 주로 밥통의 문제이다"라고 하였다. 먹는 것이 그만큼 중요한 까닭이다.

술을 사주는 술사酒士는 별로 없고 땅을 보는 술사術士만 많고, 여기저기 밥집과 술집만 넘쳐나는 세상에 밥사라는 직업 아닌 직업을 가지고 밥을 사주는 그러한 사람이 더더욱 그리운 것은 세상이 너

무도 각박한 때문이리라. 그리운 사람이 못 견디게 그리운 밤, 언제
쯤 새벽은 올 것인가?

그림자와 더불어 같이 잔다

- 홀로 즐기다

글은 홀로 보되 강론할 필요는 없고, 시는 홀로 읊되 서로 주고받을 필요는 없고, 술은 홀로 따라 마시되 손님과 주인이 있을 필요는 없다. 봄날 아침에 꽃을 보면 꽃을 가히 즐길 수 있고, 가을밤에 달을 보면 달을 가히 즐길 수 있다. 구름 낀 봉우리의 기이함과 눈 낀 소나무의 기이함은 가히 즐길 만하고 희귀한 새의 소리와 때맞추어 알맞게 오는 빗소리는 가히 즐겁게 들을 만하다. 혹 정원을 거닐고 혹 침상에 누워서 하고 싶은 대로 하며 그림자와 더불어 같이 잔다.

양촌 권근의 《독락원기》를 읽으면 홀로 할 수 있는 즐거움이 어찌 그리도 많은지, 지금 창 밖에 내리는 빗소리를 들으며 가만히 미소 짓는다. 가끔 소주 두 잔이나 맥주 두 잔 정도에 많이 취한다. 술이란 것이 이상한 면이 있어서 적당하면 아주 상쾌하고 괜찮은데 과하면 몸을 주체 못하기도 하는데, 옛 사람들은 그때그때 분위기에 따라 만나는 사람을 구별하기도 했다고 한다.

꽃을 완상玩賞할 때는 모름지기 호걸스러운 벗과 어울려야 하고, 기녀를 볼 때는 모름지기 담박한 벗과 어울려야 하고, 산에 오를 때는 모름지기 초일超逸한 벗과 어울려야 하고, 물에 배를 띄울 때는 모름지기 마음이 광활한 벗과 어울려야 하고, 달을 볼 때는 모름지기 삽상한 벗과 어울려야 하고, 눈을 볼 때는 모름지기 염려한 벗과 어울려야 하고, 술을 마실 때는 모름지기 운치 있는 벗과 어울려야 한다.

_《미공비급》

한 잔은 삶의 의미를 찾는 너를 위하여
또 한 잔은 너를 사랑하는 나를 위하여
마지막 잔은 우리를 외면한 모든 사람을 위하여

위의 글은 영화 〈술고래〉에 나오는 이야기인데 나는 술을 대부분 두 잔이나 석 잔에 끝나고 마니 나의 말은 거기서 중단되는지도 모른다. 먹어도 먹어도 늘지 않는 술, 오! 주酎님이여.

옛날의 그 맛이 아니다

- 가죽신 술잔의 고사古事

　　　　　　　문안공 이사철은 체격이
굵고 커서 음식을 남보다 유달리 많이 먹었다. 항상 큰 그릇에 밥 한 그
릇과 찐 닭 두 마리와 술 한 병을 먹었다. 등에 종기가 나서 거의 죽게
되었는데, 의원이 불고기와 독주毒酒를 금해야 한다고 말하니 "먹지 아
니하고 사는 것보다 차라리 먹고 죽는 것이 낫지 않을까?" 하고 술을
마시고 불고기 먹기를 여전하게 하자 마침내 병이 나았다. 사람들이 말
하기를 "부귀를 누리는 사람은 음식 먹는 것도 보통 사람과 다르다" 하
였다.

　　공이 젊어서 여러 벗과 삼각산 절에서 놀 때에 각각 술 한 병씩을
가졌으나 술잔이 없었다. 그때 권지가 새로 만든 말 가죽신을 신고 있었
다. 문안공이 먼저 그 신에 술을 쳐서 마시니 다른 사람들도 차례로 마셨
는데, 서로 보며 크게 웃고 말하기를 "가죽신 술잔의 고사古事는 우리로
부터 지어도 가하지 않을까?" 하였다.

　　뒤에 문안공이 귀하게 되어 권지에게 말하기를 "오늘 금잔金盞의 술

맛이 산놀이 할 때의 가죽신 술잔보다 못하구려" 하였다.

_《대동야승》 권3, 《필원잡기》 권1

    술만 있다면 술잔이 없다고 대수랴? 술은 있는데, 술잔이 없으면
그 대용품이 흰 고무신일 때가 많았던 시절이 오래전 일이 아니다.
요즘은 막걸리보다 맥주나 소주가 주류이다 보니, 맥주를 마실 때
병따개가 없으면 이빨로 따다가 이를 상하게 되는 경우가 많은데,
병을 따는 기술을 가진 사람들이 많이 생겨났다. 숟가락이나 젓가
락으로 따기도 하지만 어떤 사람은 종이를 가지고 따기도 하니, 예
로부터 전해오는 '뭐가 없어서 못한다'는 말은 아예 없어져야 할
단어가 아닐까?

술 맛이란 입술에 적시는 데 있다
– 술과 함께 다른 세상으로 간 정봉

옛 친구 정봉은 자가 상고로 사
람이 조용하고 깨끗하여 사귈 만하였다. 귤옥 윤광계와 외사촌 형제간이
며, 일생을 서로 추종하며 세상을 등진 생활이 날마다 술을 취하도록 마
셨다. 윤 선생이 세상을 떠난 후에 상고는 더욱 살맛을 잃고 술에 잠겨
있다가 나이 겨우 예순에 세상을 떠났다.

임종 시에 사람을 시켜 술을 가져오게 하고, 술을 가져오니 멀거니
그 술을 바라보다가 술잔이 작은 것을 못마땅하게 여기면서 말하기를
"이 늙은이가 한평생 이것만을 좋아했는데, 지금 떠나가면서 어찌 이 한
방울을 마시겠느냐" 하며, 다시 명하여 큰 술잔을 가져가 둘을 마시고
쓰러져 베개에 누워 다른 세상으로 가고 말았다.

정홍명의 《기옹만필》에 실린 글인데 정홍명은 송강 정철의 넷째
아들이다. 술을 달라, 오로지 술을 달라, 하다가 죽은 사람들이 이
리도 많은데 지금도 그 남은 술을 마시며 그들의 뒤를 따라가는 사

람들. 술은 인간과 어떤 함수관계가 있는 것일까? 다산 정약용은 유배지에서 아들에게 간곡한 편지 한 통을 보냈다.

왜 글공부에는 이 아비의 버릇을 이을 줄 모르고 주량만 아비를 넘어서는 거냐? 이거야말로 좋지 못한 소식이구나. (중략) 나는 아직까지 술을 많이 마신 적이 없고 나 자신의 주량을 알지 못한다. (중략) 참으로 술 맛이란 입술에 적시는 데 있다. 저들 소가 물 마시듯 마시는 사람들은 입술이나 혀에는 적시지도 않고 곧장 목구멍에다 탁 털어 넣는 사람들이야 무슨 맛을 알겠느냐? 술을 마시는 정취는 살짝 취하는 것에 있는 것이지, 저들 얼굴빛이 홍당무처럼 붉고 구토를 해대고 잠에 곯아 떨어져 버린다면 무슨 술 마시는 정취가 있겠느냐? 요컨대 술 마시기 좋아하는 사람들은 병에 걸리기만 하면 폭사하는 사람들이 많다. (중략) 그래서 공자께서는 "유명무실한 게 조그만 술잔이로구나"라고 탄식하였다.

문득 페르시아의 시인 오마르 카이얌의 〈루바이야트〉 중의 한 편이 마음속을 휘젓고 지나간다.

강가에 앉아 있는 그대 찾아온 죽음의 천사
그대에게 잔을 권하거든
그대, 영혼을 내어 맞기고
사양 말고 들이키오, 그 한 잔 술을

술로 보낸 세월
— 세상과 인연을 끊고 숨어 살았던 윤광계

윤광계는 자가 경열이고 호는 귤옥인데, 남도의 문사文士이다. 한평생 시와 술로 낙을 삼으며 명예나 이욕에는 담담하였다. 일찍이 벼슬을 버리고 도성 안으로 들어와서 인왕봉 아래에 집을 짓고 꽃을 심고 약초를 기르면서 조금도 풍진 세상의 기운이 없었다. 외사촌 정봉과 이웃에 살면서 서로 마주앉아 술을 들면서 세월을 보냈다.

이웃에 술집이 있는데, 날마다 가져다 마시되 그 값을 물어보지 않으며, 술집 주인 역시 언제 갚을 것인지를 묻지 않았다. 그러다가 남쪽에서 오는 배가 쌀을 싣고 강가에 와 닿으면 그때는 쌀을 나누어 술집으로 보냈는데, 많고 적음을 계산하지를 않았다.

세상과의 인연을 끊고 문밖을 나서지 않았는데, 일찍이 나에게 말하기를 "서울에 들어온 지 3년 동안에, 친척집 조상弔喪 의관을 갖추고 나갔는데 겨우 두 번이었다" 하였다.

　_ 정홍명, 《기옹만필》, 《대동야승》

형식을 갖추지 않고 체면치레를 하지 않고, 되는 대로 술이나 마시며 살 수 있는 사람이 이 세상에 얼마나 될까? 그렇게는 살지 않더라도 최소한의 사람 노릇을 하며 살아간다는 것은 진실로 쉬운 일이 아니다.

양나라 도홍경은 화양에 숨어 살며 벼슬에 뜻을 두지 않았다. 고조高祖가 보러 갔다가 그에게 물었다.
"산 중에 무엇이 있느냐?"
이에 도홍경은 다음과 같이 노래했다.
"산 중에 무엇이 있냐고요? 고개 위에 흰 구름 많지요. 단지 혼자만 즐길 수 있고, 임금님께 가져다 줄 순 없지요."
그 뒤에 무제武帝가 누차 초빙하였지만 나아가지 않았다.

위의 글은 《사문유취》에 실려 있다. 요즘 방외方外네 또는 방내方內라는 말이 회자되지만 방외에서 찬바람 맞으며 사는 것 역시 쉬운 일이 아니다. 다만 일본인 작가 무라카미 하루키가 말한 대로 아웃사이더로 살아가는 사람들의 이점은 "넥타이를 매지 않고, 출근을 하지 않고, 상사의 지시를 받지 않고, 아무렇게나 말해도 된다"는 것이다. 하지만 이 때문에 평생 감당해야 할 짐은 태산처럼 무거운데 그것을 잘 모르는 세상 사람들이 겉으로만 부러워 할 뿐이다.

술은 노인의 젖이다

– 술로써 밥을 대신한 선비들

하동 정여창이 말하기를 "술
은 노인의 젖이다. 곡식으로 만들었으니 마땅히 사람에게 유익할 것이
다. 내 평생에 밥을 먹을 수 없었으니, 술이 아니었더라면 어떻게 지금까
지 살아왔는지" 하였다. 서달성과 이상 이평중, 그리고 손칠휴孫七休(손
순효)도 또한 술로써 밥을 대신했다. 사람의 오장이 강약이 다르고, 또
술도 술술 들어가는 곳이 따로 있는 것인지 알 수 없는 일이다. 그러나
술을 마시는 사람은 마침내 술한테 지게 되어, 술을 끊으려 해도 끊지 못
하고, 술기운이 없게 되면 다시 마시어 정신이 이미 안에서 사라진다.

_ 이육, 《청파극담》

　내 어린 시절을 돌아다보면 오로지 술로써 낙을 삼고, 술이 없으
면 죽음이나 마찬가지라고 얘기는 하지 않지만 술이 있으므로 산다
는 표현이 맞는 사람들이 많이 있었다. 그 중에 한 사람이 우리 아
버지였다. 내가 초등학교 다니던 시절에 아버님께서 선술집을 연

적이 있었는데, 술을 마시고자 열었는지, 아니면 돈을 벌고자 열었는지, 여러 가지 사정이 있어서 그랬는지는 몰라도 닷새 열흘 장인 백운장이 파하기도 전인 서너 시 경에 아버님은 술에 취해 방에 쓰러지시고, 손님들이 재량껏 술을 마시는 것을 어린 마음에 속상해하며 본 적이 한두 번이 아니었다.

《주역》의 마지막 64번째 괘가 화수미제火水未濟인데 그 마지막 효가 "술을 마시는 데 적절히 마시면 허물이 없다有孚于飮酒"이다. '적당하다'는 것을 가늠할 수가 없는 것이 재물과 권력, 그리고 술 욕심일 것이다. 평생에 한번도 성공이라는 것을 모르고 실패의 연속이었던 우리 아버님이 유일하게 좋아하셨던 술, 그 술에 결국은 져서 술로써 생을 마감했으니, 술은 도대체 인간에게 무엇이란 말인가.

술이 있으면 반드시 취해야

– 고옥 정작과 서전 성노 이야기

고옥 정작과 서전 성노는 모
두 나이 마흔에 상처하였는데, 재취하지를 않고 여자를 가까이하지 않으
며 도승같이 종신토록 홀아비로 지냈다. 오직 술을 매우 좋아하여 잔뜩
취하여 나날을 보내었다. 고옥은 서울의 친구들을 두루 찾아다니며, 취
하지 않고는 돌아오지 않았는데 그의 시에 "산림이나 성곽에 둘 다 의지
할 데 없으니 아침에 나가면 언제나 저물어서 취해 돌아온다네"가 있는
데, 이는 그의 행적을 말한 것이다.

서전은 평소 인왕산 아래에 문을 닫고 숨어 있으면서 벼슬을 제배
하여도 나가지 않았다. 임진왜란 이후에는 양화도 강가에 임시 거주하면
서, 사위 조영과 함께 서로 의지하고 지냈는데, 술이 있으면 반드시 취해
쓰러지는 것을 한정으로 하였으며, 하루아침에 병도 없이 죽었다.

이 두 늙은이는 억제하기 어려운 큰 욕심은 끊으면서도 취향醉鄕 밖으
로는 뛰어나오지 못하였으니, 이것은 정욕과 분수가 깊어서 그런 것인가?

_ 정홍명, 《기옹만필》, 《대동야승》

정홍명이 지은 《기옹만필》에 실린 글이다. "여자와 소인처럼 다루기 힘든 건 없다. 이를 가까이 하면 불손해지고, 이를 멀리하면 원망한다唯女子與小人難養也 近之則不 遜遠之則怨." 《논어》의 양화편陽貨篇에 실려 있는 이 말 때문에 그들은 여자를 멀리하고 술만 좋아했을까?

박지원이 지은 《광문자전》에는 "대개 미색이란 모든 사람이 다 좋아하는 법이야. 이건 남자들만 그런 것이 아니고 여자들도 마찬가지거든."이라는 글이 있는데, 더러는 그렇지 않은 사람들도 있다. 여자는 좋아하지 않고 술만 좋아하는, 그런 사람을 여럿 보았다. 또한 술은 그리 좋아하지 않는데 여자는 무척 좋아하는, 그런 사람도 여럿 보았다. 여자들도 마찬가지로 술에 절어 사는 사람도 있고 이 남자 저 남자 갈아치우는 재미로 사는 사람도 더러 있다. 여러 가지가 다 재미있어야 하고 어울려야 하는데 한 가지로 편벽하게 빠지는 것, 그렇게 살아도 괜찮은 것일까?

옛 사람의 주도

― 허균과 상정觴政

나는 한 파초병芭蕉瓶(파초잎 모양의 병)의 양의 술도 마시지 못하면서도 술잔 움직이는 소리를 들으면 기뻐 날뛰고, 주객들과 어울릴 때는 밤을 새우지 않으면 그만두지 않으므로, 오랫동안 친하게 지내온 사이가 아니면 나의 주량이 적다는 것을 모른다. 요즘 마을에 주도酒徒(술 친구)들이 무척 많아졌으나 상정觴政(술자리에서 흥을 돋우기 위하여 정하는 규칙)을 익히지 않으니, 너무 서툴다고 여겨진다. 대저 조구糟丘(많은 양의 술 찌꺼기로 술 속에 빠져 있는 것을 비유)와 함께 살면서도 주법을 닦지 않는 것은 이 또한 영장令長(저자 자신을 지칭한 말)의 책임이므로, 이제 고법古法 중에서 간결 적절한 것을 채택하고 이어 새 조항을 첨가하여 이름을 상정이라 하였으니, 주객이 된 이가 각기 1부씩 지켜둔다면 취향醉鄕의 좋은 법령이 될 것이다.

1. 이吏

대저 술을 마시는 데는 한 사람을 명부明府(수령으로 주석의 어른을 말함)로 삼아 술잔 조절을 밝게 하되, 술이 약하게 진행되면 이는 광관曠官으로 냉冷이라 부르고, 술이 거세게 진행되면 이는 가정苛政으로 열熱이라이른다. 또 한 사람을 녹사錄事로 삼아 좌객座客들을 규찰糾察하게 하되, 모름지기 음재飮材가 있는 이를 택해야 한다. 음재에는 세 가지 조건이 있으니, 말을 잘하는 것과 음률을 아는 것과 주량이 큰 것을 말한다.

2. 도徒

주도를 선택하는 데 12가지가 있다. 즉 말을 잘하면서도 아첨하지 않는 자, 기백이 약한 듯하면서도 쉽게 쏠리지 않는 자, 눈짓으로 하는 주령酒令(술자리의 규칙)을 보고도 되풀이가 필요하지 않는 자, 주령이 시행되면 온 좌중에서 호응하고 나서는 자, 주령을 들으면 즉시 이해하여 재차 문의하지 않는 자, 고상한 해학을 잘하는 자, 좋지 않은 술잔을 차지하고도 아무 말이 없는 자, 술을 받게 되어서 술의 좋고 나쁨을 논하지 않는 자, 술을 들면서 거동에 실수가 없는 자, 아예 만취가 되었을지언정 술잔을 돌려 엎지 않는 자, 제목에 따라 시를 지을 수 있는 자, 술을 이기지 못하면서도 흥취가 밤새도록 발발하는 자이다.

3. 용容

기뻐서 마실 때에는 절제가 있어야 하고, 피로해서 마실 때에는 조용해야 하고, 점잖은 자리에서 마실 때에는 소쇄한 풍도가 있어야 하고, 난잡한 자리에서 마실 때에는 규약이 있어야 하고, 새로 만난 사람과 마실 때에는 한아閒雅 진솔해야 하고, 잡객雜客들과 마실 때에는 꽁무니를 빼야 한다.

4. 의宜

대저 술에 취하는 데는 각기 적절함이 있다. 즉 꽃에서 취할 때에는 대낮을 이용하여 해의 광명을 받아야 하고, 눈에서 취할 때에는 밤을 이용하여 눈의 청결을 만끽해야 하고, 득의得意에 의해 마실 때에는 노래를 불러서 그 화락을 유도해야 하고, 이별에 의해 마실 때에는 바리때를 두들겨서 그 신기를 장쾌하게 해야 하고, 문인과 취할 때에는 절조와 문장을 신중하게 하여 그의 수모를 받지 않도록 해야 하고, 준인俊人과 취할 때에는 술잔의 기치旗幟를 더하여 그 열협烈俠을 도와야 하고, 누각에서 취할 때에는 여름철을 이용하여 그 시원함을 의뢰해야 하고, 물에서 취할 때에는 가을철을 이용하여 그 상쾌함을 돋워야 한다. 일설에는 이렇게 되어 있다.

달에서 취할 때는 누각이 적절하고, 여름철에 취할 때에는 배가 적절하고, 산에서 취할 때에는 그윽한 곳이 적절하고, 아름다운 사람과 취할 때에는 얼근하게 마시는 것이 적절하고, 문인과 취할 때에는 기발한 말솜씨에 까다로운 주법이 없어야 하고, 호객과 취할 적에는 술잔을 휘두르면서 호탕한 노래를 불러야 하고, 지음과 취할 때에는 오희(미인의 대명사로 쓰인 말)의 맑은 목소리에 단판檀板(악기 이름)을 쳐야 한다.

5. 우選

마시는 데 5가지의 합合(마시기 좋은 경우)과 10가지의 괴乖(마심을 삼가야할 경우)가 있다. 시원한 달이 뜨고 좋은 바람이 불고 유쾌한 비가 오고 시기에 맞는 눈이 내리는 때가 첫째의 합이요, 꽃이 피고 술이 익는 때가 둘째의 합이요, 우연한 계제에 술을 마시고 싶어 하는 것이 셋째의 합이요, 조금 마시고도 미친 흥이 도도한 것이 넷째의 합이요, 처음에는 울적하다가 다음에는 화창하여 담론이 금시에 민첩해지는 것이 다섯째의 합이다.

날씨가 찌는 듯하고 바람이 조열한 때가 첫째의 괴요, 정신이 삭막한 때가 둘째의 괴요, 특별한 자리에서 주량이 걸맞지 않은 것이 셋째의 괴요, 주객이 서로 견제하는 것이 넷째의 괴요, 초초草草(분주한 모양)히 수응하여 마치 시간 여유가 없는 듯한 것이 다섯째의 괴요, 억지로 기쁜 표정을 짓고 있는 것이 여섯째의 괴요, 신을 신은 채 자리를 옮겨가면서 귀엣말을 주고받는 것이 일곱째의 괴요, 약속에 의해 야외에 나갔을 때 날씨가 몹시 흐리거나 폭우가 쏟아지는 것이 여덟째의 괴요, 길이 먼데도 날이 어두워서야 돌아가기를 생각하는 것이 아홉째의 괴요, 손이 훌륭하면서도 다른 약속이 있거나 기생이 즐거워하면서도 다른 급한 일이 있거나 술이 진하면서도 변하였거나 적炙(산적)이 아름다우면서도 식은 것이 열째의 괴이다.

6. 후候

즐거운 것에 13후가 있으니, 그 시기를 얻은 것이 첫째요, 주객이 오랜만에 만난 것이 둘째요, 술이 진하고 주인이 단엄한 것이 셋째요, 술 잔을 들기 전에는 노래를 부르지 않는 것이 넷째요, 능력이 없는 자에게는 벌칙이 있는 것이 다섯째요, 막 마시려면서 안주를 거듭 들지 않는 것이 여섯째요, 주석에서 우왕좌왕하지 않는 것이 일곱째요, 녹사의 거동이 씩씩하고 주법이 엄격한 것이 여덟째요, 명부가 사사로운 청탁을 받아들이지 않는 것이 아홉째요, 자기의 책임을 남에게 떠맡기지 않기로 하는 것이 열째요, 남의 책임을 자기가 대신하지 않게 하는 것이 열한째요, 주력을 믿지 않는 것이 열두째요, 가녀와 주노가 사람의 뜻을 미리 알아서 거행하는 것이 열 셋째이다.

즐겁지 못한 것에 16후가 있으니, 주인이 인색한 것이 첫째요, 손이 주인을 무시하는 것이 둘째요, 좌석의 포진이 난잡하여 정연하지 못한 것이 셋째요, 실내가 어둡고 등불이 희미한 것이 넷째요, 풍악이 원활하지 못하고 기생이 교만한 것이 다섯째요, 나라의 정사를 의논하는 것이 여섯째요, 교대해가면서 해학 하는 것이 일곱째요, 자리에서 어지러이 일어나는 것이 여덟째요, 귀엣말로 소곤거리는 것이 아홉째요, 규칙을 무시하는 것이 열째요, 취중에 마구 지껄이는 것이 열한째요, 앉은 걸음으로 왔다 갔다 하는 것이 열두째요, 평두平頭 차림으로 술을 훔쳐 마시거나 술에 취해 나자빠지는 것이 열셋째요, 소의 하인이 어리석고 불측한 것이 열넷째요, 깊은 밤중에 주석에서 도망치는 것이 열다섯째요, 광화狂花와 병엽病葉이 열여섯째인데, 소위 음류飮流로서 눈을 흘기는 것이 광화이고 눈을 조는 것이 병엽이다. 기타 주석에서의 해마害馬는 으레 내쫓아야 하는데, 해마란 언사가 저속하고 거동이 점잖지 못한 따위이다.

7. 전戰

양量으로 마시는 자는 큰 잔으로써 겨루고, 기氣로 마시는 자는 육박과 주사위로써 겨루고, 취趣로 마시는 자는 이야기로써 겨루고, 재才(재주)로 마시는 자는 시부와 악부로써 겨루고, 신神으로 마시는 자는 그림으로써 겨루어야 하는데, 이것을 주전酒戰이라 한다. 그러나 경經에는 이렇게 되어 있다. "백번 싸워서 백번 이기는 것이 도리어 싸우지 않아서 누가 없는 것만 같지 못하다."

8. 제祭

대저 술을 마시는 데는 반드시 그 시조에게 제祭하는 것은 예이다. 지금 선보를 주성酒聖으로 높여 제하는 것은, 선보가 술을 한량없이 마셔도 혼란한 경지에는 이르지 않았다 하여 음계의 시조로 삼은 때문이니, 선보는 바로 음계의 종주이다. 여기에 사배四配로는 완사종(사종은 진나라 완적의 자)·도팽택(진나라 팽택령 도잠을 말함)·왕무공(무공은 당나라 왕적의 자)·소요부(요부는 송나라 소옹의 자)를 모시고, 십철十哲로는 정문연(문연은 삼국시대 오나라 정천의 자)·서경산(경산은 삼국시대 위나라 서막의 자)·혜숙야(숙야는 진나라 혜강의 자)·유백륜(백륜은 진나라 유영의 자)·상자기상(자기는 진나라 상주의 자)·완중용(중용은 진나라 완함의 자)·사유여(유여는 진나라 사곤의 자)·맹만년(만년은 진나라 맹가의 자)·주백인(백인은 진나라 주의의 자)·완선자(선자는 진나라 완수의 자)를 모시고, 산

거원(거원은 진나라 산도의 자)·호모언국(언국은 진나라 호모보지의 자)·
필무세(진나라 필탁의 자)·장계응(계응은 진나라 장한의 자)·하차도(차도
는 진나라 하충의 자)·이원충(복제 때 사람)·하지장(당나라 때 사람)·이
태백(태백은 당나라 이백의 자) 이하는 양무_{兩廡}에 모셔야 한다. 그리고 의
적(하나라 때 사람)·두강(주나라 때 사람)·유백타(진나라 때 사람)·초혁
의 무리는 다 술 빚는 법으로 이름을 얻었을 뿐, 음도와는 관계가 없으므
로 아직 결채에 제하여 술을 잘 빚는 사람들을 정표하는 것이 마치 교궁
에 토주를 제하고 나서 사찰에 가람신_{伽藍神}을 제하는 것과 같다.

12. 품제品題

대저 맑은 빛깔에 맛이 시원한 술은 성인이고, 황금 같은 빛깔에 맛
이 진한 술은 현인이고, 검은 빛깔에 맛이 시금한 술은 우인이고, 유양
(찹쌀로 빚은 것)으로서 사람을 취하게 하는 술은 군자이고, 납양_{臘釀}(동지
뒤 셋째 술일戌日에 빚은 것)으로서 사람을 취하게 하는 술은 중인이고, 주
점에서 구입한 것으로서 사람을 취하게 하는 소주는 소인이다.

13. 배표杯杓

옛날의 옥배玉杯나 옛날의 요기가 최상품이고, 서각犀角이나 마노馬瑙
로 된 것이 그 다음이고, 근대近代에서 가장 좋은 자기瓷器가 그 다음이고,
항금백으로 된 파라蚆螺(술잔 이름)가 하품이고, 소라 모양의 밑이 뾰족하
고 몇 군데 굽이가 진 것이 최하품이다.

14. 음저飮儲

술 마실 때의 요리를 음저飮儲(안주)라 하는데, 첫째는 청품淸品으로 선합鮮蛤(날참조개의 고기), 조감(살조개의 고기로 요리한 것), 주해酒蟹(게로 요리한 것)의 유類이고, 둘째는 이품異品으로 웅백熊白(곰 등 부분의 기름으로 맛이 매우 좋다), 서시유西施乳(복어의 다른 이름으로 봄철에 맛이 아주 좋음)의 유이고, 셋째는 이품膩品으로 염소의 양이나 거위고기 구이의 유이고, 네째는 과품果品으로 송자松子, 행인杏仁의 유이고, 다섯째는 소품蔬品으로 날죽순, 이른 부추의 유이다.

15. 음식飮飾

비자나무로 된 궤와 환한 창문, 제때에 핀 꽃과 아름다운 나무, 겨울철의 장막, 여름철의 녹음, 수놓은 치마, 덩굴로 된 자리이다.

16. 환구歡具

바둑판과 크고 작은 병, 술잔의 수를 세는 산가지와 주사위, 옛적의 솥과 곤산현의 지패紙牌(놀이에 쓰는 패 이름), 예쁜 동녀童女와 시사侍史(측근에서 문서를 맡은 사람), 다구와 오나라 때의 종이와 송나라 때의 벼루와 아름다운 먹이다.

프랑스의 격언에 "한쪽 귀의 술과 양쪽 귀의 술"이라는 말이 있는데, 전자는 좋은 술을 가리킨 것이요, 후자는 나쁜 술을 가리킨 말이다. 그 뜻은 좋은 술을 대하면 고개를 한쪽 귀 쪽으로 기울여

감개무량하지만 나쁜 술을 대하면 고개를 양쪽으로 갸우뚱거린다
는 말이다. 허균의 《성소부부고》 중 〈상정〉을 읽으면 술을 대하는
몸과 마음의 자세가 얼마나 중요한지를 깨닫게 된다.

임의 옷 벗는 소리

【 옛 사람들의 성과 사랑 그리고 우정 】

여자가 가장 아름다울 때

— 세 가지 위와 세 가지 아래

속담에 이르기를 "여자가
가장 예쁘고 좋게 보이는 때는 세 가지 위三上와 세 가지 아래三下에 있을
때"라고 했다. 세 가지 위는 누각 위, 담 위, 말 위이고, 세 가지 아래는
발簾 아래, 촛불 아래, 달빛 아래이다. 이 세 가지 위와 아래에 있을 때 여
자는 가장 아름다운 것이다.

_ 이수광, 《지봉유설》

　　지금도 누각에 서서 흐르는 강물을 그윽하게 바라보는 여인이나
담 너머로 보이는 여인의 모습도 아름답지만 말을 탄 여인의 모습은
당당함과 애잔함 등 무어라 설명할 수 없는 아름다움이 서려 있다.
"언뜻 보이는 젖가슴 같은"이라는 시 구절처럼 보일 듯 말 듯한 주
렴 사이로 보이는 여인의 얼굴도 얼굴이지만 가물가물하는 촛불 아
래나 긴 그림자 드리운 달빛 아래에서 여인이 기다리는 모습을 아름
답다고 표현한 옛 사람과 현대인의 생각의 차이는 얼마나 될까?

수레에 실린 마음

– 미인에게 보내는 시

           조선의 한 선비가 중국에 갔을 때, 객사에 묵으면서 문에 기대어 창밖을 내다보고 앉아 있었다. 한 아름다운 아가씨가 나귀가 이끄는 수레에 앉아 길을 지나가는데, 보기에 아름답기 이를 데 없었다. 그 선비는 미인을 사랑하는 남자의 심정을 시로 썼는데 그 대구가 생각이 나지 않아서 고심 끝에 마침 지나가는 미인을 보고 그것을 보여줄 생각이 났다. 그래서 하인을 시켜 바로 즉시 그 글을 보냈는데 그 내용은 다음과 같았다.

> 마음은 붉게 화장한 미인을 쫓아가고   心逐紅粧去
>
> 몸은 부질없이 홀로 문을 기대고 서 있네   身空獨倚門

    하인이 그 시구를 가져다주자 아가씨는 수레를 세우고 잠시 읽어보더니 바로 다음과 같은 답신을 보냈는데 그 내용은 다음과 같았다.

수레 무거워졌다고 나귀가 화를 내니　　　驢嗔車載重

그것은 한 사람의 마음이 더 실린 까닭일세　　　添却一人魂

_ 유몽인, 《어우야담》

　　"마음은 옛 벗을 그려 구름 밖에 노닐고 시선은 그리운 것을 찾아 푸른 산에 막히도다"라는 시 구절처럼 아름다운 여인을 거리에서 보아도 대개 사람들은 멀리서 바라만 볼 때가 많다. 중국 성인들의 가르침 중에 "맛있는 음식과 예쁜 여자를 바라는 것은 인간의 본성이다"라는 말은 잘 알면서도 실천을 못 하는 것이 사람의 마음이다. 그렇게 마음을 전할 수 있다는 것도 좋은 일이지만 또, 그렇게 운치 있는 답신을 보낼 수 있다는 것도 멋스럽고 아름다운 일이다. 하지만 "마음의 환희와 육체의 환희를 구별하기란 도저히 불가능하다. 육체적으로 이성을 사랑하지 않고, 정신적으로 사랑한다는 것이 가능할까."라는 임어당의 말이나 "보라, 산이 높은 하늘과 입 맞추고 / 파도가 서로 껴안는 것을 / 햇빛은 대지를 끌어안고 / 달빛은 바다와 입 맞춘다 / 허나 이 모든 달콤함이 무슨 소용이리 / 그대가 내게 키스하지 않는다면"이라고 노래한 퍼시 B. 셸리의 《사랑의 철학》에 나오는 구절처럼 사랑이 곧바로 이루어지지 않는다면 현대인들은 곧 안달이 나서 죽을 것처럼 열병을 앓을지도 모른다.

미인을 관찰하면 시를 알 수 있다

– 미인을 보는 여러 가지 방법

연암 박지원의 《연암집》에는
다음과 같은 글이 나온다.

미인을 관찰하면 시를 알 수 있을 것이다. 미녀가 머리를 숙이고 있
으면 부끄러움을 나타내는 것이고 턱을 고이고 있으면 한을 나타내는 것
이다. 혼자 서 있으면 생각에 잠긴 것을 나타내고 눈썹을 찡그리면 수심
을 나타내는 것이다. 난간 아래에 서 있으면 기다리는 사람이 있어서일
것이고, 파초 밑에 서 있으면 바라는 바가 있어서일 것이다. 만일 미인이
재를 올리는 스님처럼 가만히 서있지 않고 소상塑像(찰흙으로 만든 형상)
처럼 우두커니 앉아있지 않는다고 책망한다면, 이것은 양귀비가 치통을
앓고 번희가 머리채를 어루만지는 것을 꾸짖는 것과 같다. 또한 어여쁜
걸음걸이와 가벼운 손바닥 춤을 나무라는 것과 같다.

사람마다 사람을 보는 관점이 다르다. 그래서 미인도 여러 관점

前人未發之
參
蕙園

신윤복, 전모를 쓴 여인, 비단에 엷은 채색, 28.2x19.1cm, 국립중앙박물관 소장.

으로 보아야 하는데 미인의 기준이 서구적으로 되다보니 미인이라는 말조차 낡은 단어가 되고, 무슨무슨 얼짱 하다가 급기야는 강도 얼짱까지 생겨나니, 이 시대가 온전한가. 이 시대를 살면서도 변화의 속도에 따라가기도 바쁜 우리 같은 사람들이 온전치 못한가. 도무지 이해할 수가 없다. 조선의 미인은 그렇다고 하고 중국 미인의 구체적인 모습은 어떠했을까?

새까맣고 반지르르한 날개 같은 머리칼, 파르스름하며 곡선을 이룬 초승달 같은 눈썹, 맑고 매초롬한 살구 같은 눈, 향내 퍼지는 앵두 같은 입술, 곧고도 오뚝 선 옥 같은 코, 짙은 분을 바른 발그레한 양볼, 교태가 흐르는 은쟁반 같은 얼굴, 가볍고 날렵한 꽃송이 같은 몸매, 옥가지 같은 섬섬옥수, 한웅큼의 버드나무 허리, 부드럽고 물렁물렁한 허연 배, 조그마하며 끝이 올라간 발, 냄새 나는 보송한 가슴, 희멀건 다리……

중국 소설 《금병매》에 나오는 반금련의 모습이다. 조선시대의 선비는 문사철文士哲을 겸비한 사람을 두고 아름답다 말했는데 우리가 아름다움을 그렇게 생각한 날은 이미 가버린 지가 오래라서 다시는 올 것 같지가 않다. 하지만 진정으로 정신과 육체가 아름다운 사람을 만나고자 하는 마음은 예나 지금이나 변함이 없다. 그래서 옛 사람은 다음과 같이 말했을 것이다.

산 정상에는 모름지기 샘물이 있어야 하고, 샛길은 모름지기 대나무가 있어야 하고, 사서史書를 읽을 때는 술이 없어서는 안 되고, 선禪을 말할 때는 미인이 없어서는 안 되니, 이것이 바로 경계에 따라 정조情調를 찾고, 정조를 따라 운치를 찾는다는 말이다.

_오종선,《소창청기》

전주 생강 상인과 올공쇠

– 올공쇠 팔자의 유래

속담에 '올공쇠팔자兀孔金八字'
라는 말이 있는데 올공쇠는 장구 끈을 연결하는 용두쇠이며 팔자는
음양사주陰陽四柱이다.

옛날 전주 큰 장사꾼이 배에 생강을 가득 싣고 평양의 패강(지금의
대동강)에 정박하였다. 생강은 남쪽 지방에서 나는 귀한 물건으로 관서
지방에서는 생산되지 않아 그 값이 매우 비쌌다. 한 배 가득히 실린 물품
이 자그마치 베 1천 필이나 곡식 1천 석과 같은 값이었다. 그런 그를 보
고 평양의 유명한 기생들 중에 따르는 사람이 많았다. 그 중 빼어나게 예
쁜 기생이 있어서 그는 그 기생을 사랑하게 되었는데, 몇 년 동안 그 곳
에 있으면서 가진 돈을 다 탕진하고 그가 가지고 온 배까지 팔아버리고
말았다.

재산이 다 없어진 것을 알게 된 기생은 그를 멀리 대하고 싫어하였
다. 집에 돌아가고자 하였지만 빈손으로 되돌아가자니 고향 친척을 볼

낯이 없었던 그는 그곳에 그대로 머물며 기생집의 고용살이를 하게 되었다. 말을 먹이고 땔 나무를 하느라 손발이 부르트고 터지는 것도 개의치 않으며 그 집의 떨어진 옷과 남은 밥을 얻어먹으며 지냈다. 그것을 지켜본 기생이 다른 남자와 함께 그 남자를 비웃느라 소곤거렸다. 상인은 부엌에서 팔을 괸 채 잠을 자고 나무를 때서 방을 데우는 일을 하며 지내니 그 괴로움을 더는 감당할 수가 없었다. 그래서 어느 날 기생에게 이별을 고하며 고향으로 돌아가겠다고 하자 그 기생은 가엾다는 생각이 들어 여비라도 마련해 주려고 하였다. 하지만 쌀 한 말과 한 폭의 베가 아까웠던 기생은 집에 있는 것 중에서 여러 해 때 묻고 그을린 쓸모없는 것을 찾다 보니 부서진 장구의 올공쇠 열여섯 개가 제일 만만했다. 그것을 상인에게 주며 다음과 같이 말하였다.

"길에서 됫박 쌀로 바꾸어 양식이나 하면서 집으로 돌아가시오."

그것이나마 기쁘게 받고 울며 하직하고 돌아오던 상인이 길에서 모래흙으로 녹이 슨 올공쇠를 닦으니 옻칠색이 거울처럼 빛나는 게 아닌가? 신기하게 여긴 상인이 돌아오던 길에 황강의 저잣거리에서 그 올공쇠를 내놓고 그것을 가져오게 된 연유를 말하였다. 그러자 많은 사람들이 그것을 살펴보고는 "이것은 진짜 오금烏金이다. 진금眞金보다 값이 열 배는 비싸다."라고 말하며 그것을 팔라고 하였다. 결국 가격이 오를 대로 올라서 백만금에 이르렀다. 상인은 옛 사업을 회복했을 뿐만이 라 마침내 그 일대에서 제일 갑부가 되어 오금장자라고 불렸는데, 세속에서 '올공쇠 팔자'라고 말하는 것이 이것에서 유래하였다.

_ 유몽인, 《어우야담》 권3

현대인의 병폐는 남보다 앞서려는 것일 수도 있다. 남을 누르거나 남을 무시해서라도 자신의 자리를 굳히지 않으면 도태되는 것이 세상이라는 것을 너무 일찍 알아버린 사람들 때문에 세상이 항상 바람 잘 날이 없다.

'죽기 아니면 까무러치기'라는 옛말처럼 하나도 손해 보지 않고 산다는 것이 가능할까? 실생활에서도 사랑 때문에 일생을 망쳐버린 오금장자 같은 사람들이 많이 있다. 위영은 〈담미인談美人〉이라는 시에서 "그러므로 아홉 번을 죽는 것은 쉬워도 한 치의 사람 마음을 얻기란 어렵다고들 하는 것이다"라고 했으며, 셰익스피어도 〈한여름밤의 꿈〉 제5막 1장에서 다음과 같은 말을 했을 것이다.

"광인과 사랑하는 사람과 시인은 한결같이 상상력으로 머리가 가득 차 있다. 넓은 지옥에도 다 들어가지 못할 만큼의 귀신을 보는 것도 바로 광인이다. 사랑을 하는 사람도 그 못지않게 머리가 돌아서 집시의 얼굴도 헬렌처럼 아름답게 본다."

한 여자 때문에 임금의 자리를 박차고 나왔다는 순애보 같은 이야기는 들리지 않고 일확천금을 얻어서 인생을 바꾸었다는 전설 같은 이야기만 넘쳐난다. 그래서 토요일 초저녁에는 로또 판매장이 문전성시를 이루고, 경마장이나 사행성 도박장은 항상 초만원인 것이 요즘의 현실이다.

정욕은 불과 같고 여색은 섶과 같다

― 성호 이익과 색욕色慾

무릇 금수 중에도 가축 이외에는 모두 암컷과 수컷이 쌍으로 날고 함께 다니면서도 서로 혼란하지 않고 각자 가정한 짝이 있으니, 이것이 분별이 있는 것이다. 사람은 그렇지 않아서 집에 처첩이 있어도 반드시 다른 곳에서 간음하고자 하며, 저자에서 얼굴을 단장하고 음란한 짓을 가르치면서도 부끄러워함이 없으니, 이것이 이미 금수에 미치지 못하는 것이다.

우양牛羊의 무리는 반드시 새끼를 배는 시기가 있어 새끼를 배면 곧 중지하는데 사람은 또 거기에도 미치지 못한다. 금수의 짝은 곱고 추한 것을 가리지 않는데, 사람은 혹 추한 것을 싫어하고 예쁜 것을 좋아하며, 늙은 것을 버리고 젊은 사람을 따르는데, 남자는 여자를 좋아하고 여자는 남자를 유혹하여 담을 엿보고 쫓아다니며, 날이 다하고 해가 다하도록 미친 듯이 희롱하고 극도로 부끄러운 짓을 하면서도 그칠 줄을 모르니, 더럽고 악한 짓을 말할 수 없다. 이것이 무슨 천리인가?

내가 보건대, 가축 중에는 오직 닭이 음란한 짓을 많이 하는데 그

죄는 수컷에 있고 암컷에 있지 않다. 오직 사람은 남녀가 서로 따라서 혹 밤낮을 가리지 않으니 금수에도 미치지 못하는 것이다…….

그러므로 덕을 잃고 복을 망치고, 명예를 무너뜨리고 자신을 죽이고, 아름다운 얼굴을 망치고 몸에 병을 가져오고, 목숨을 재촉하고 마음의 영각靈覺을 둔하게 하고, 이목耳目의 총명함을 어둡게 하고 평생의 학업을 폐하고, 선조의 산업을 파괴하는 등 거기에서 미치는 환해患害를 이루다 헤아릴 수가 없다.

정욕은 불과 같고, 여색은 섶과 같다. 불이 장차 치성하려 하는데, 색色을 만나면 반드시 타오른다. 게다가 술이 열을 도와주니 그 힘을 박멸할 수 있겠는가?

— 이익, 《성호사설》 권16

《세조실록》 9년 조에는 다음과 같은 글이 실려 있다.

"병자년인 세조 3년 이래 명문거족의 처들이 공신의 비자婢子로 많이 하천 되었는데 한 사람도 사절死節을 지키는 부인이 없이 그의 남편을 욕하고 새 주인을 꾀어 즐기느라 분분했다."

성리학이 근본이 되는 조선사회에서도 비일비재했던 것이 남녀 간의 문제였다. "정욕은 불과 같고, 여색은 섶과 같다"고 할 때 불이 섶에 붙으면 활활 타오르는 것은 당연한 일이 아니겠는가? 다만 정도를 지키는 것, 그것이 문제다.

죄는 마침내 겁간한 자에게 있으니

– 성호 이익의 강간強姦에 대한 변

옛말에 "세상에 강간은 없다"고 했으니, 이는 여자가 만약 목숨을 걸고 정조를 지킨다면 도둑이 범하지 못함을 말한 것이다. 옛날 노영청이 화간和姦과 강간의 구별을 판결하고자 힘센 여종을 시켜 여자의 옷을 벗기게 했는데, 다른 옷은 모두 벗겼으나 오직 속옷 한 벌만은 여자가 죽기를 한정하고 반항하여 마침내 벗기지 못했다. 이에 강간이 아니요, 화간이라고 판결을 내리니, 사람들이 명판결이라고 일렀다.

나는 생각건대, 이는 정리에 벗어난 논설이다. 여자가 거절하는데 남자가 겁간하려 하는 것은 이미 강간이니, 그 후에 딸려 일어나는 일은 족히 말할 것이 없다.

날짐승에 비유하건대, 암탉이 수탉에 쫓기어 담을 넘고 지붕에 올라 쉴 사이 없이 날다가 마침내는 면하지 못하는데, 그 후에 본즉 새끼 딸린 암탉은 모면하지 못할 듯하나 수탉이 마침내 범하지 못하니, 이로써 말한다면 암탉도 또한 죄가 있는 것이다. 그러나 수탉에게 쫓기어 쉴 사이 없이 달아나다가 모면하지 못한 것을 어찌 화간이라고 하겠는가?

죄는 마침내 겁간한 자에게 있으니, 혹 이와 같은 송사가 있어 노영청의 판결에 의한다면 폐단이 있을 듯싶으므로 이에 변론하는 바이다.

이익의 《성호사설》에 실린 글이다. 화간과 강간의 차이는 여러 가지가 있지만 여자가 죽기를 무릅쓰고 반항하면 도저히 여자를 범할 수 없다고 사람들은 말한다. 그래서 법정에서나 사회적 통념에서 강간이냐, 화간이냐를 두고 항상 말이 많지만, 사랑이라는 것은 서로 동의하에서 할 때 가장 아름답지 않겠는가? 그래서 롱펠로우는 다음과 같은 말을 남겼을 것이다.

"사랑은 자연스럽게 이루어지는 것이지, 물질로 살 수 있는 것은 아니다."

마음에 맞는 계절에
마음에 맞는 친구를 만나

- 이덕무의 벗에 대한 생각

만약 내가 지기를 얻는다면 이렇게 하겠다. 10년 동안 뽕나무를 심고 1년 동안 누에를 길러 손수 오색 실로 물들인다. 10일에 한 가지 빛깔을 물들인다면 50일이면 다섯 가지 빛깔을 물들일 수 있을 것이다. 이를 따뜻한 봄, 햇볕에 말려서 아내로 하여금 강한 바늘로 내 친구의 얼굴을 수놓게 한 다음, 고운 비단으로 장식하고 옷으로 축을 만들 것이다. 이것으로 높은 산과 흐르는 물이 있는 곳에다 걸어 놓고 말없이 바라보다가 저물녘에 돌아오리라.

_ 이덕무, 《청장관전서》권63 선귤당농소蟬橘堂濃笑

생각해보면 이미 보낸 날들이 아쉬움으로 가득 차 있는 듯싶다가도 '다시 산다 해도 뾰족한 수가 없었으리라'고 생각하는 것은 나이가 자꾸 들어가는 증표인지도 모른다. "우리는 체념해야 한다"라는 스피노자의 말처럼, 체념하고 또 체념하다 결국 사라지고 말 인생인데도 어쩌면 그렇게 연연해하는 것들이 많아서 총총히 가고

자 하는 발길을 붙잡고 못 가도록 가로막고 있는지.

　다정한 좋은 친구가 있는데도 그를 오래도록 머물게 하지 못할 경우에는 꽃술의 가루를 옮기는 나비가 꽃에 오는 것과 같아서 나비가 오면 너무 늦게 온 듯 여기고, 조금 머무르면 안쓰러워하고, 날아가면 못 잊어 하는 꽃의 심정과 같다.

　마음에 맞는 계절에 마음에 맞는 친구를 만나 마음에 맞는 말을 나누며 마음에 맞는 시문詩文을 읽으면, 이는 최상의 즐거움이다. 그러나 이런 기회는 지극히 드문 것이어서 일생을 통틀어도 모두 몇 번에 불과하다.

　_ 이덕무, 《청장관전서》 권63 선귤당농소

　"떠나는 사람은 경이로우니" 그럴지도 모른다. 그처럼 경이로운데 대부분의 사람은 떠나기를 갈망하면서도 두려워하는 걸까? 코끼리는 생애의 95퍼센트 이상을 이동하면서 살아간다. 하지만 지구상에서 가장 큰 동물 중의 하나이면서도 새끼 코끼리는 밀림의 왕자인 사자에게 매일매일 생존의 위협을 느끼며 지낸다고 한다. 어디에 있다고 할지라도 위험하긴 마찬가지고 인생의 어느 순간도 아늑하고 행복하기만 한 순간은 그렇게 많지 않은 게 대부분의 사람 일생이다.

　머무는 것도 떠나는 것도 삶의 한 과정이라고 여기자. "우리는 혼자서 세상을 걷는다. 우리가 바라는 친구들은 꿈이며 우화이다." 라고 말한 에머슨의 말을 기억하며.

색으로 깨우치다

— 이규보와 색유色喩

세상에서 색色에 혹하는 자가 있는데, 소위 색이란 것은 붉은가, 흰가, 푸른가, 빨강인가? 해, 달, 별, 노을, 구름, 안개, 풀, 나무, 새, 짐승이 모두 빛이 있으니, 이것이 능히 사람을 현혹하는가? 아니다. 그러면 금과 옥의 아름다운 것, 옷의 현란한 것, 궁실과 집의 크고 사치한 것, 능라綾羅 금수의 화려한 것, 이것들이 모두 빛의 더욱 갖춘 것이라. 이것이 능히 사람을 혹하는가. 그럴 듯하나 그렇지도 않은 것이 색이다.

대개 이른바 색이란 것은 사람의 고운 빛이다. 푸른 머리, 흰 살결, 기름과 분을 바르고, 마음을 건네며 눈으로 맞으면 한번 웃음에 나라를 기울이니 보는 자는 모두 정신이 아찔하고, 만나는 자는 모두 마음에 혹하여, 몹시 귀애하고 사랑이 미쳐 형제와 친척도 그만 못하여진다. 그러나 그것이 귀애함을 보고는 이에 배척하고 사랑을 받고는 이에 도둑질하나니, 그대는 듣지 못하였는가? 눈의 애교 있는 것은 이를 칼날이라 하고, 눈썹이 꼬부라진 것은 이를 도끼라 하며, 두 볼이 볼록한 것은 독약,

살이 매끄러운 것은 안 보이는 좀이다. 도끼로 찍고 칼로 찌르며 안 보이는 좀을 먹이고 독약으로 괴롭히니, 이것이 해로움의 끔찍한 것이 아닌가. 해害가 적敵이 되니 그 어찌 이길 수 있으랴. 그러므로 옛말에 '도둑이 도둑을 만나면 죽는다' 하였다. 어찌 다시 친할 수 있으리오. 그러므로 말하기를 배척한다 함이다.

안의 해害가 이미 이와 같으나 밖의 해는 또 이보다 더 심하다. 색의 아름다움을 들으면 곧 가산을 망치면서 구하여 의심하지 않고, 색의 꾐에 빠지면 호랑虎狼(범과 이리)을 범하면서도 뛰어가 사양하지 않는다. 좋은 색을 집안에 기르면 사람들이 시기하고 샘하고, 아름다운 색을 몸에 부딪히면 공명도 타락하고 만다. 크게는 임금, 작게는 경사卿士가 나라를 망치고 집을 잃음이 이에 말미암지 않음이 없다. 주나라의 포사와 오나라의 서자며 진나라 후주의 여화, 당 현종의 양씨가 모두 임금에게 아양을 떨고 임금을 현혹시켜 화태禍胎(재앙의 근원)를 길러내어, 주나라가 그 때문에 넘어지고 오나라가 그 때문에 거꾸러졌으며 진나라 당나라가 그 때문에 무너지며 쓰러지고 말았다. 작게는 녹주의 아양 부리는 태도가 석숭(진나라의 대부호)을 망치고, 손수의 요망한 단장이 양기(후한 순제 때의 장군)를 혹하였으나, 이 같은 유례를 어찌 모두 이룰 적으랴.

아, 나는 장차 풀무를 흔들고 숯을 피워 막모, 돈흡(둘 다 추녀의 이름)의 얼굴들을 모조리 그 속에 가두어 버리려 한다. 그런 뒤에 칼로 화보의 눈을 파내어 정직한 눈으로 바꾸고 철석 같은 광평의 창자를 만들어 음란한 자의 뱃속에 집어넣으려 한다. 그리하면 비록 난초의 향내 나는 기름과 분의 연모가 있어도 똥, 오줌, 진흙, 흙덩이일 뿐이요, 모장 서

시(미녀의 이름)의 예쁨이 있어도 돈흡과 막모일 뿐 또 제 어찌 혹함이 있으랴.

_ 이규보, 《동문선》 권107 '잡저'

곱고 고운 색, 여자의 눈빛에 녹아나지 않을 사람이 얼마나 되겠는가. "색녀 앞에는 성인군자가 따로 없다"라는 속담이 있거니와 시도 때도 없이 남자를 탐하는 여자 앞에서는 사내가 체면이나 예의염치를 내세우거나 지킬 수 없다는 뜻이다. 그런 여자 앞에서 모든 남자는 매 한 가지로 성욕을 해소하기 위한 대상이기 때문이다. 그래서 "색에는 귀천이 없다"는 말이나 "색이 사람을 홀리는 것이 아니라 사람이 색에게 홀린다"는 속담이 생겨났을 것이다. "못 믿을 건 사람의 마음"이라는 말대로 사람이 색을 향해 감정의 파도를 타기 때문이리라. 하지만 누군가의 말대로 "색이 있는데 그것을 홀리지 않으면 목석이지 인간이 아니다"라는 말도 일리는 있다. "양반 여자의 거시기는 매우 부드럽고 미끈거린다는데 이제야 차지할 수 있겠군"이나 "이 집 문 앞에 숲이 우거졌더냐, 문턱이 높더냐 낮더냐, 안방이 깊숙하더냐 얕더냐, 샘물이 많더냐 말랐더냐, 집이 새것이더냐 헌것이더냐, 들어갈 적에 부드럽더냐 껄끄럽더냐"는 조선 후기에 일반 사내들의 말이고 노래인데, 남자의 성기를 비유적으로 민요에 등장시킨 것들도 많이 있다.

언니는 좋겠네 / 언니는 좋겠다 / 아저씨 코가 커서 / 언니는 좋겠네

동생아 동생아 / 그 말은 맞지만 / 아저씨 코만 크지 / 실속은 없단다

"여자와 술과 노래를 사랑하지 않는 자는 평생 바보로 남는다"
는 포스의 말이나 "인생은 짧으니, 우리와 함께 여행을 하는 사람
들의 마음을 기쁘게 해줄 시간이 별로 없다. 오오, 지체 없이 사랑
하고 서둘러 친절 하라."라는 아미엘의 《일기》를 보면 사랑은 동서
양을 막론하고 어디에서든 필요한 선일 수도 있고, 악일 수도 있는
것이다.

그대를 향해 묻는다.

"만약 사랑이 슬픈 것이라면 왜 사랑의 고통은 달콤한 것일까?
만약 사랑이 달콤한 것이라면 왜 그토록 또한 잔인한 것일까? 만약
잔인하다면 왜 사람들은 사랑을 원할까?"

198 풍류, 옛 사람과 나누는 술 한 잔

본처의 정은 백년이고 첩의 정은 삼년이다

– 아내를 못 알아본 장님

아내가 있는 한 장님이 이웃 사람에게 부탁하여 미녀에게 새 장가를 들고자 하였다. 그 사실을 아는 이웃 사람이 그에게 말하기를 "우리 이웃에 체격이 알맞은 진짜 절세 미녀가 있는데, 그대의 소원을 이야기하면 흔연히 응할 것 같습니다" 하자, 장님은 "만약 진실로 그렇다면 재산을 다 쓸지언정 어찌 내가 인색하게 하겠습니까?" 하고서 그의 아내가 나가고 없는 틈을 타서, 주머니와 상자를 찾아 재물을 꺼내 주고 만나주기를 요청하였다.

만나기로 약속한 날이 되자 장님은 옷을 잘 차려입고 나가고, 아내 역시 화장을 고치고 그의 뒤를 따라가서 먼저 방에 들어가 있었다. 아무 것도 모르는 그 장님은 방에 있는 그의 아내와 재배를 하고 성례成禮를 하였다. 이날 밤에 그 여자와 동침을 하게 되었는데, 그 여자의 행동이 다정하고 사랑스럽기만 하였다. 장님은 여자의 등을 어루만지며 말하기를, "오늘 밤이 무슨 밤이기에 이처럼 좋은 사람을 만났을까? 내가 만약에 그대를 음식으로 비유한다면, 그대는 웅번熊膰(곰의 발바닥)이나 표범의

태와 같고 우리 집 사람은 명아주 국이나 현미밥과 같겠네." 하고서 재물을 많이 주었다.

　새벽이 되자 아내가 먼저 그의 집에 돌아가 이불을 안고 앉아 졸다가 장님이 돌아오는 것을 보고 물었다. "어젯밤엔, 어디서 주무셨습니까?" 장님이 "모 정승집에서 경을 외다가 밤 추위로 말미암아 배탈이 났으니, 술을 걸러 약을 만들어 주시오"라고 하였다. 그 말을 들은 아내가 꾸짖기를 "응번, 표태를 많이 먹고 명아주 국과 현미밥으로 오장육부를 요란하게 하였으니 어찌 앓지 않을 수 있겠습니까?" 하니 장님은 아무 대꾸도 하지 못하고 그제야 아내에게 속은 줄을 알았다.

_ 성현, 《용재총화》 권5

　"본처의 정은 백년이고, 첩의 정은 삼년이다"라는 속담이 있다. 예전 우리네 풍습으로 본처는 해로동혈偕老同穴이라고 오랜 삶을 천천히 살아가면서 정을 쌓는데 첩은 그 순간뿐이기 때문에 그 시간이나 들이는 공력이 그리 크지 않았다. 그래서 그런 말이 생겨났는데, 세상이 달라진 지금은 사정이 달라도 너무나 달라졌다. 고개 빳빳하게 쳐든 여자들이 세상을 당당하게 활보하는데, 고개 숙인 남자들은 비실비실 세상의 뒤안길을 있는 듯 없는 듯 가고 있는 경우를 너무도 많이 본다.

　서로 속고 속이는 세상, 그나마 당부하고 싶은 말이 있다. 프랑스 산문작가 장 그르니에는 그의 산문집에서 "비밀이 없으면 행복도 없다"라고 했고, 헤르만 헤세는 〈지와 사랑〉에서 "비밀이 없는 사랑이라면 그게 무슨 의미가 있겠는가?"라고 했으며, 다산 정약용은 '비밀의 근원을 없애도록' 이라는 글을 남겨 경계했다.

남에게 알지 못하게 하려거든 알 수 있는 행위를 하지 말아야 하고, 남이 듣지 못하게 하려면 말을 하지 않는 것이 제일이다. 이 두 마디 말을 평생 암기해두고 실천한다면 크게는 하늘을 섬길 수 있고, 작게는 한 가정쯤은 보전할 수 있을 것이다.

뻔뻔해지고 유들유들해져서 웬만한 일은 오히려 더 기세가 등등해서 잘못이 없는 상대방을 압도하기도 한다. "눈 가리고 아웅한다"는 옛 속담이 무색하게 말이다. 진정 부끄러움이 무엇인지를 잊어버린 듯한 이 시대, 그래서 소설가 박완서의 작품 〈부끄러움을 가르쳐 드립니다〉라는 제목이 더더욱 절실하게 다가오는지도 모른다.

다만 마음으로만 사랑하여

– 송인수와 부안 기생

미암 유희춘의 말에 의하면,
자신이 남평 현감으로 있을 때에 삼재三宰(좌참찬의 별칭) 백인걸은 무장
원이었다. 마침 참판 송인수가 방백으로 부임하자 세 사람이 서로 뜻이
맞아 매우 즐겁게 지냈다.

송공宋公은 부안의 기생을 사랑하였는데, 그와 정을 통하지는 않고
다만 마음으로 사랑하여 수레에 태워서 따라다니도록 하였다. 늘 글을
보내어 무장 원과 남평 원을 불렀고, 노는 곳에 항상 함께 다니니, 도내道
內의 사람들이 세자비라고 불렀다. 송공이 임기가 차서 떠날 때에 여량역
에서 공을 전별하는데, 두 사람과 기생이 따라왔다. 송공이 기생을 가리
키면서, "내가 이 사람의 뛰어난 슬기를 사랑하여 1년 동안이나 자리를
같이하면서도 잠자리를 함께 하지 않은 것은 내가 죽을까 염려되어서였
네" 하자, 기생이 즉시 앞산에 있는 많은 무덤을 가리키면서 "과연 그렇
습니다" 하였다.

이는 공을 원망해서 한 말이었으므로 온 좌석이 큰 소리를 내며 웃

었다. 그 기생은 늘 송공의 일을 감탄하며 눈물을 흘리기까지 하였다.

_ 허균,《성소부부고》권23

실제로 "너무 오래 굶었어" 같은 말은 서른 넘은 여자들이 모여 수다 떨 때 흔히 쓰는 말이란다. TV프로그램 '죄와 벌'에서 다룬, 아내의 외도로 의문의 죽임을 당한 남편의 부모가 낸 간통사건이 생각난다. 아내는 남편이 국외로 출장을 간 사이에 서로 좋아하는 사람과 그 집에서 엿새 동안을 같이 지내면서도 간통을 하지 않았다고 했지만 결국 간통죄가 성립되어 6개월씩의 실형을 살게 되고 위자료를 낸 사건이었다.《로마인 이야기》를 쓴 시오노 나나미는 다음과 같이 말한다.

"섹스 없는 남녀의 애정이 가능한가라는 주제에 대해 전혀 관심이 없는 나이지만, 섹스가 있는 남녀의 우정은 성립할 수 있는지에 대해서는 관심이 있다."

당신의 생각은 어떠한가?

어느 열녀문
− 중과 사통한 과부 이야기

서울에 사는 한 무사의 별장
이 지금의 밀양인 밀성에 있었다. 그는 성주와 상주 사이를 오고 가며 친
하게 지내는 유생을 찾아 항상 여러 날을 묵었다. 그러다가 사오 년 동안
서울의 집에 일이 많아 왕래를 하지 못하였다. 그러던 중 1582년에 시간
이 허락하여 밀성에 내려갔다. 가는 길에 그 친구를 성주와 상주 사이에
서 찾아보았더니, 친구는 죽은 지 이미 3년이나 되었다. 날이 저물어 다
른 데도 갈 수가 없어 그 집에서 그대로 여장을 풀고 잠시 쉬었다. 그 친
구의 아내가 그가 왔다는 소식을 듣고는 매우 슬프게 곡한 다음에 하인
을 시켜서 손님방을 치우게 하고, 그를 모시도록 하였다.

옛 생각에 마음이 울적한 무사는 밤이 깊도록 잠을 이루지 못했는
데, 손님방 북쪽이 유독 높았다. 섬돌 위에는 빽빽한 대나무로 수풀을 이
루었고, 어슴푸레한 달빛이 비치고 있었다. 그때 대나무 사이로 무엇인
가 빨리 지나가는 소리가 들렸다. 호랑이나 너구리, 아니면 살쾡이거니
싶어서 몸을 숨기고, 뚫어지게 바라보았다. 그런데 어떤 중이 이마를 드

러내고 어지러운 대나무 틈에서 사방을 엿보고 있다가 몸을 빼어서는 곧장 들어가더니 안방으로 향하였다. 무사는 걸음을 날래게 하여 따라가 안방 창에 등불이 비치는 것을 보고는 손가락으로 침을 묻혀 문 종이를 뚫어 엿보았다. 젊은 부인이 엷은 화장에 곱게 차리고는 청동화로에 숯불을 피우면서 고기를 굽고, 술을 데워 중에게 먹이고 있었다. 중은 다 먹고 나자 등잔불 아래에서 그 아녀자와 즐겁게 노닐기 시작했다. 분함을 참지 못한 무사가 화살을 뽑아 시위를 팽팽하게 당기고는 창구멍으로 쏘았다. 중은 한번 부르짖는 소리를 내더니 그만 죽고 말았고 여자는 혼비백산한 듯 보였다.

무사는 날래게 돌아와 화살을 감추고서 잠자리에 들어 일부러 코고는 소리를 냈다. 한참이 지나자 안에서 부인이 큰 소리로 급히 부르는 소리가 들리면서 온 집안의 노비들이 사방의 이웃을 부르고 떠들썩했다. 무사가 "왜 그런가?" 하고 물으니, "주인집은 선비 집안인데 선비가 죽어 과부로 살고 있습니다. 그런데 밤 사이에 미친 중이 담을 넘어와 돼지처럼 달려들었습니다. 과부가 칼을 뽑아 그 중을 죽이고 그 온몸의 살을 발랐습니다. 그러고는 스스로 손가락을 자르고 몸을 상해 자살하고자 했는데, 집안사람들이 힘써 말려서 구제하였습니다." 하였다.

무사는 웃음을 감추고 탄식하면서 집으로 돌아갔다. 그로부터 2년이 지난 후 다시 그 집을 지나게 되었는데, 그 집 앞에는 절부節婦의 정려문이 세워져 있었다.

_ 유몽인, 《어우야담》 권1

우리나라 어디를 가건 만나게 되는 것이 열녀문이고 효자비이다. 하늘을 감동케 한 효자비도 있고 하늘을 감동케 한 열녀비도 있다. 박지원이 글로 남긴 '함양박씨 열녀' 같은 여자도 있지만 앞에 소개된 이야기처럼 엉터리 열녀도 많은 게 사실이다.

어린 나이에 신랑이 죽으면 어린 신부를 자결케 해서 세운 열녀비도 있고, 어린 신부를 종이나 다른 사람과 함께 야반도주를 시킨 뒤에 자결했다고 거짓 장례를 치르고서 열녀비를 세우는 등 기발한 방법으로 세워진 열녀비들이 많다. 그래서 "오죽 효자가 없으면 효자비를 세우고, 오죽 열녀가 없으면 열녀비를 세워 효자 열녀를 장려했겠는가"라는 말도 있지 않는가.

하지만 "이십 전 과부는 수절을 해도 삼십 전 과부는 수절을 못한다"라는 속담도 있고, "이십 과부는 참고 살아도 사십 과부는 못 참는다"라는 속담이 있는 것을 보면 인간 세상에서 마냥 수절하는 것이 만사는 아니라고 볼 수 있는데 지금은 말해 무엇하랴.

서방질은 할수록 새 맛이 난다

— 어우동 이야기

어우동은 지승문知承文 박 선생
의 딸이다. 그의 집은 돈이 많고 자색이 있었으나, 성품이 방탕하고 바르
지 못하여 종실宗室 태강 군수의 아내가 된 뒤에도 군수가 막지를 못하였
다. 어느 날 나이 젊고 훤칠한 장인을 불러 은그릇을 만들었다. 여자는
이를 기뻐하여 매양 남편이 나가고 나면 계집종의 옷을 입고, 장인의 옆
에 앉아서 그릇 만드는 정교한 솜씨를 칭찬하였다. 드디어 그를 내실로
이끌어 들여서 날마다 마음대로 음탕한 짓을 하다가 남편이 돌아오면 몰
래 숨기고 하였다.

그의 남편은 그런 저간의 사정을 알고서 어우동을 마침내 내쫓고
말았다. 어우동은 이때부터 방종한 행동을 마음껏 하게 되었고 그의 계
집종 역시 예뻐서 매일 저녁이면 옷을 단장하고 거리에 나가서 예쁜 소
년을 이끌어 들여 여주인의 방에 들여 주고, 저는 또 다른 소년을 끌어들
여서 함께 자기를 날마다 하였다. 꽃 피고 달 밝은 밤이면 정욕을 참지
못해 둘이서 도시를 돌아다니다가 사람을 만나게 되면 그의 집에서는 어

디로 갔는지를 몰랐다.

길가에 집을 얻어서 오고 가는 사람을 점찍었는데, 계집종이 말하기를, "모某는 나이가 젊고 모는 코가 커서 주인께 바칠 만합니다" 하면, 어우동은 종에게 말하기를 "모는 내가 맡고 모는 네게 주리라" 하면서 실없는 말로 지껄이지 않는 날이 없었다. 그는 또 방산 군수와 더불어 사통하였는데, 군수는 나이가 젊고 호탕하여 시를 지을 줄 알았다. 어우동은 그런 그를 사랑하여 자기 집으로 맞아들여 부부처럼 지냈다. 하루는 군수가 그녀의 집에 가니 그녀는 마침 봄놀이를 나가고 돌아오지 않았는데, 다만 붉은 적삼만이 벽에 걸려 있었다. 그는 시를 지어 쓰기를, "물시계는 또옥또옥 야기夜氣가 맑은데 흰 구름 높은 달빛이 분명하도다. 한가로운 방은 조용한데 향기가 남아 있어 이런 듯 꿈속의 정을 그리겠구나." 하였다.

그 외에도 조관朝官의 유생으로서 나이 젊고 무뢰한 자를 맞아 음행하지 않음이 없으니, 조정에서 이를 알고서 국문하여 혹은 고문을 받고, 혹은 폄직되고, 먼 곳으로 귀양 간 사람이 수십 명이었고, 죄상이 드러나지 않아서 조릴 면한 자들도 또한 많았다. 의금부에서 그녀의 죄를 아뢰어 재추宰樞에게 명하여 의논하게 하니, 모두 말하기를 "법으로서 죽일 수는 없고, 먼 곳으로 귀양 보냄이 합당하다"고 하였으나 임금이 풍속을 바로 잡자고 하여 형에 처하게 하였다.

어우동이 옥에서 나오자 계집종이 수레에 올라와 그녀의 허리를 껴안고 하는 말이 "주인께서는 넋을 잃지 마소서. 이런 일이 없으면 좋을 것이지만 어쩌면 이 일보다 더 큰 일이 있어날지도 모르잖아요." 하니 듣는 사람들이 모두 웃었다. 여자가 행실이 더러워 풍속을 더럽혔으나 양가의 딸로서 국형을 받게 되니 길에서 눈물을 흘리는 사람도 있었다.

_ 성현, 《용재총화》 권5

　오백년 조선왕조에서 최대의 스캔들을 일으킨 여자가 어우동일 것이다. 수많은 책 속에 단골 메뉴로 등장하는 어우동의 이야기는 그 당시가 과연 엄격한 주자학적인 사회였는가를 의심케 하기에 충분하다. "오기로 서방질 한다"는 아니고 "서방질은 할수록 새 맛이 난다"가 맞을 듯싶고 서양식으로 고상하게 표현하면 "섹스는 자신에게서 탈출하고 싶은 욕망이다"라고 할 수도 있겠다.

　사람과 사람 간의 윤리의식이나 인간의 도리를 따지지 않고 오로지 육욕의 맛에만 미쳐있는 사람을 자주 볼 수 있는데, 그 맛에 일단 빠지고 나면 헤어날 수가 없다고 한다. "물에 빠진 놈은 건져도 계집에 빠진 놈은 못 건진다"라는 옛말이 있는데, 요즘에는 남자와 더불어 여자도 마찬가지라는 말들이 여기저기에서 들리니 가끔은 귀를 막고 살고 싶은 게 솔직한 심정이다.

세조가 형수라고 부른 여자

- 홍윤성과 여색

인산부원군 홍윤성은 체력이

세고 방략方略에 능하여, 승문정자承文正字 때부터 세조의 신임을 받아 여러 차례 훈부勳府에 오르고, 마침내 재상의 지위에까지 올랐다. 세조 또한 그를 심복으로 믿어 정중하게 대우하였다.

일찍이 도순문 출척사로 기내畿內의 고을을 순행하다가 양주에 당도하였다. 사람들이 물결처럼 밀려들어, 그 깃발을 휘날리며 벽제소리 요란하게 전후에서 호위하여 행차하는 모습을 보느라고 텃밭과 집 거리에 나와 늘어서지 않는 사람이 없었다. 그 중 나이 17~8세쯤 되어 보이는 한 처녀가 울타리에 몸을 감추고 틈으로 내다보는 것을 홍윤성이 보았다. 그는 그 처녀가 자태가 있는 것을 알고, 마음속으로 그 집을 점찍어 두었다가 관아에 돌아오자마자 물어보니 바로 좌수座首 아무개의 집이었다. 드디어 홍윤성은 그 좌수를 불러서 다음과 같이 말하였다.

"그대의 집 딸을 오늘 저녁에 첩으로 삼을 것이니 속히 돌아가서 술자리를 준비하시오. 만일 지체하면 그대의 집을 김치로 담글 터이요."

이 말을 들은 좌수는 급히 집으로 돌아가 이 사실을 알리니 집안사람들이 모두 울게 되었다. 따르자니 사족士族으로서 남의 첩이 되니 가문을 보존할 수 없을 것이요, 안 따르자니 위력과 군세 아래 생명이 가엾게 될 것이니 이 일을 대체 어쩐단 말인가, 하며 서로 통곡하기를 그치지 않았다. 그런데 그 딸이 말하기를 "부모님께서는 너무 걱정하지 마십시오. 제가 잘 처리할 것이니 그 분을 맞아 오시기 바랍니다." 하였다.

부모가 그 딸의 말대로 가서 맞아오니, 홍윤성이 기뻐하면서 그 집으로 가 딸의 방으로 들어갔다. 그러자 그 처녀가 그 앞으로 다가가 그의 소매를 잡고 한 손으로 장도칼을 뽑아들고서 다음과 같이 비장하게 말하였다.

"공이 한 나라의 대신으로 명을 받아 지방을 순찰하면서 한 가지 일도 칭찬할 것은 없고, 먼저 불의를 행하면서 권세를 믿고 사대부집 여자를 욕보이려는 것은 무슨 짓입니까?"

그 말을 들은 홍윤성이 "그러면 네가 요구하는 것이 무엇이냐?" 하였다. 처녀가 말하기를 "공이 꼭 저를 아내로 맞아들이고자 한다면, 저 역시 사족이온데 물러가 채단을 갖춘 다음에 혼례를 올려야 하지 않겠습니까? 그렇게 하지 않는다면 저는 헛되이 살아서 가문에 욕을 끼칠 수는 없습니다." 하였다. 그 말을 들은 홍윤성이 "네 말이 옳다" 하고서 다음 날 납채納采(신랑 집에서 신부 집에 혼인을 구하는 의례)를 드리고 예를 갖추어 혼례를 거행하였다. 마침내 두 아내를 두고 홍윤성은 숭례문 밖에서 살았다.

세조가 어느 날 그 집에 갔는데, 홍윤성이 머리를 조아리며 정중하게 맞아 중당에 모시고, 아내로 하여금 술잔을 올리게 하면서 그 아내를 맞아들인 사연을 아뢰었다. 임금이 흐뭇하게 듣고서 "이도 또한 나의 형수가 아니오" 하고 형수라고 불러주며 즐겁게 놀다가 돌아갔다.

성종 때에 이르러 홍윤성이 죽게 되자 두 아내가 서로 적통을 다투어 소송을 벌리게 되었다. 그때 세조가 형수라고 부른 일을 끌어대어 증거를 삼으므로 성종이 사관의 기록을 조사시켰더니, 과연 그런 사실이 있었다. 그래서 특명으로 둘 다 부인을 삼아주고 가산을 반분하게 하였는데 두 부인이 모두 아들이 없고, 가산만 있었다.

_ 박동량, 《기재잡기》, 《대동야승》 권51

이와 비슷한 글이 《오산설림초고》에도 실려 있다. 다만 홍윤성이 도원수가 되어 호남으로 내려가 전주 사람 아무개 부잣집으로 갔다는 것만 틀리고, 전주 여자를 좌부인으로 삼고 재산을 반분했다고 실려 있다. 여색에 관한 홍윤성의 다른 일화가 있어 여기에 소개한다.

홍재상洪宰相이 아직 현달하지 않았을 때의 일이다. 길을 가다가 비를 만나 조그만 굴속으로 들어갔더니 그 굴속에는 집이 있고, 17,8세의 어여쁜 여승이 홀로 앉아 있었다. 그가 "어째서 홀로 앉아 있는가?" 하고 묻자, 여승이 말하기를 "셋이 같이 있는데 두 여승은 양식을 얻으러 마을로 내려갔습니다" 하였다. 그는 두 여승이 오지 않는 틈을 타 그 여승과 정을 통하고 약속하기를 "아무 달 아무 날에 그대를 맞아 집으로 돌아갈 것

이다" 하였다. 여승은 이 말만 믿고 매양 그날이 오기를 기다렸으나 그날
이 지나가도 나타나지를 않자 마음에 병이 들어 죽고 말았다.

그가 훗날 남방절도사가 되어 진영鎭營에 있을 때, 하루는 도마뱀과
같은 조그만 물건이 그의 이불로 지나갔다. 그는 아전에게 명하여 밖으
로 내던지게 하자 아전은 곧바로 죽여 버렸는데, 다음날에도 조그만 뱀
이 들어오자 아전은 또 죽여 버렸다. 또 다음날에도 뱀이 다시 들어오자
그때에야 비로소 전에 약속했던 여승이 빌미가 되어 이번 일이 일어나지
않는가, 의심하였다. 그러나 믿지 않고 아주 없애버리려고 오는 대로 죽
이라고 하였더니 그 뒤로는 매일 나오는데 그때마다 몸뚱이가 점점 커져
서 마침내 큰 구렁이가 되고 말았다. 그는 영중營中에 있는 모든 군졸들을
모아 모두 칼을 들고 사방을 둘러싸게 하였으나 구렁이는 여전히 포위망
을 뚫고 들어오므로 군졸들도 찍어버리거나 장작불을 사면에 걸어놓고
보기만 하면 다투어 불 속에 집어던졌다. 그래도 없어지지 않자 그는 밤
이 되자 구렁이를 함 속에 넣어두고, 변방을 순행할 때도 사람을 시켜 함
을 짊어지고 앞서 가게 하였다. 그러나 그의 정신은 점점 쇠약해지고 얼
굴빛이 파리해지더니 마침내 병들어 죽고 말았다.

_《용재총화》 권4, 《대동야승》 권1

"여자의 한은 오뉴월에도 서리를 내리게 한다"는 말처럼 젊은 여
자와 맺은 언약을 저버린 사람의 말로가 이처럼 비극으로 끝나고
말았으니 조심하고 또 조심할 일이 약속인 듯싶다.

사랑과 가난과 기침은 속일 수 없다

- 여색에 빠진 이항복의 친구

옛날 속담에 "여색은 능히 사람을 혼미하게 만들어 아무리 강한 창자라도 끊는다"는 말이 있다. 그런데 세상에 인정을 잘 알지 못하는 사람들은 항상 그 문제를 쉽게 말하지만, 몸은 국외局外에 있고 말은 마치 태산북두처럼 존경을 받는 사람도 어쩌다 그 함정에 한번 발을 들여놓으면 거기에 푹 빠져서 본성을 잃지 않을 자가 드물다. 그런데도 이것을 어찌 쉽게 말할 수 있겠는가.

나의 친구 중에 이씨 성을 가진 사람이 있었다. 성품이 매우 맑고 호탕하여 사람들이 거인장부巨人丈夫라고 불렀다. 일찍이 임진년의 변란 때 어가가 영변에 이르러 양궁兩宮이 비로소 헤어지게 되자, 인심이 흉흉하여 발을 움츠리고 피눈물을 흘렸다. 이때 내가 변사에서 나가다가 문 안에서 이군을 만나서 그에게 물었다. "그대는 지금 어디를 가는가?" 하니, 이군은 울면서 "내가 어디로 가겠는가? 오직 임금이 가신 곳일세" 하고 이어서 말하기를, "다만 한 가지 일이 있는데, 그대가 나를 위하여 처리해 주어야겠네. 나는 다만 말 한 필을 탔는데, 말의 힘으로는 금침을

실을 수 없으므로 지금 그대에게 부탁하는 바이네."라고 하므로 내가 그 일을 승낙하였다.

조금 뒤에 이군이 직접 매우 단단하게 싼 보퉁이 하나를 안고 나와서 나에게 넘겨주며 부탁하기를 "행여라도 빠뜨리지 말게나" 하였다. 그래서 내가 이 보퉁이를 싣고 의주에 갔는데, 하루는 이군이 보퉁이를 찾으러 사람을 보내왔다. 내가 종을 시켜 보퉁이를 돌려주게 했더니 종이 말하기를 "보퉁이 속에 든 물건이 모두 여자 옷입니다" 하였다. 그것을 이상하게 여긴 내가 보퉁이를 풀어보니, 과연 여자의 옷만 두어 가지 있었고 다른 물건은 없었다.

이항복의 《백사집》에 있는 글이다. 남자나 여자나 사랑에 빠지면 어딘가가 비어도 한참 빈 것처럼 매사가 질서가 없이 흐트러지게 마련이다. 그래서 "사랑과 기침과 가난은 속일 수 없다"라는 속담이 생겼는지도 모른다.

"앞산에서 소나기는 시작되는데, 널어놓은 이불은 걷어야지요, 남의 콩밭에 들어간 소도 끌어와야지요, 콩죽은 끓어 넘치지요, 쇠죽 쑤는 아궁이의 불은 나뭇더미에 옮겨 붙을 참이지요, 안방에 영감은 모처럼 물건이 섰다고 성화지요……", 난리가 나도 이런 난리가 따로 없는 게 사랑이라는 것인데 그 사랑이 끓어 넘치는 청춘의 시절이 평생 가는 사람도 있고 잠시 왔다가 가버리는 사람도 있다. 당신은 어느 쪽인가?

나는 이미 전쟁터에서 진 장수

– 남명 조식과 퇴계 이황의 여색에 대한 대화

퇴계 이황이 남명 조식과 한
가롭게 앉아 있다가 퇴계가 남명에게 말했다.

"술과 여색은 남자가 좋아하는 것이지요. 하지만 술은 그나마 참기
가 쉽지만, 여색은 참기가 가장 어려운 것이지요. 강절康節(송나라 사람으
로 역에 정통하였음)이 그의 시에서 '여색은 사람으로 하여금 능히 즐거움
을 느끼게 할 수 있네' 라고 하였는데 그처럼 여색은 참기가 어렵다는 것
을 표현한 글입니다. 남명은 여색에 대해서 어떤 생각을 하는지요?"

남명이 웃으면서 "나는 이미 전쟁터에서 진 장수나 다름없으니 묻지
않는 것이 좋겠습니다" 하였다. 이 말을 들은 퇴계가 "젊었을 때 나 역시
참고자 해도 참을 수가 없었는데, 중년 이후로는 꽤 참을 수가 있었으니,
그것은 의지력이 생겼기 때문일 것입니다" 하였다.

그 자리에 구봉 송익필이 자리에 함께하였는데, 익필의 지체는 낮
았지만 여러 가지 공부를 많이 한 사람이었다. 그는 "일찍이 제가 지은
시가 있는데 듣고서 한번 고쳐주시기 바랍니다" 라고 공손히 말하고 시

를 암송하였다.

  옥 술잔에 아름다운 술은 전혀 그림자가 없지만
  눈 같은 뺨에 엷은 노을은 살짝 흔적을 남기네
  그림자가 없거나 흔적을 남기거나 모두 즐기는 것이지만
  즐거움을 경계할 줄 알아서 주색에 은혜를 남기지 마라

  그 시에 여러 가지 뜻이 담겨 있으므로 퇴계가 다시 읊고 칭찬하자
남명이 웃으며 다음과 같이 말했다.
  "구봉의 시는 응당 패한 장수를 경계하기 위한 것이로군요."

  이 글은 《어우야담》 권3 '욕심' 편에 실려 있다. "여색과 욕심은
죽어야 떨어진다"는 속담이 있지만 남명의 말은 자취를 남기지 말
라는 얘기이다. 조선 유학의 거장이자 남명학파의 맹주인 남명 조
식마저도 실패했다는 여색에 대한 얘기를 읽다 보면 세상의 일을
어제라고, 또는 지난날이라고만 볼 일이 아니다.
  밥보다 좋은 게 여색이고, 숟가락 들 힘만 있어도 여자를 보는
게 남자들의 생리구조라고 한다. "바다는 메워도 사람 욕심은 못 메
운다"는 말이나 "사랑은 과식이 없다. 욕정은 게걸스러워서 과식
때문에 죽어 버린다. 사랑에는 진실이 넘치지만 욕정은 왜곡된 허
망에 가득 차 있다."라는 셰익스피어의 《비너스와 아도니스》에 나
오는 이야기처럼 남녀간의 욕심 역시 쉽사리 채울 수가 없다.

꽃이 향내를 풍기니 나비 옴도 저절로

- 시인의 생각은 매일반이다

내 당숙이신 영안도위永安都尉

가 일찍이 연경에 간 적이 있었다. 행차가 요동과 계주 사이에 이르러 군관 네 사람이 바깥채에다 잠자리를 잡았다. 집안이 하도 조용하여 사람의 소리라고는 들리지 않았다. 잠시 후 조그마한 여자가 나와서 말했다.

"남편이 장교이기 때문에 딴 곳에 가 있어 저 혼자 집을 지키고 있으니, 나그네를 가까이할 수 없습니다."

말을 마친 여자는 곧바로 방으로 들어갔다. 그런데 참으로 절색이었다. 그날 밤이었다. 한 사람이 일행들이 깊이 잠든 틈을 타서 몰래 여자의 방에 들어가 정을 통해볼 생각이었다. 밤이 한창 깊어졌을 때 귀를 대고 들어보니 일행들의 코 고는 소리가 요란하였다. 슬그머니 몸을 빼서 안으로 들어갔다. 창문이 반쯤 열려 있어 마음속으로 기뻐하였다. 살금살금 기어들어가서 마침내 정을 통하려 하는 참이었다. 그런데 갑자기 창 밖에 발걸음 소리가 들리더니 점점 가까워졌다. 재빨리 방 모퉁이에 있는 도가니 사이에 숨었다. 도가니에는 이미 한 사람이 먼저 와서 엎드려 있었다. 숨을 죽인 채 기다리고 있는데, 생각했던 대로 한 사람이 문을 열고 들어와서 앉는 것이었다. 잠시 후에 또 한 사람이 몸을 숨기며 도가니 사이에 끼어들어 세 사람이 나란히 앉게 되었다. 여자가 그제야 손뼉을 치고 웃으면서 말했다.

"웬 늙은 종놈들이 약속도 없었는데 이렇게 모여왔을꼬?"

도가니 사이에 엎드려 있던 네 사람이 하는 수 없이 나와 쳐다보니 모두 다 같은 일행이었다. 네 사람이 서로 쳐다보고 우스갯소리로 말했다.

"옛날에 이른바, 시인의 생각은 매일반이다, 라고 하더니."

_ 홍만종, 《명엽지해》

조선 선비들은 대부분 시인이었고 시인이 많다 보니 조선 어느 곳에 그 누구라도 시에 대한 자질이 풍부했다. 조선 중기의 문장가 김창업이 천산이라는 곳에 놀러가 술을 파는 어느 초라한 주막에 들어가 나이 든 주모에게 말을 건넸다.

"길이 궁벽하고 사람이 드문 이곳에서 술을 사서 마시는 사람이 누구요?"

그러자, 늙은 주모는 다음과 같이 대답했다고 한다.

"꽃이 향내를 풍기니 나비 옴도 저절로지요."

사랑이 깊으면 그리움이 되고
그리움이 깊으면 분노도 되고

― 정인지와 심수경의 결벽

하동부원군 정인지는 어렸을
적에 아버지를 잃고 과부가 된 어머니를 모시며 가난하게 살았다. 문장
이 일찍 성취되었고 용모 역시 옥과 같이 깨끗하였다. 항상 바깥채에서
거처하며 공부를 게을리하지 않는데 밤중에까지 쉬는 법이 없었다.

정인지가 사는 집의 담을 사이에 두고 처녀가 있었다. 그 용모가 빼
어나게 아름다웠고, 대대로 이어오며 높은 벼슬을 한 집안의 규수였다.
오래전부터 그 처녀가 담 사이로 정인지가 살고 있는 옆집을 들여다보니
아름다운 소년이 글을 읽고 있는데 그 소리가 낭랑하기 그지없었다. 처
녀는 마음속 깊이 정인지를 깊이 사랑하게 되어 어느 날 밤에 담을 넘어
와 사랑을 고백하였다. 깜짝 놀란 정인지는 정색을 하고 거절하였다. 그
러자 그 처녀가 소리를 질러 그 사실을 남들에게 알리고자 하였다. 정인
지는 거절하기 어려움을 깨닫고서 온화한 말로 그 처녀를 타일렀다.

"그대는 고관 집 귀한 따님이고 나는 아직 아내가 없는데 집이 가난
하고 어머니는 과부라 혼처를 구하고자 해도 아직 마땅한 집안이 없습니

다. 내가 아름다운 아내를 얻고자 해도 그대와 같이 아름다운 처녀를 얻기는 매우 어려운 일이니, 내가 어머니께 말씀드리고 친척들과 의논하면 어머니께서는 반드시 허락할 것이오. 그런 연후에 백년의 기쁨을 함께해도 될 것이오. 지금 만약 한번의 욕정을 견디지 못하면 그대는 몸을 그르친 여자가 되고, 또한 마음이 불쾌할 것입니다. 또 그대가 다른 사람에게 시집을 간다면 반드시 죽을 때까지 한으로 남아 있을 것이니, 잠깐 참고 있는 것이 나을 것이오. 내일 부모님께 고하여 양가의 혼례를 치릅시다."

　그 말을 들은 처녀는 기쁨에 겨워 약속을 하고 집으로 돌아갔다. 그러나 정인지는 이튿날 어머니께 하직을 고하고 다른 집으로 옮겨간 뒤에 마침내 그 집을 팔아 이사를 하고 말았다. 그 소식을 전해들은 그 처녀는 정인지를 그리워하다가 마침내 지쳐서 죽고 말았다고 한다.

　_ 유몽인, 《어우야담》 권3

　니코스 카잔차키스가 지은 〈그리스인 조르바〉에서 조르바는 "아무리 이 세상에서 좋은 일을 많이 했다고 해도 여자가 같이 잠을 자자고 했을 때 거절한 남자는 천국에 가지 못할 것이다"라고 했는데, 그 처녀의 청을 거절하여 마침내 죽음을 맞게 한 정인지는 과연 천국에 갔을까? 심수경 역시 그와 비슷한 경우를 겪었다.

　조선 중기의 문신 심수경이 젊었을 때의 일이다. 아름다운 용모를 갖추고서 음악까지 잘 알았던 그가 청원에 있는 집의 바깥채에 병을 피하여 잠시 살았던 적이 있었다. 달빛이 대낮처럼 밝은 어느 초 가을밤이었다. 연꽃이 핀 연못가에서 거문고를 타고 있는데, 나이가 젊고 자태가 고운 여인이 옆집에서 나오자 심수경이 맞이하여 앉혔다. 한참을 앉아 있던 여인이 심수경에게 말하였다.

"저는 텅 빈 집을 홀로 지키고 있습니다. 집 안에서 당신의 맑은 거동을 바라보고 마음에 항상 흠모하여 왔습니다. 지금 단아하고 맑은 곡조와 거문고의 음률을 듣고는 부끄러움을 무릅쓰고 나와 인사드리게 되었으니 한 곡조 들려주시기를 바랍니다."

심수경은 하던 대로 두어 곡을 연주하고는 그대로 거문고를 안고 나갔으며 그 뒤 심수경은 그 곳에 다시는 거처를 정하지 않았다. 그 여인은 끝내 그리움에 사무쳐 병이 들어 죽고 말았다.

_ 유몽인, 《어우야담》 권3

"봄바람은 창문의 틈마다 불어오고 새벽 처마의 물방울은 차갑게 떨어지는데"라고 진나라 때의 시인 반악은 죽은 아내를 그리워하는 시를 남겼는데 하물며 살아 있는 사람을 그리워하는 밤이 얼마나 길고도 길었을까? 사랑이 깊으면 그리움이 되고 그리움이 깊으면 분노도 되고, 그리고 세상의 끝을 향해 나아가기도 한다. 사랑을 받아들이는 것도 거절하는 것도 쉬운 일은 아니지만 사람이 사람의 간절한 염원을 어떻게 받아들이고 어떻게 처신해야 하는가? 그게 문제다.

남자들 셋만 모이면 반드시
여색을 논하게 마련이니

- 아내를 두려워한 장군 이야기

예로부터 부인을 다루는 것은
진실로 쉬운 일이 아니다. 아무리 남자가 강심장을 가졌다고 할지
라도 부인을 두려워하지 않는 남자는 그렇게 많지 않다.

옛날에 아내를 두려워한 장군이 있었다. 십만의 병사를 이끌고 널
찍한 교외에 진을 친 뒤에 동서로 나누어 큰 기를 꽂았다. 동쪽의 깃발은
푸른색이고, 서쪽의 깃발은 붉은색이었다. 군사들이 다 모이자 장군은
군사들에게 다음과 같이 말했다.

"집에서 아내를 두려워하는 사람은 붉은 깃발 아래에 모이고, 아내
를 두려워하지 않는 사람은 푸른 깃발 아래에 모여라."

그 말을 들은 군사들 중 99,999명의 군사들이 모두 붉은 기 아래에
모여 섰는데, 오직 한 사내만이 푸른 기 아래로 가서 서 있었다. 장군이
전령을 시켜 그 사내에게 왜 푸른 기 아래에 섰느냐고 묻자, 다음과 같이
대답하였다.

"제 아내는 항상 경계하여 말하기를 '남자들 셋만 모이면 반드시 여색을 논하게 마련이니, 당신은 세 남자 이상이 모인 곳에는 일체 가지 마시오?' 하였습니다. 아내의 명을 도저히 어길 수가 없었으므로 이렇게 혼자서 푸른 깃발 아래 서 있게 된 것입니다."

_ 유몽인,《어우야담》권1

옛날에야 어디 집에서 여자의 소리가 컸던 적이 있었는가? 도무지 여자들은 집안에서도 숨을 죽이고 주인이 내는 기침 소리에 꼼짝도 못하는 시대가 있었는데 요즘 3,40대 남자들, 특히 집안 가장들 대부분은 집에 들어가면 얌전한 고양이처럼 설설 긴다고 한다. 집에서 청소 안 하고, 빨래해서 빨래 안 널고, 설거지 안 하는 남자 있으면 나와 보라고 해봐, 하면 힐끔힐끔 돌아다보다 주저앉고 마는 한국의 남자들이여. 어디 안방마님 무서워서 오래 살기나 하겠나.

한말에 종교사상가 증산 강일순 선생은 말하기를 "선천시대에는 양陽(남자)의 시대이지만 후천시대는 음陰의 시대가 될 것이다"라고 하여 페미니스트들이 곧잘 얘기하는데, 여러 글을 보면 유몽인이 살았던 그 시대에도 역시 여자들의 권리가 생각보다 더 세었다고 볼 수 있는 일화다. 이러한 글들을 보면 그때도 역시 남자들의 세상은 아니었던 듯싶다.

벗은 그 사람의 도를 벗하는 것이다

− 호칭에 대하여

　　　　　　　　　　　　사람과 사람 사이의 호칭이
라는 것이 쉽지만은 않다. 내가 상대방을 뭐라고 부르는 것도 상대
방이 나를 부르는 것도, 그것도 서로 그다지 친밀하지 않은 어려운
사이일수록, 부르는 호칭도 어색하기만 하다. 지금은 그렇지 않지
만 김지하 선생이 나에게 신형이라고 스스럼없이 불렀을 때 나이도
한참이나 어린 내가 느꼈던 당혹감은, 그것을 《사람과 산》의 홍석
하 사장에게 똑같이 들으면서 형이란 말이 나이를 떠나 서로 공경
하는 의미로 쓸 수 있는 말이란 것을 깨닫게 되었다. 옛 사람들은
서로 간의 관계를 어떻게 설정했을까?

　　《예기》에 "나이가 배가 많으면 아버지와 같이 섬기고, 열 살이
더 많으면 형과 같이 섬긴다父事兄事"라는 말이 있고, 역시 《예기》에
"나보다 다섯 살이 더 많으면 어깨를 나란히 하고 걷되 약간 뒤에서
따라간다"는 구절이 있으며, 성호 이익의 《성호사설》에는 다음과
같은 글이 실려 있다.

십년 이상 차이가 나지 않고, 7년이나 8, 9년 정도 차이가 나면 모두 벗을 삼을 수 있다. 어떤 사람이 열여섯 살에 아들을 낳았는데, 자기 나이가 그 중간에 있을 경우, 위·아래 모두 7년 차이가 나게 된다. 이때 아버지와 벗하면서 아들은 하대한다면, 아버지는 부끄러워하고 아들은 노여워할 것이다. 이처럼 나이만을 따져 벗한다면 무엇이 유익하겠는가?

삼봉 정도전이 목은 이색의 아버지에게 학문을 배울 수 있었던 것은, 정도전의 아버지인 정운경과 이색의 아버지가 나이 차이는 컸지만 나이를 따지지 않는 벗이었기에 가능했던 것이다. 이익의 말은 계속된다.

벗은 그 사람의 도를 벗하는 것이다. 노소를 막론하고, 예의를 바르게 하고 말을 공손하게 하여, 인을 북돋우는 것으로 마음을 삼아야 한다. 상대에게 함부로 하고 부질없이 장난질이나 하는 것은 벗의 도리가 아니다. 오늘날의 풍속에 존장尊丈, 시생侍生 등의 칭호가 있는데 이는 배행輩行(나이가 서로 비슷한 친구)과 구별하기 위한 것이다.

내가 젊었을 때에는, 오히려 근후한 풍속이 있었다. 어떤 이의 아들과 마주앉아 이야기하다가 그의 아버지에 대해 말하게 될 경우, 그의 아버지가 나보다 나이가 적더라도 반드시 존장이라고 일컬었다. 지금은 이런 풍속도 점점 찾아볼 수 없게 되었다.

벗을 형제라고 일컫는데, 나보다 열 살이나 더 많아 형으로 섬겨야 할 사람에 대해서, 오늘날 풍속에 '노형老兄'이라고 하여 구별한다. 그러나 이 예는 존장에 비해 조금 거만한 말이다.

내 생각은 이렇다. '형으로 섬긴다'는 말은 자기의 형과 같이 그를 섬기는 것이니, 어찌 함부로 할 수 있겠는가? '노형'이란 그가 노련하고 성숙하다는 말이지, 반드시 나보다 나이 많은 것을 뜻하는 말은 아니다.

그러므로 주자가 육상산(중국 남송의 유학자)보다 아홉 살이나 더 많았지만 그를 노형이라고 불렀으니, 이런 데서 확인해볼 수 있다. 나는 벗에게 편지할 때, 나이가 비슷할지라도 그를 노형이라 부르고, 나 자신은 우제友弟라고 한다.

그대는 그대와 가까운 사람들에 대해서 어떤 칭호를 부르며 삶의 연륜을 더해가고 있는지, 친밀하다는 이유로, 야, 또는 너라고 혹은 공경하는 마음도 없이 이름을 부르는 것은 아닌지 생각해볼 일이다. 우리나라도 미국에서처럼 대통령 부시를 미스터 부시라고 부르는 것처럼 대통령이나 또 다른 누구라도 자연스럽게 형이라고 부를 수 있는 날이 언제쯤일지.

제 처지에 맞추어 버릇이 든다

– 연암 박지원의 의리와 충성에 대한 풍자

연암 박지원은 〈말거간전〉
의 첫머리에서 "사람들이란 각각 제 처지에 맞추어 버릇이 든다"고
말하며 군자라고 떠드는 사람치고 매일 입만 벌리면 '신의' 요, '도
리' 를 내세우지만 실상은 그렇지 못하다고 말한다.

천하 사람이 따르는 것이 권세요, 누구나 얻으려고 애쓰는 것이 명
예와 잇속일세. 대체 좋은 벼슬도 잇속이란 말이지. 그러나 따르는 놈이
많아지면 권세가 나누이고 애쓰는 놈이 여럿이고 보면 명예나 잇속도 실
속이 없는 것이라. 군자가 이 세 가지를 말하기 꺼린 지 오래 일세.

자네 좀 듣게나, 대관절 가난한 사람이라야 바라는 것이 많으니까
의리를 끝없이 사모하게 되는 것일세. 대관절 재산을 지닌 사람은 인색
하다는 소문도 부끄럽게 여기지 않네. 그건 남들이 제게 바라는 것을 단
념시켜주는 까닭일세.

천한 사람이라야 아끼는 것이 없으니까 어려운 것도 헤아리지 않고

덤벼드는 것일세. 왜 그런가 하니 물을 건너는데 옷을 걷지 않는 것은 헌 바지란 말일세. 수레를 타는 사람은 신 위에 덧신을 신고도 오히려 진흙이 붙을까 염려하네그려. 신 바닥도 이처럼 아끼거든 하물며 제 몸이야 오죽하겠나! 그래서 충성이라거니 의리라니 하는 것은 가난하고 천한 사람의 할 일이지, 부하고 귀한 사람에게는 의논할 것이 못되네.

연암은 말하기를 "차라리 이 세상에서 친구 없이 지낼망정 소위 점잖은 사람들의 그런 친구가 되고 싶지 않다"고 분명히 말하고 소로는 "친구를 찾아 헤매는 사람은 불행하다"라고 했다. 그 이유는, 충실한 친구는 오직 그 자신뿐이기 때문이다. 친구를 찾아 헤매는 사람은 자기 자신에게도 충실한 친구가 될 수 없다고 하면서 자신을 제대로 아는 것이 좋은 친구를 만나는 첩경이라고 역설적인 말을 하고 있다.

장자는 "군자의 친교는 물처럼 담담하고 소인의 친교는 감주처럼 달콤하다. 군자는 맑고 담담하게 친분을 심화시키고, 소인은 달콤하게 그 친분을 끊는다."라고 했는데, 당신이 사귀고 있는 친구는 어떤 사람들인지.

하루 사는 것이 천년을 사는 것 같겠네
– 지기를 기다린다

한유가 《동계지명》에 이르기를 "아버지와 아들 사이가 저절로 지기知己가 되었다"고 하였다. 나는 그 말을 대단히 즐겨 한다. 이제 착하지 않은 아들이 있어 제 집에 어진 아버지와 밝은 스승이 있어도 능히 알지 못하고 또 배우기를 좋아하지 않는 자가 있다면, 하물며 그가 지기가 되기를 바랄 수 있겠는가. 그러므로 한 방에 있으면서도 알지 못하기도 하고 천리의 먼 곳에서 아는 자가 있기도 하며, 같은 시대에 살면서도 알아보지 못하기도 하고 천년이나 백년 뒤라도 알아볼 자가 있는 것이다.

아아! 선비가 그 시대에는 지기를 만나지 못하고, 후세의 자운子雲을 기다리고자 하니 어찌 어렵지 않은가. 《장자》에 이른바 "만세 뒤에 한 번 알아주는 이를 만나는 것도 오히려 아침이나 저녁에 만나는 것과 같다"고 한 것이 이것이다.

_이수광, 《지봉유설》

세상을 살아가면서 자기를 제대로 알아주고 평생을 같이 갈 지기를 몇 사람만 만나도 성공한 것이라고들 말하지만 세상이 어디 그런가. 강물처럼 낮은 곳으로만 내려가면서 만나고 얼싸안고 어우러지며 살아가야 하는데, 혼자서 쉼 없이 올라가고자 하는 욕심은 끝이 없으니, 어찌하여 사람들은 작고 하찮은 것을 무시하고 큰 것들만 좇다가 배울 수 있는 것들을 놓치고만 있는가?

인생이란 마치 길손과 같아서 지난날의 풍류와 즐거웠던 일들이 모두 없어지고, 종일 적적하게 지내니 일마다 서글퍼지네. 만일 그대가 와서 이야기를 나누어 이런 심경을 씻어준다면 하루 사는 것이 천년을 사는 것 같겠네.

_오종선, 《소창청기》

진나라의 사안석이라는 사람이 동진東晉의 고승 지둔에게 보낸 편지글이다. 물론 그리운 사람이 하루나 이틀 찾아와서 회포를 풀면 그 적적하고 서글펐던 일이 잠깐은 마음속에서 가시겠지만 살아 있는 것 자체가 고행인데 그 정해진 운명을 어쩌겠는가? 쓸쓸한 인생을 쓸쓸하지 않은 체하며, 살아가야 할 우리들의 운명.

하룻밤 새에 청천강을 아홉 번 건너다

- 서로 이별하지 못한 사연

성묘조成廟朝에 환관이 휴가를 받고 관서에 갔다가 돌아온 사람이 있었다. 성묘가 하루는 편전에서 묻기를 "네가 가는 길에서 들은 것과 본 것이 있으면 숨김없이 아뢰어라" 하자 환관이 대답하기를 "신이 달리 보고 들은 일은 없고, 다만 돌아올 적에 하루 동안에 청천강을 아홉 번이나 건넜습니다" 하였다.

"어찌해서 그랬는가?" 하고 성묘가 묻자, 대답하기를 "가산에서 안주를 향해 오는데, 청천강에 와서 배를 탔습니다. 그런데 서변西邊의 소임으로 있다가 돌아온다는 만호萬戶가 방지기를 거느리고 왔습니다. 처음에는 강변에서 서로 작별하려 하더니 방지기가 말하기를, 어찌 차마 여기에서 작별하겠습니까? 저쪽 언덕에 가서 이별하겠습니다, 하였습니다. 저쪽 언덕에 닿자, 만호는, 네가 강을 넘어서까지 나를 전송하는데, 나도 여기에서 너만 홀로 보낼 수가 있겠느냐, 하면서 상앗대를 서쪽 언덕으로 돌렸습니다. 방지기는, 도로 와서 전송하는 두터운 정을 내가 보답하지 않을 수 없습니다, 하면서 함께 돌아왔습니다. 만호는 또, 강을 사이에 두고 이별하는 것이 본래 나의 뜻이 아니다, 하고 또 함께 가는 것이었습니다. 신은 배 안에서 자유로이 할 수 없어, 같이 갔다가 같이 왔다가 하였는데, 가고 오고 한 횟수가 아홉 번이나 되었습니다. 겨우 뭍에 내려서자, 날이 벌써 저물어서, 멀리 가지 못하고 강변에서 하룻밤을 잤습니다." 하고 그 만호의 성명을 아뢰었다.

두어 해 뒤에 그 사람이 변장邊將 말망末望에 참여하자 성묘는 미소를 지으며, 이 사람이 청천강을 아홉 번이나 건넜던 사람인가, 하고 드디어 붓을 휘둘러서 낙점했다.

_《대동야승》

만나기도 쉽지만 헤어지기도 쉬운 오늘날의 세태에서 헤어지는 것이 못내 아쉬워 그 등살 푸른 청천강을 아홉 번이나 오가며 헤어짐을 못내 가슴 아파한 사람들의 이야기가 가슴을 아리게 한다.

임의 옷 벗는 소리가 가장 듣기 좋다

- 세상에서 듣기 좋은 소리

송강 정철과 서애 유성룡이
비 내리다 멎은 교외에서 나그네를 전송하고 있었다. 마침 이백사와 심
월송, 그리고 이월사 세 사람도 그 자리에 참여하였다. 먼저 송강이 말을
꺼냈다.

"뭐니 뭐니 해도 세상에서 듣기 좋은 소리는 달 밝은 밤 다락 위에
구름이 지나가는 소리가 좋지."

월송이 그 말을 받았다.

"만산홍엽滿山紅葉에 바람 앞의 먼 산봉우리에서 나오는 소리가 가장
좋을 거야."

서애가 그 말을 받았다.

"새벽 창가에서 졸음이 밀려오는데, 작은 술잔에 술 따르는 소리는
더욱 좋을걸."

월사가 그 말을 받았다.

"산속 초당에서 재자 시인이 시를 읊조리는 소리도 좋을 것이요."

백사가 웃으면서 그 말을 받았다.

"여러분의 말씀이 다 좋습니다만 그러나 사람들에게 가장 듣기 좋은 소리는 동방화촉 좋은 밤에 임의 옷 벗는 소리만 하겠소."

그 말에 좌중에 있던 사람들이 고개를 끄덕이며 모두 한바탕 웃었다.

_ 홍만종, 《명엽지해》

김광균의 〈설야雪夜〉라는 시 한 편을 읽다가 보면 백사의 말이 얼마나 기막힌 말인가를 깨닫게 된다.

어느 먼 곳의 그리운 소식이기에

이 한밤 소리 없이 흩날리느뇨

처마 끝에 호롱불 여위어 가고

서글픈 옛 자취인 양 흰 눈이 내려

하이얀 입김 절로 가슴에 메어

마음 허공에 등불을 켜고

내 홀로 밤 깊어 뜰에 내리면

먼 곳에 여인의 옷 벗는 소리

희미한 눈발

이는 어느 잃어진 추억의 조각이기에

싸늘한 추회追悔 이리 가쁘게 설레이느뇨

한줄기 빛도 향기도 없이
호올로 차단한 의상을 하고
흰 눈은 내려 내려서 쌓여
내 슬픔 그 위에 고이 서리다

　밤은 깊은데 눈 내리는 소리는 들리지 않는다. 무심하게 앉아 있
다가 문득 창문을 열면 눈이 부시게 하얀 눈이 소복하게 쌓여 있고,
그 눈을 밟고 길을 나설라치면 어디선가 날 부르는 소리가 내리는
눈 속으로 들릴 듯싶다.

천하에는 버릴 물건이 없고
버릴 재주도 없다

【 옛 사람들의 지혜로운 삶 】

화 속에 복이 깃들어 있고
복 안에 화가 숨어 있다

– 이상한 관상술

어디서 왔는지 알 수 없는
관상쟁이가 있었다. 그는 상서相書(관상책)를 읽거나, 상규相規를 따르지도
않고서 이상한 상술로 관상을 보았다. 그래서 이상자異相者라 하였다. 점
잖은 사람, 높은 벼슬아치, 남녀노소 할 것 없이 모두가 앞을 다투어서
그를 초빙도 하고 찾아도 가서 관상을 보았다.

그 관상쟁이는 부귀하여 몸이 비대하고 윤택한 사람에게는 다음과
같이 말했다. "당신 용모가 매우 수척하니 당신처럼 천한 족속이 없겠습
니다." 빈천하여 몸이 파리한 사람의 관상을 보고는 "당신 용모가 비대
하니 당신처럼 귀한 사람도 찾아보기 어렵소" 하였고, 장님의 관상을 보
고서는 "당신은 눈이 밝겠소" 하였다. 또 달리기를 잘하는 사람에게는
"당신은 절름발이라 잘 걷지 못하는 상이오" 하였고, 얼굴이 잘생긴 부
인의 관상을 보고서는 "아름답기도 하고 추하기도 한 상입니다" 하였다.
세상에서 관대하고 인자하다고 일컫는 사람의 관상을 보고서는 "만민을
상심하게 할 상입니다" 하였고, 시속에서 매우 잔혹한 사람이라고 알려

진 사람의 관상을 보고서는 "만인의 마음을 기쁘게 할 상입니다" 하였는데 그의 관상법은 매사가 그런 식이었다.

다만 의복倚伏(화 속에 복이 깃들어 있고, 복 안에 화가 숨어 있다는 말)의 소자출도 잘 말할 줄 모를 뿐 아니라, 상대방의 동정을 살피는데도 모두 틀리게 보았다. 그러자 뭇 사람들이 그를 사기꾼이라고 떠들어대며 잡아다가 그 거짓됨을 심문하려 하였다. 나는 홀로 그것을 말리면서 말하기를 "무릇 말에는 앞서는 딱딱하게 하다가 뒤에서는 순탄하게 하는 말도 있고, 겉으로 보기에는 퍽 친근하나 이면에는 장원한 뜻을 내포하고 있는 말도 있는 것이다. 저도 역시 사람인데, 어찌 비대한 사람, 수척한 사람, 눈 먼 사람임을 몰라서 비대한 사람을 수척하다 하고, 수척한 사람을 비대하다 하며, 눈 먼 사람을 밝은 사람이라 하였겠는가? 이것은 필시 기이한 관상법이다." 하고서, 목욕을 하고 의복을 단정히 입고서 그 관상쟁이가 거처하고 있는 곳에 갔다. 그는 좌우에 있는 모든 사람을 물리치고서 말하기를 "나는 모모한 사람의 관상을 보았습니다" 하기에, "모모한 사람이란 도대체 어떤 사람이오?" 하자 그는 다음과 같이 말했다.

"부구하면 교만하고 능멸하는 마음이 생깁니다. 죄가 충만하면 하늘은 반드시 엎어버릴 것이니, 장차 알곡은커녕 쭉정이도 넉넉하지 않은 시기가 닥칠 것이므로 '수척하다' 한 것이고, 장차 하락하여 필부의 비천이 될 것이므로 '당신 족속이 천할 것이다' 한 것입니다. 빈천하면 몸을 굽히고 자신을 낮추어 공구수성恐懼脩省(몹시 두려워하며 수양하고 반성함)하는 마음이 있습니다. 막힌 운수가 다하면 터진 운수가 다시 돌아오는 법이니 육식할 징조가 이미 이르렀으므로 '비대하다' 한 것이고, 장차 만석의 녹을 누릴 귀가 있을 것이므로 '당신 족속이 귀할 것이다' 한 것입니다.

요염한 여색이 있으면 쳐다보고 싶고 진기한 보배를 보면 가지려 하며, 사람을 미혹시키고 왜곡되게 하는 것은 눈인데, 이로 말미암아 헤아리지 못할 욕을 받기까지 하니 이는 밝지 못한 자가 아니겠습니까? 오직 장님이라야 마음이 깨끗하여 아무런 욕심이 없고 몸을 보전하고 욕됨을 멀리하는 것이 현자나 깨달은 자보다 훨씬 낫습니다. 그래서 '밝은 자'라고 한 것입니다. 날래면 용맹을 숭상하고 용맹스러우면 대중을 능멸하며, 마침내는 자객이 되기도 하고 간수獄卒가 되기도 합니다. 정위廷尉가 이를 가두고 옥졸이 이를 지키며 차꼬가 발에 채워지고 형틀이 목에 걸려지면 비록 달리려고 하지만 달릴 수가 있겠습니까? 그래서 '절름발이라 걸을 수 없는 자'라고 한 것입니다.

무릇 색이란 음란한 자가 보면 구슬처럼 아름답고, 정직한 자가 보면 진흙처럼 추하므로 '아름답기도 하고 추하기도 하다'고 한 것입니다. 이른바 인자한 사람이 죽을 때에는 사람들이 사모하여 마치 어린애가 인자한 어머니를 잃은 것처럼 눈물을 흘립니다. 그래서 '만인을 상심하게 할 것이다' 하였고, 잔혹한 자가 죽으면 도로와 항간에서 노래를 부르며 양고기와 술로 서로 하례하고 입이 째져라 웃는 사람도 있고, 손이 터져라 하고 손뼉을 치는 사람도 있습니다. 그래서 '만인을 기쁘게 할 것이다'고 한 것입니다.

나는 놀라 일어서서 말하기를 "과연 나의 말과 같구나. 이것이 실로 관상의 기이한 것이다. 그의 말은 명銘이나 규規를 삼을 수 있는 것이다. 어찌 그가 이 색色, 형形에 따라 귀상貴相에 대해서는 구문서각龜文犀角(거북 등

딱지 무늬와 물소의 뿔)이라 하고, 악상惡相에 대해서는 봉목시성蜂目豺聲(벌과 같은 눈과 승냥이 같은 소리)이라 하며, 나쁜 것은 숨기고 떳떳한 것은 그대로 따르면서 스스로 성스럽다 하고 스스로 신령스럽다 하는 바로 그런 자이겠는가?" 하고 물러 나와서 그가 대답한 말을 적는다.

_ 이규보, 《동국이상국집》 권20 '잡저'

전해오는 야사에 영조 임금은 갑술년 갑술일 갑술시의 사갑四甲의 사주로서 역술가들의 단골 소재였다. 영조가 그 당시 가장 뛰어난 역술가에게 사주를 보도록 하자 '제왕의 사주'라고 하였다. 영조가 그를 시험하고자 그와 사주가 똑같은 백성을 찾게 했는데 그 사람은 오대산에서 양봉을 치는 사람이었다. 영조가 "나와 이 사람의 사주가 같은데 운명이 이렇게 다르단 말이냐?" 하고 역술가에게 벌을 주려고 하자, 양봉을 치는 사람이 "저는 여덟 아들에 벌통 360개가 있어서 전하께서 8도 360개 현을 가지신 것과 같습니다"라고 하자 그 말을 들은 영조가 생각해보니, 그의 말도 일리가 있어서 돌려보냈다고 한다.

대부분 관상이나 사주를 보는 사람들이 좋은 말을 늘어놓아 찾아온 사람들의 환심을 사기 일쑤이고, 조금이라도 돈이 있어 보이면 불길한 말을 하여서 돈을 뜯어내는 사람이 비일비재하다. 그런데 그 사람의 의복이나 용모에 관계없이 그 사람의 전모를 드러내 준다는 것이 얼마나 힘든 일이겠는가? 이러한 글을 통해 다시 정직한 관상법에 대한 의론이 일어났으면 한다.

알다가도 모를 세상

– 동가식서가숙의 유래

불과 백여 년 전만 해도 이
나라의 상업을 책임졌던 사람들이 등짐장수와 봇짐장수라고 불린
보부상이었다. 《혜상공국서》에 기록하기를 "세상에 지극히 미천하
고 누추하여 살아서 이익 없고 죽어도 손해 없는 자가 부상負商이
다"고 하였는데, 온 나라를 떠돌아다녔던 그들의 삶을 두고 떠돌아
다니는 사람, 즉 동가식서가숙東家食西家宿이라고 한다. 그 말에 얽힌
유래가 중국의 《태평어람太平御覽》에 다음과 같이 실려 있다.

제나라에 사는 한 처녀가 두 남자에게 청혼을 받았다. 동쪽 마을에
사는 청혼자는 돈은 많으나 얼굴이 못생겼고, 서쪽 마을에 사는 청혼자
는 얼굴은 잘생겼지만 가난해서 먹을 것이 없다고 했다. 이 두 사람 가운
데 누구를 택하겠느냐는 부모의 말에 그 처녀는 선뜻 동과 서 두 곳으로
가겠다고 대답했다. 부모가 그 이유를 묻자, "밥은 부잣집 동쪽 남자에
게 가서 먹고 잠은 잘 생긴 서쪽 남자와 자면 된다"고 하였다.

요즘 사람들이 많이 사서 보는 소설 한 편이 있다고 한다. 무슨 신문의 1억 원 고료 당선작인 《아내가 결혼했다》인데 나더러도 어떤 사람이 사서 보라고 권했다. 서점에서 그냥 넘겨보는 수준의 소설일지, 오묘한 철학이 숨어있는 소설일지는 모르겠으나 세상은 요지경 속이라 이런 일도 저런 일도 일어나는 것은 아닌지, 알다가도 모르는 것이 세상 같다. 그와 비슷한 경우가 이수광의 《지봉유설》 '어언語言' 편에 실려 있다.

서울에서 한 미천한 남자가 아내를 맞았다. 아내의 친정은 부자였지만 얼굴은 못생겼다. 혼인한 이튿날 아내는 마땅히 시가에 가서 시아버지와 시어머니를 뵈어야 했다. 그러나 그 친정 부모는 자기 딸의 얼굴이 못난 것을 꺼렸다. 그 이웃에 한 과부의 딸이 살고 있었는데, 얼굴은 예쁘지만 집이 가난해서 아직 시집을 가지 못하고 있었다. 이들은 그 집 딸에게 대신 다녀오기를 청하리라 생각하고 과부를 불러 의논했더니 과부는 선뜻 승낙했다.

시부모는 며느리로 온 과부의 딸을 보고 얼굴이 고운 것을 크게 기뻐하여 넉넉하게 예물을 주고 억지로 머물러 자고 가게 하였다.

이 과부의 딸이 감히 어기지를 못하고 며칠 동안을 묵고 보니, 사위와 서로 좋아하고 사랑하는 사이가 되었다. 이제 사위는 도리어 본처는 본체만체하는 것이었다. 그 친정 부모는 이에 크게 후회하여 형부에 소송을 내어 과부 딸을 이혼시키라고 요구를 하였다. 그러나 형부에서는 그들의 뜻과 달리 이미 아내가 되었으므로 두 아내를 맞아 같이 살라는 판결을 내렸다.

그 남자는 하루아침에 두 아내를 얻어 부잣집 딸의 재산을 가지고 살면서 미녀의 방에서 잠을 자게 되니 그 호화롭고 사치하는 것이 이웃 마을에까지 소문이 나 그 당시에 이상한 얘깃거리가 되었다.

그림 속의 사람처럼

– 편벽하지 않은 이황

한번은 퇴계 선생을 모시고 산당山堂에 앉아 있는데, 앞들에 말을 타고 지나가는 사람이 있었다. 산당을 지키는 중이 "그 사람 참 괴이하다. 진사 앞을 지나가면서 말에서 내리지 않다니." 하자 퇴계 선생이 하는 말이 "말 탄 사람이 그림 속의 사람같이 하나의 좋은 경치를 더해 주는데, 허물할 것이 무엇인가" 하였다.

《퇴계집退溪集》의 '언행록'에 실린 글로 이덕홍이 보고 들은 글이다.

이덕홍이 어느 날 물었다. "공자의 말에 자기보다 못한 사람을 친구로 삼지 말라, 하였으니 그렇다면 자기보다 못한 사람과는 일절 사귀지 않아야 하겠습니까?" 이 말을 들은 퇴계 이황은 "보통 사람의 정은 자기보다 못한 사람과 벗하기를 좋아하고 나은 사람과는 벗하기를 좋아하지 않기 때문에 공자는 이런 사람을 위해서 한 말이요, 일절 벗하지 않는다는 것을 뜻한 말은 아니다. 만일 한결같이 착한 사람만 가려서 벗하고자 한다면 이 또한 편벽된 일이다." 하였다. 이덕홍이 다시 묻기를 "그렇다면 악한 사람과도 더불어 사귀다가 휩쓸려 그 속에 빠져들어 가게 되면 어찌하겠습니까?" 하자 퇴계는 "착하면 따르고 악하면 고칠 것이니 착함과 악함이 모두 다 내 스승이다. 만일 악에 휩쓸려 빠져들어 가기만 한다면 학문은 무엇 때문에 한다는 말이냐?" 하였다.

퇴계의 제자인 학봉 김성일이 증언하기를, 퇴계는 손님에게 밥상을 차릴 때에 반드시 집에 있고 없는 것에 맞추어 밥상을 차리도록 하였고, 귀한 손님이라 해서 성찬을 차리지도 않았으며 또 비천한 사람이나 어린아이라고 해서 소홀히 하지 못하게 하였다고 한다. 또 퇴계는 산수가 아름답거나 폭포가 쏟아지는 곳이 있으면 간혹 몸을 빼내어 홀로 가서 즐기며 시를 읊조리다가 돌아오기도 하였다고 이덕홍은 구술하고 있다. 퇴계의 임종을 두고 이덕홍은 다음과 같이 기록하고 있다.

8일에는 아침에 화분의 매화에 물을 주라고 하였다. 이 날은 개었는데 유시에 이르자 갑자기 흰 구름이 지붕 위에 모이고, 눈이 내려 한 치쯤 쌓였다. 조금 있다가 선생이 자리를 바루라고 명하므로 붙들어 일으키자 앉아서 돌아갔다. 그러자 구름은 흩어지고 눈은 개었다.

세상에서 죽은 사람을 돌아간 사람이라고 말한다. 죽은 사람을 돌아간 사람이라고 하는 말은, 곧 살아 있는 사람은 길을 가는 사람이라는 뜻이다. 길가는 사람이 돌아갈 줄 모른다면, 이는 집을 잃고 방황하는 사람이다. 그런데 한 사람만이 집을 잃고 방황한다면 온 세상이 그를 그르다고 비난하겠지만, 온 세상이 집을 잃고 방황하고 있으니, 아무도 그른 줄을 모르고 있다. 《열자》권1 '천서' 편에 실려 있는 말이다. 사는 것은 그럭저럭 살 것 같은데 '가는 것'을 내 맘대로 조절하기란 쉬운 일이 아니다.

천하에는 버릴 물건이 없고
버릴 재주도 없다

- 해바라기를 예찬함

내가 용만에 귀양살이하던 그 다음해 여름에, 들어 있는 집이 좁아서 덥고 답답함을 이기지 못하여, 곧 취원就園 중에 높고 상쾌한 곳을 골라서 정자 몇 칸을 세워 따로 이엉을 하였는데, 대여섯 명이 앉을 수 있으나 곁집이 즐비하여 약간의 빈터도 없고 취원도 겨우 한 길 남짓하였다. 다만 해바라기 몇 십 그루가 있어 푸른 줄기와 고운 잎이 훈풍에 움직일 뿐이었으므로 이내 이름을 규정葵 후이라 하였는데, 어떤 손님이 나에게 물었다.

"대체 해바라기는 식물 중에 미약한 것이 아닌가. 옛 사람이 초목과 꽃에 비하여 그 특별한 풍치를 취하였는데, 대부분 소나무, 대나무, 매화, 난초, 혜蕙 등으로 그 집을 이름 하였다. 하지만 이러한 미약한 이름으로 지었다는 말은 듣지 못하였으니, 그대는 이 해바라기에 대하여 무엇을 취했던가. 혹시 이에 대한 이론이 있는가?"

그래서 나는 말하였다.

"대체 물건이 같지 않음은 물건의 심정이다. 귀천貴賤과 경중輕重이

갖가지로 같지 않으니, 대체 해바라기는 식물 중에서 미약하고도 가장 천한 것으로서 사람에 비한다면 야비하고 변변하지 못한 최하품이고, 소나무와 대나무와 매화와 국화와 난과 혜蕙는 식물 중에서 굳세고 풍치가 있고 또 향기가 있는 것으로서 사람에 비한다면 우뚝하게 뛰어나 세상에 독립하여 그 성명과 덕망이 울연한 자가 아니겠는가. 내 이제 거칠고 멀고 적막한 곳에 쫓겨나서 사람들이 천시하고 물건 역시 성기게 대하는 터이니, 나의 정자를 솔과 대와 매화와 국화와 난과 혜로 이름하고자 한들 어찌 물건에 부끄럽고 사람들에게 웃음거리가 되지 않겠는가. 버림받은 사람으로서 천한 물건에 부합하되, 멀리 구하지 않고 가까운 데서 구하는 것이 나의 뜻이오.

또 나는 들으니, 천하에는 버릴 물건이 없고 버릴 재주도 없으므로, 저 어저귀나 삼바귀나 무나 배추의 미물이라도 옛 사람이 모두 버릴 수 없다 하였거늘, 하물며 해바라기는 두 가지의 덕이 있음에랴. 해바라기는 능히 햇빛을 향하여 빛을 따라 기울고 하니 이를 충성이라 일러도 가할 것이요, 해바라기는 능히 밭을 보호하니 이를 슬기라 일러도 가할 것이다. 대체 충성과 슬기란 사람의 신하된 절개이니, 충성으로서 윗사람을 섬기되 자기의 정성을 다하고, 슬기로서 물건을 변별하여도 시비에 의혹이 없는 것이니, 이것이 곧 군자의 어려워하는 바요, 나의 일찍부터 연모하던 일이라. 이 두 가지의 아름다움이 있음에도 어찌 미약한 푸새라 하여 천하게 여길 수 있겠는가. 이로써 논한다면 다만 솔과 대와 매화와 국화와 난과 혜라야 가히 귀하지 않음이 분명하지 않겠는가.

이제 내 비록 귀양살이를 한다 하더라도 자는 것이나 먹는 것이 임금의 은혜 아님이 없으니, 낮잠과 밥 먹는 나머지에 심휴문(중국 양나라 무강 사람)과 사마군실(중국 북송 때의 학자)의 시를 읊을 때마다 해를 향하는 마음이 스스로 말지 못하였으니, 해바라기로 내 정자의 이름을 지은 것이 어찌 아무런 이론이 없다 이르겠는가."

손님은 말하기를 "나는 한 가지만 알고 그 두 가지는 몰랐더니, 그대 정자의 뜻을 듣고 보니, 더할 나위가 없구려" 하고는 웃으면서 가버렸다.

_ 조위, 《속동문선》 권14

대개 사람들은 사군자에 나오는 매화 · 난초 · 국화 · 대나무 등만 높이고 나머지는 거의 돌아다보지 않는 것이 상식이다. 아무도 거들 때 보지 않아도 저 혼자 피어 세상 사람들의 마음을 정화해주고 마음을 따스하게 해주는 꽃이나 풀들이 얼마나 많은가. 그리고 뜻은 높지만 그 하는 일들은 저마다 혹은 그가 속한 단체의 이익을 취하는 데에만 급급한 사람들이 세상에는 얼마나 많은가.

스스로 그 처지를 알고서 그 상황에 맞는 일들을 하는 것이 세상을 살아가는 데 있어서 불변의 진리일 것이고 세상을 조금씩 진보시키는 것이리라.

신정승과 구정승

- 세조와 정승놀이

고령부원군 신숙주가 영의정으로, 능성부원군 구치관이 새로 우의정으로 있을 때의 얘기다.

세조가 두 정승을 급히 내전으로 불러 들였다. 세조가 말하기를, "오늘 내가 경들에게 물을 것이 있으니 능히 대답을 하면 그만 둘 것이요, 능히 대답하지 못하면 벌을 면치 못할 것인데, 경들의 생각은 어떠한고?" 하였다.

두 정승이 공손히 대답하기를 "삼가 힘을 다해 벌을 받지 않게 하겠습니다"고 하였다. 조금 후에 세조가 "신정승" 하고 불렀다. 신숙주가 곧 "예" 하고 대답하였더니 임금이 말하기를, "나는 신 정승新政丞을 부른 것인데, 그대가 대답을 잘못하였다" 하고 큰 술잔으로 벌주 한 잔을 주었다. 또 "구정승" 하고 부르자 구치관이 "예" 하고 대답하였다. 그러자 임금은 "나는 구 정승舊政丞을 불렀는데, 그대가 대답을 잘못하였다" 하고 벌주 한 잔을 주었다. 또 구정승하고 부르자 구치관이 대답하였다. 세조가 말하기를 "나는 구舊 정승이라 불렀는데, 그대가 대답을 잘못하였다"

하고 벌주 한 잔을 또 주었다. 임금이 또 부르기를 "구정승" 하니 신숙주가 대답하자, "내가 구丘 정승을 불렀는데, 그대가 잘못 대답하였다" 하고 벌주를 준 뒤 또 부르기를 "신정승" 하니 구치관이 대답하였다. 임금이 말하기를, "내가 신申 정승을 불렀는데 그대가 잘못 대답하였다" 하고 또 벌주를 내렸다. 그 다음에는 "신정승" 하고 불렀더니 신과 구가 다 같이 대답하지 않았다. 또 "구정승" 하고 불렀는데도 구와 신이 다 대답하지 않으므로 임금이 말하기를 "임금이 부르는데 신하가 대답하지 않는 것은 예가 아니다" 하고서 또 벌주를 주었다. 종일 이와 같이 하여 두 정승이 벌주를 먹고 극도로 취하니 세조가 크게 웃었다.

서거정의 《필원잡기筆苑雜記》에 실린 글이다. 요즘에는 상관과 아래 직원들이 고급 술집이나 고급 음식점에서 서로 돈독한 우의를 다진다고 폭탄주를 마시기도 하며 이상한 동료애를 키우기도 하지만 옛날에는 임금과 신하 관계가 얼마나 권위적이었겠는가. 그런데도 임금과 신하가 한자리에서 풍류와 해학으로 나누는 술 자리가 문득 떠오르면서 다시금 요지경 같은 세상사가 생각난다.

부끄러움이 없다는 것은
사람의 큰 걱정거리

– 부끄러움을 가르쳐준 졸재拙齋

신미년 여름에 내가 양촌에 있었다. 혜진이라는 중이 있었는데, 와서 글 배우기를 청하였다. 내가 찾아온 것을 기뻐하는 마음이 있어서 그가 일찍이 추종하여 놀던 자가 누구인가를 물었더니, 바로 지금의 비서秘書 김공金公이었다. 김공은 단종하고 근신하며 박학하고 아존한 군자이다. 혜진이 일찍이 그의 문하에 출입하였다고 하니 그 사람을 가히 알겠다. 그런 까닭에 의심하지 않고 그를 받아들였다. 그의 행동을 보니 순후하고 근신하며, 그의 말을 들으니 간결하고 절실하다. 배움은 아주 부지런하여 더욱 진보함이 있다. 오직 의義를 찾고 이利를 알지 못한다. 진실로 김씨 문하에 노닐어서 얻은 것이라고 하겠다.

하루는, 일찍이 그가 거처하는 재齋의 이름을 지어 달라기에 내가 졸재拙齋라고 명명하였다. 그 말의 뜻을 물으므로 내가 말하기를 "졸拙하다는 것은 교巧하다는 것의 반대이다. 맹자는 '임기응변을 교묘하게 하는 자는 부끄러워할 줄을 모르며, 부끄러움이 없다는 것은 사람의 큰 걱정거리이다' 라고 하였으니, 남들이 이를 탐내어 나아가기를 구하면 나는 부끄러운 것을 알아서 의를 지키는 자는 졸할 것이요, 남을 속여서 교묘하게 하기를 즐기는데 나는 부끄러움을 알아서 그 참된 것을 지키는 것도 또한 졸한 것이다. 그러나 나아가는 자가 반드시 얻는 것이 아니고 교묘한 자가 반드시 이루는 것도 아니다. 교묘한 자는 정신이 날로 피로하여 한갓 스스로 병이 될 뿐이다. 어찌 나의 참된 것을 버리고 교하고 거짓된 것에 의탁하여 이를 구할 것인가. 만약 의에 나아가고 참됨을 지키는 자라면 스스로 얻음이 있고 스스로 잃지 않을 것이다. 그런 까닭에 욕망이 없으니 편안하고, 부끄러움이 없으니 태연할 수 있다. 이것이 졸자는 부끄러움을 아는데 시작하여 부끄러움이 없는데 그치는 것이다. 그것으로서 넉넉히 스스로 호연하게 존재하여 모자람이 없을 것이다. 그런 까닭에 졸한 것을 기른다는 것은 덕을 기르는 것이다." 하니, 혜진이 듣고 사례하여 말하기를 "훈계하신 말씀을 아침저녁으로 공경하여 잊음이 없도록 어찌 감히 하지 않겠습니까" 하였다. 이에 써서 기記로 삼는다.

　　권근의 〈졸재기拙齋記〉로 《동문선》에 실려 있다. 우리나라 사람들 대다수가 외향적인 것이 아니라 내성적이라고 한다. 어린 시절 내내 무엇에 기인했는지는 몰라도 자신도 없고 부끄러움도 많이 탄나는 어디를 가서나 큰 소리 한번 쳐보지 못하고 살았던 듯싶다. 나이를 솔찬히 먹고 나름대로 제 목소리를 내는 지금도 어린 시절의 그 부끄러움이 남아 있어 어디를 가서건 그 분위기에 적응하는 시간까지는 낯섦 때문에 몸가짐까지 어색한 경우가 많이 있다. 그렇게 부끄러움을 극복하지 못하는 나 같은 사람과 다른 부류들은 너무 부끄러움을 몰라서 탈이다. 뻔뻔해지고 유들유들해져서 웬만한 일은 오히려 더 기세가 등등해서 잘못이 없는 상대방을 압도하기도 한다. "눈 가리고 아웅한다"는 옛 속담이 무색하게 말이다.

돌을 사랑하기를 제 몸같이 하다

– 돌을 사랑한 사나이

신창부공 申昌父公은 절개 있고 특출한 인물로서 그의 지조는 확연하여 빼앗지 못할 점이 있다. 일찍이 조정에 벼슬하여 높은 자리에 이르렀지만, 마침내 강직하여 시골로 돌아갔다. 천성이 돌을 사랑하여 외출하였다가 좀 이상한 돌을 보면 문득 짐으로 가져왔다. 큰 것은 수레에 싣고 그 다음 것은 말에 실으며, 또 그 다음 것은 종한테 지고 오게 하고, 혹은 겨드랑이에 끼고 와서 무릇 힘으로 가져 올 수 있는 것은 버려두지 않았다.

모난 것, 날 선 것, 넓은 것, 좁은 것이 이리저리 놓여있고, 가로세로 섞여 있다. 단정하고 무게 있고, 확실하며 맑고, 빼어나고 의젓하여 군자의 덕 있는 모습 같은 것, 바르게 말하는 사람의 모습을 닮은 듯한 모습이나 건강한 사람 모습도 있고 충신이 안색을 바로 하고 조정에서 이해를 따지는 듯한 돌도 있다. 기타 입을 벌리고 대드는 호랑이와 표범 모습도 있으며, 뛰놀고 올랐다 떨어져 양떼가 희롱하고 싸우는 모습 같은 것도 있다. 기고 오고 머리를 섞고 꼬리를 맞대어, 고기 새끼가 무리를 이룬 모습 같은 것들이 많아 이런 것들을 이루 다 적기 어렵다.

공이 돌을 모아 그 정자의 이름을 석정石亭이라 하고, 날마다 그 사이에서 거니는데 여름 바람이 부채질하듯 맑은 것이나, 가을 달이 맑은 빛을 더 하는 것이나, 화초가 더 고운 것, 서리 눈이 더욱 찬 것이 모두 돌의 도움이다. 그러나 사람들이 공이 돌을 좋아하는 것만을 알고, 공이 낙樂으로 삼은 것을 모른다. 《주역》에 이르기를 "돌보다 굳으니 날을 마치지 않으면 정貞하고 길吉한다"고 하였다. 공의 지조가 확연하여 빼앗을 수가 없으며 권세에 굴하지 않으니, 이것이 돌보다 굳은 것인가.

바로 물러나서 촌락으로 돌아왔으니 이것이 날을 맞지 않은 것인가. 도道로써 스스로 즐기어 알 수 없는 화가 없으니 이것이 정하고 길한 것인가. 혹시 공의 낙이 여기에서 온 것인가. 이것이 적어두어야 할 일이라 하겠다.

_ 정도전,《삼봉집》,《동문선》권77

고려 말의 충신 최영을 생각하면 먼저 떠오르는 말이 "황금 보기를 돌과 같이 하라"인데, 그와 한 임금을 섬기다가 나중에 정적이되어 조선 개국에 몸담았던 정도전은 "돌을 사랑하기를 제 몸같이 하라"는 뜻으로 〈석정기石亭記〉를 지었다. 한 사람은 돌을 사랑하라고 했고, 또 한 사람은 황금을 돌처럼 보라고 했다. 황금과 돌, 어쩌면 멀고도 멀어 만날 수 없고 섞일 수가 없을 것 같지만 다시 보면 아주 가까운 관계인 것 같다. 황금과 돌처럼 알 수 없는 일이 사람과 사람의 관계일 것이다.

어진 사람이 능히 사람을 사랑할 수 있고 능히 사람을 미워할 수 있나니

- 사람다움에 대하여

유비자有非子가 무시옹無是翁에게

찾아가서 이르기를 "근자에 여럿이 모여서 인물을 평가하는데, 어떤 사람은 옹翁을 사람이라 하고 어떤 사람은 옹을 사람이 아니라고 하니 옹은 어찌하여 어떤 사람에게는 사람 대접을 받고, 어떤 사람에게는 사람 대접을 받지 못하는지요?" 하였다.

옹이 듣고 해명하기를 "남이 날 보고 사람이라 하여도 내가 기뻐할 것이 없고, 남이 날 보고 사람이 아니라 하여도 내가 두려워할 것이 없고, 사람다운 사람은 나를 사람이라 하고 사람 아닌 사람은 나를 사람이 아니라 하는 것만 같지 못하다. 나는 나를 사람이라 하는 사람이 어떤 사람이며, 나를 사람이 아니라 하는 사람이 어떤 사람인지를 모른다. 사람다운 사람이 나를 사람이라 하면 나는 기뻐할 일이요, 사람이 아닌 사람이 나를 사람이라 하면 나는 또한 기뻐할 일이며, 사람다운 사람이 나를 사람이 아니라 하면 나는 두려워할 일이요, 사람 아닌 사람이 나를 사람이라 하면 또한 두려워할 일이다. 기뻐하거나 두려워하는 것은 마땅히 나를 사람이라 하고 나를 사람이 아니라 하는 사람이 사람다운 사람인지 사람다운 사람이 아닌지를 살필 일이다. 그러므로 오직 어진 사람이어야 능히 사람을 사랑할 수 있으며, 능히 사람을 미워할 수 있나니, 나를 사람이라 하는 사람이 어진 사람인지 나를 사람이 아니라 하는 사람이 어진 사람인지."라고 하였다. 유비자가 웃으면서 물러갔다.

　　무시옹이 이것으로 잠箴을 지어 자신을 일깨웠다. 잠에 이르기를 "자도子都(춘추시대 정나라의 미남자)의 어여쁜 것이야 뉘가 아름답다 아니하며, 역아易牙(제환공의 제자로 음식을 잘 만들기로 유명한 사람)의 음식 만든 것이야 뉘가 맛있다 아니하랴. 좋아하고 미워하는 것이 시끄러울 때는 어찌 자기 몸에 반성하지 아니하랴." 하였다.

_ 이달충, 〈애오잠愛惡箴〉《동문선》 권49

　　"남이 날 보고 사람이라 하여도 내가 기뻐할 것이 없고, 남이 날 보고 사람이 아니라 하여도 내가 두려워할 것이 없고, 사람다운 사람은 나를 사람이라 하고 사람 아닌 사람은 나를 사람이 아니라 하는 것만 같지 못하다"는 본문의 구절처럼 사람을 보고 그 사람이 사람다운 사람인지 아닌지를 안다는 것이 어디 쉬운 일인가. 그래서 사람들이 사람에 대해서 실망하게 되고 '배신과 증오', '송사와 다툼'이 끝도 없이 계속되는 것이리라.

돌님 나무님 그것님

– 모두를 섬기는 자비

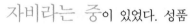

자비라는 중이 있었다. 성품이 곧고 곡절이 없어, 비록 공경대상公卿大相이라 할지라도 모두 이름을 부르고 남이 주면 비록 귀중한 물건이라도 사양하지 않고 받고 달라는 사람이 있으면 모두 주어버리며, 다만 헌 갓과 해어진 옷을 입고 나날이 서울 거리에서 입에 풀칠을 하였다. 먹을 것을 주면 먹고 주지 않으며, 진수성찬도 좋게 여기지 않고 찬 없는 밥도 싫어하지 않았다. 그러나 모든 물건을 부를 때는 반드시 '님' 자를 붙였는데, 돌에는 '돌님'이라 하고 나무에게는 '나무님'이라 하며 그 밖의 물건들에도 또한 모두 이와 같았다. 유생이 밤늦게 총총히 가는 중을 보고 "어디를 가시오?" 하니 중이 말하기를 "여승의 암자에 가서 그것님의 집을 찾으려 하네" 하였다. 그런데 그 말은 그것의 집을 찾는 것을 두고 한 말이므로 사람들이 모두 웃었다.

중의 얼굴에 상처 자리가 있어 사람들이 그 까닭을 물었다. 중은 말하기를 "일찍이 산에 들어가 땔나무를 하고 있는데, 호랑이와 곰이 서로 싸우는지라 내가 앞으로 나아가서 무슨 까닭으로 싸우느냐, 곧 화해하거라, 하자 호랑이님은 내 훈계를 듣고 물러갔는데, 곰님은 나의 훈계를 듣지 않고 달려들어 내 얼굴을 물었는데 때마침 산인山人(산지기)의 구원을 받아 위급을 모면하였다"고 하였다.

내가 일찍이 재추宰樞와 더불어 한곳에 모이었더니 그 중도 와 있었다. 좌중에 사람들이 묻기를 "스님은 왜 산에 들어가 수도하지 아니하고 고생하며 항상 인간 세상에서 교량橋梁이나 노정路井을 고치는 조그마한 일만 하느냐?" 하니, 스님은 말하기를 "젊었을 때 사승師僧이 경계하며 말하기를, 산에 들어가서 10년 동안 고생하면 도를 깨달을 수 있으리라, 하여 금강산에서 5년, 오대산에서 5년을 부지런히 고행하여 도를 닦았으나 끝내 그 효험이 없었다. 사승이 또 말하기를, 《연화경》을 백 번 읽으면 도를 깨치리라, 하여 그 가르침대로 백 번을 읽었는데도 효험이 없었다. 이에 비로소 불씨佛氏의 허망하고 믿기 어려움을 알았다. 그러나 나는 다른 방법으로 남을 도울 길이 없고 다만 교량이나 노정을 고쳐 이로써 사람들에게 공덕을 끼치고자 함이로다." 하니 사람들이 모두 그 솔직함을 기쁘게 여겼다.

_ 성현,《용재총화》 권7

'작은 것이 아름답다' 라는 말이 있다. 말로는 소박하고 작고 올망졸망한 아름다움을 추구한다고 하지만 어느새 몸은 큰 쪽으로 간다. 나라는 주먹만 한데 모든 것들이 세계 제일이 아니면 안 된다. 실천이 없는 말의 성찬, 언제쯤 우리는 진실로 그 허황함을 홀가분하게 벗어던지고 작은 것에 만족하며 살 것인가?

짚 만여 단을 보고

- 수명에 대한 선비들의 수다

이호민, 한준겸, 이항복은 어려서 중학中學에서 함께 공부를 하였다. 그 무렵 태복사太僕司(조선시대 때 임금의 거마와 조마 같은 것을 맡은 관아)의 짚 만여 단을 보고 한준겸이 말했다.

"내가 이 짚으로 한 마리 말에 먹여서 없어지기를 기다리고자 하면 그 수명이 얼마쯤 될까?"

이호민이 말했다.

"내가 이 짚을 잘게 여물로 썰어 내 베개 속에 넣어 그것이 다 없어지기를 기다리려고 하면 그 수명이 과연 얼마나 될까?"

이항복이 말했다.

"내가 내 발이 저릴 때를 기다려 손톱으로 한 치씩 잘라 침을 묻혀서 코끝에 부쳐 다 없어지기를 기다리고자 하면 그 수명은 얼마나 될까?"

이에 한백겸이 손뼉을 치며 크게 웃고 나서 말했다.

"우리들의 수명은 모두 수백 년이 넘을 것이다. 그러나 자상(이 항

복의 자)의 수명은 호겁浩劫(영원에 걸친 시간)을 지내도 끝나지 않을 것이
야."

_ 유몽인, 《어우야담》 '해학' 편

　　이항복은, 세속 사람들이 발이 저리면 풀을 잘라 침을 묻혀서 코
끝에 부치면 곧 나을 까닭으로 그리 말한 것이다. 그런데 한준겸이
말한 대로 이항복은 죽은 뒤에도 수많은 사람들이 잊지 않고 기억
하고 있으니 그 말이 맞아 떨어졌다.

시고도 달고도 맵고도 짠 세상

– 박제가의 자송문自訟文

무릇 허물에는 두 가지가 있습니다. 배움에 이르지 못한 것은 진실로 신의 허물이지만, 품성이 같지 않은 것은 신의 죄가 아닙니다. 음식에 비유하여 놓는 위치를 가지고 말한다면 기장은 앞에 놓고 국과 고기는 뒤에 놓습니다. 맛을 가지고 말한다면, 짠맛은 소금에서 취하고 신맛은 매실에서 취하며 겨자의 매운맛을 올리고 차의 쓴맛을 뽑아 씁니다. 이제 짜지 않고 시지 않고 맵지 않고 쓰지 않은 것을 가지고 소금과 매실과 겨자의 차이 죄로 돌린다면 무방하지만, 만일 소금이 되고 겨자가 되고 차가 된 자체를 꾸짖어, "네가 애 기장과 같지 않느냐?"라 말한다면 꾸중을 뒤집어쓴 음식은 그 실질을 잃게 되고 천하의 맛이 폐기될 것입니다.

위의 글은 정조 때 문체 파동이 일어났을 때 순정한 문체로 자송문을 지어 올리라는 임금의 명을 받고 초정 박제가가 쓴 글이다. 짠맛과 신맛과 매운맛의 차이를 인정하는 사회, 그 사회가 올바른 사회가 아닐까? 박제가는 이어서 다음과 같이 말한다.

글을 선하는 법은 마땅히 온갖 맛을 다 갖추어야 하지 밋밋한 일색이어서는 안 된다. 무릇 선이란 무엇인가? 뽑아놓고 서로 섞이지 않게 하는 것이다. 밋밋한 일색이 되면 뽑아놓고 다시 섞는 것이니 애초에 가려 뽑은들 무슨 소용이겠는가? (중략) 온갖 맛을 다 갖춘다는 것은 무엇인가? 한 가지 맛만 택하지 않고 각각의 맛을 한 가지씩 열거하는 것이다. 무릇 신맛을 알면서 단맛을 모르는 사람은 맛을 모른 사람이다. 단맛과 신맛을 고루 섞고 짠맛과 쓴맛을 조화시켜 구차하게 채워 넣는 사람은 선을 모르는 사람이다. 신맛일 때에는 극단적인 신맛을 택하고, 단맛일 때에는 극단적인 단맛을 택해야 한다. 그런 후에야 맛을 말할 수 있다.

_ 박제가, 《초정전서楚亭全書》

무릇 세상이란 것이 강물처럼 자연스럽게 흘러야 하는데 세상은 어째서 저리도 서로 자연스럽게 섞였다가도 흩어지지 못하고 요란하기만 한지.

사람이 거처하는 곳은
무릎을 들일 수 있으면 되는 것

― 선조의 옹주 교육

동양위東陽尉의 아내는 선조임금
의 딸인 정숙옹주로 자기 집 뜰이 좁은 것을 싫어하여 임금께 아뢰었다.

"이웃집과 바짝 붙어 있어 말소리가 서로 들릴 뿐만이 아니라, 처마
도 낮아서 훤히 드러나 난처할 때가 많습니다. 원하옵건대 이 땅을 샀으
면 합니다."

선조임금은 다음과 같이 말씀하셨다.

"목소리를 낮추어 말하면 들리지 않을 것이고, 처마는 가리면 보이
지 않을 것이다. 뜰이 어찌 반드시 넓어야 하겠느냐? 사람이 거처하는
곳은 무릎을 들일 수 있으면 되는 것이다."

하시고는 임금은 물가에서 자라는 억새로 엮은 발 두 개를 내려주
며 다음과 같이 말씀하셨다.

"이것으로 가리면 될 것이다."

옹주는 더는 말씀을 못 드리고 돌아갔다.

_ 이희준, 《계서야담溪西野談》

만나는 사람마다 자식 문제만은 마음먹은 대로 되지 않는다고 말한다. 내가 대신 공부를 해줄 수도 없고 살아줄 수도 없는 자식들, 그래서 서양에서는 자식을 "해약도 할 수 없는 악성 보험"이라고도 했다. 내리사랑이라는 자식 사랑, 어떻게 교육을 시켜 세상에서 하나의 구성원으로 바르게 살게 할 수 있을까?

잣은 높은 고개 마루 위에 있고
꿀은 민간 벌통에 있으니

- 정붕의 청렴검소

신당 정붕은 해주 사람이다.

성품이 청렴하고 검소하며 조정에서 벼슬살이하기를 즐기지 않았다. 청송 부사로 제수되자 부임하여 와치臥治(누워서 다스린다는 뜻으로 정치를 잘함)를 하였다. 창산 함산회와는 어려서부터 서로 우의가 돈독하였다. 그때 그는 영상이 되어 있었다. 서신을 주고받으며 안부를 묻곤 하였다. 그 때문에 잣과 꿀을 구하고자 하였다. 그러자 정붕이 답서를 하였다.

"잣은 높은 고개 마루 위에 있고 꿀은 민간 벌통에 있으니, 태수 된 사람이 어디에서 구할 수 있겠는가?" 하자 창산이 부끄러워하며 사죄하였다.

_ 이희준, 《계서야담》

"쌀 아흔아홉 섬 가진 사람이 쌀 한 섬 가진 사람에게 백 석을 채우게 한 섬을 달라고 한다"는 옛말이 있다. 기댈 것이 없는 대부분의 사람은 남의 것을 탐내지 않는데, 밥술깨나 먹는 사람들, 특히 권세를 가진 사람들이 오히려 더 먹을 것을 밝힌다. 맑은 물에는 고기가 없다지만 그런 맑은 물을 갈망하는 것은 예나 지금이나 다를 바 없는 일반 서민 대부분의 생각이고 그것이 세상을 지탱하는 힘일 것이다.

진원용은 집이 매우 부유하고 책 모으기를 매우 좋아했지만 치산治産에는 힘을 쓰지 않았다. 누구라도 치산에 대해 물으면 그는 다음과 같이 답했다.

"재물 모으기를 좋아하는 자손이 있다면 전장田莊을 마련해주지 않는다고 하더라도 반드시 스스로 장만할 것이고, 좋아하는 자손이 없으면 비록 전장을 남겨준다고 하더라도 그것을 지키지 못할 것이다."

뒷날 그의 세 손자가 문장으로 이름을 날리고 청빈한 것을 스스로 지키면서 말하기를 "선인의 격언을 잊을 수가 없다"고 하였다.

허균이 지은 《한정록》 중 '공여일록'에 나오는 글이다. 우리는 후손들에게 무엇을 남겨줄 것인가?

나누어 주는 덕

– 비렁뱅이 중의 예언

한산 숭문동에 이상사李上舍
(상사는 생원과 진사를 말함)가 살았는데, 목은 이색의 증손이었다. 그는
덕을 숨기고 벼슬하지 않았으나, 성질이 순후하고 근신하며 남에게 주기
를 좋아하므로 향당鄕黨에서 그를 장자라고 일컬었다. 일찍이 빌어먹는
중이 문 앞에 왔는데 다 떨어진 장삼을 천 갈래로 기웠으나 용모가 기이
하고 고상했다. 상사는 즉시 몇 말 곡식을 주니, 중은 기뻐하며 사례하고
절을 하고서는 집 앞에 서성거리면서 돌아다보아 무엇인가 생각하는 것
이 있는 듯싶었다.

상사는 괴상히 여겨 묻기를 "너는 그 곡식이 적어서 그러느냐? 그
렇지 않으면 할 말이 있어서 그러느냐?" 했다. 중은 말하기를 "추수 때
를 당해서 비렁뱅이 중이 진사댁 문 앞을 지나는 자가 수없이 많을 것인
데, 상사께서 번번이 이렇게 많은 양식을 주시면 이것은 받지 못할 곳에
은혜를 베푸시는 것이온즉, 반드시 남은 경사가 있을 것입니다. 소승이
지리를 조금 알므로 댁의 지형을 두루 보아서 후하게 주신 은혜에 보답

할까 하옵니다" 하였다. 중은 계속해 말하기를 "상사에게 귀한 아들이 있어 오는 경자년에 사마司馬(진사)가 되고 임자년에는 과거에 급제하여 수와 복을 많이 누리실 것입니다. 그러나 이 댁은 마침내 이성異姓의 사람이 살게 될 것인데, 뒷사람도 역시 경자년과 임자년에 발복發福하여 공명과 부귀가 서로 대략 같을 것입니다. 또 진사의 자손들은 높은 벼슬에 오르는 이가 연속하고 좋게 끝을 맺을 것입니다." 하고 말을 마치자, 그 중은 표연히 가버려서 어디로 갔는지 알 수가 없었다.

상사의 아들 윤번이 경자년에 사마에 뽑히고 임자년에 문과에 급제하여 화려하고 청현한 벼슬을 거쳐 여러 번 주목州牧이 되었고, 벼슬이 가선 대사간에 이르러 나이 80여 세에 졸했다. 그 집은 뒤에 상사의 둘째 아들 참봉 윤수에게로 갔는데, 참봉이 아들이 없어서 외손인 신빙군申聘君(빙군은 장인이란 말, 신담은 이덕형의 장인임)으로 대를 잇게 했다. 장인이 이 집에서 났는데, 역시 경자년에 사마에 뽑히고 임자년에 과거에 급제하여 벼슬이 참판에 이르고 나이 77세에 졸하여 이름과 지위가 이 대사간과 대략 같았다. 이리하여 그 중의 말이 하나하나 모두 맞았으니 어찌 이상한 일이 아니랴?

대사간의 손자 아무는 과거에 급제하여 벼슬이 시정寺正에 일고 시정의 손자 판서 이현영과 판서의 아들 참의 기조는 모두 중명重名이 있어 한때의 명경名卿이 되었다. 어진 대부의 착한 일을 쌓은 데 대한 보답이 가위 부절符節과 같이 들어맞았으니, 이는 반드시 하늘이 이상한 중을 보내서 적덕하는 자로 하여금 보고 느끼는 바가 있어 더욱 힘쓰도록 한 것이리라.

    조선 인조 때의 문신인 이덕형의 수필집인 《죽창한화竹窓閑話》에 실린 글이다. 부는 축적이 목적이 아니라 얼마나 다른 사람들과 나누며 사느냐가 가장 중요한 삶의 척도일 것이다. 내가 가진 것이 다른 사람들에게 가서 세상을 윤택하게 하는 것이 나 혼자 쌓아두고 다른 사람들에게 손가락질 받는 것보다는 훨씬 즐거운 일인데도 내 집에 많이 쌓아두고 아들딸들에게 나누어 주는 데만 혈안이 되어있는 사람들, 그 사람들의 훗날이 진실로 행복할 것인가, 불행할 것인가는 정해져 있지 않고 알 수 없는 일일 뿐이다.

사람이 사람을 사람으로 여기다

- 신숙주의 사람됨

문충공 신숙주는 일찍이 일본에 사신으로 갔다가 돌아오는데, 우리 국경 몇 리 남짓하게 왔을 때, 홀연 폭풍을 만나 배를 미처 언덕에 대지 못하였다. 여러 사람이 모두 당황해서 어찌할 바를 몰랐지만 신숙주는 얼굴색 하나 변하지 않고, "대장부가 마땅히 사방을 유람하여 가슴속 회포를 헤칠 것이다. 지금 큰 물결을 건너서 해 뜨는 나라를 보았으니 족히 장관이 되겠는데, 만약 이 바람을 타고 금릉金陵(남경)에 닿게 되어 산하 풍경의 거룩함을 보면 역시 하나의 장쾌한 일이 아니겠느냐?" 하였다. 그때 배 안에는 왜적에게 포로로 잡혀갔다가 되돌아오는 백성 중에 잉부孕婦(아이를 밴 여자)가 있었다. 여러 사람들이 "잉부는 예전부터 뱃길에는 대기大忌(크게 꺼림)하는 바이니, 마땅히 바다에 던져서 액을 막도록 해야겠습니다" 하니 신숙주가 말하기를 "사람을 죽여서 살기를 구함은 덕에 상서롭지 못한 일이다" 하고 억지로 말렸더니 잠시 후에 바람이 잦아들었다.

문충공이 처음에 과거에 올라 집현전에 뽑혔는데, 하루는 당직이 되어 장서각에 들어가서 평시에 보지 못하던 책을 갖다가 읽고 있었는데 시간이 삼경에 이르렀다. 세종임금이 소환小宦을 보내어 엿보았더니 단정히 앉아서 글을 읽었고, 사고四鼓가 되었을 때 또 들여다보니 역시 그와 같으므로, 어의御衣를 주어 장려하였다.

＿서거정, 《필원잡기》 권1

사람이 사람을 사람으로 여기는 것, 내가 우주이듯 모든 사람이 하나의 우주라고 여기고 섬긴다는 것, 사람이 한울이라는 말, 거기에 인류의 미래와 희망이 있을 것이다. 역사를 사육신이나 생육신으로 나누고 그 다음에 세조와 정인지, 그리고 신숙주를 다른 편으로 여길 때는 문제가 있지만 신숙주는 조선 전기의 역사 속에서 한 획을 그은 인물이다. 앞에 둔 일화만 가지고도 그의 사람됨을 알 수가 있다.

머리가 벗어진 자는 걸식하는 자가 없다

- 대머리를 찬양함

　　　　　　　　　　　　　사람마다 나름대로 콤플렉스
하나 안 가지고 있는 사람이 드물 것이다. 아무리 아름다운 사람일
지라도 자신의 외모 중에 어느 한 군데쯤은 자신이 없는 부분이 있
기 때문에 성형외과가 의대생들이 가장 선호하는 과가 되기도 하고
직장에서도 가능성이나 능력을 보기 전에 맨 먼저 외모를 중시하므
로 입사시험을 전후해서는 성형외과가 붐빈다고 한다. 사오정이네
오륙도네 여러 가지 말들이 난무하는 현실에서 얼굴에 자신이 없거
나 제 나이보다 얼굴이 더 나이가 들어 보이는 사람들의 괴로움은
이루 말할 수가 없다는데, 그 중 하나가 앞머리가 벗어진 대머리를
가진 사람들일 것이다.

　내가 다니는 이발소 주인의 말에 따르면 머리가 없는 사람은 이
발을 하다 잘못해서 머리카락 하나만 빠지면 벌컥 화를 내는 사람
이 많다고 한다. 그래서 머리에 머리를 심는 수술도 있고, 머리가
다시 나는 모발 약 선전이 방송을 타기도 한다. 그러다 보니 효과가

있는 약을 발견만 하면 떼돈을 벌 것이라는 말들을 많이 한다. 옛 사람들은 그러한 콤플렉스를 어떻게 극복했는지 그것에 관한 글이 한 편 남아 있다.

　계림鷄林(경주의 옛 이름)의 김자정이 땅을 사서 집을 짓고 띠 풀로 덮고는 스스로 동두童頭(대머리)라 별호를 지었다. 사람이 왜 그런 호를 지었는가 묻자 다음과 같이 대답했다.

　"나의 얼굴이 광택이 나고, 나의 머리칼이 본래 드물었다. 내가 비록 잘 마시지는 못하나 혹 술만 있으면 진하거나 묽거나 탁하거나 사양하지 않았으며, 취하면 모자를 벗고 머리를 드러내니 보는 사람들이 모두 나를 대머리라고 말하는 것이기 때문에 내가 이에 별호로 삼은 것이다. 대개 별호라는 것은 나를 부르는 것인데 나의 별호는 대머리이다. 나를 대머리로 부르는 것이 또한 옳지 않으냐. 사람들이 나의 모습대로 부르고, 나는 받는 것이 또한 마땅하다. 옛날 공자가 나면서부터 이마가 웅덩이처럼 들어가고 사방이 높아서 이로써 이름과 자를 했다 하는데, 그 형체가 잔열殘劣하고 결함이 있는 사람은 지리支離(서로 갈라져 흩어진 상태)라 부르고, 그 몸이 꼽추처럼 된 자는 낙타라 불렀으니, 옛 성현이 형체로서 그의 호로 삼은 것이 또한 많았는데 내 어찌 홀로 사양하겠는가.

　또 속담에 말하기를, '머리가 벗어진 자는 걸식하는 자가 없다' 하니 어찌 그 복의 징조가 아님을 알며, 사람이 늙으면 머리가 반드시 벗어지나니 또 어찌 장수의 징조가 아님을 알리요. 내가 가난으로 걸식하게 되지 아니하고, 수명 또한 바르게 마친다면 내 대머리가 나에게 덕 되게 한 것이 어떠하겠는가. 부귀하고 장수하는 것을 사람인 누가 바라지 않으리오. 그러나 하늘이 만물을 낳으실 때 이빨을 준 자에게는 뿔을 주지 않았고, 날개를 붙여준 자에게는 발을 둘만 주었으니 사람에게도 또한 그러하다. 부귀와 수를 겸한 자 드물다. 부귀함도 능히 보전하지 못하는 자를 내가 또한 많이 보았으니, 내 어찌 부귀를 바라리오. 초옥草屋에 있어 내 몸을 가리고 거친 음식으로 나의 주림을 충족한다. 이와 같이하여 나의 타고난 수명을 마칠 따름이다. 사람들이 이로써 나를 호칭하고, 나도 이로써 자칭하는 것은 내가 나의 대머리된 것을 좋아하기 때문이다" 하였다.

내가 듣고 말하기를 "심하도다. 그대의 뜻이 나와 같은 것이 있음이여. 나의 얼굴빛이 검어 사람들이 작은 까마귀로 지목하므로 나도 또한 일찍 받아들인 적이 있다. 대머리와 까마귀는 외식外飾이 아니다. 그러나 또한 외모로 말미암아 명목 지은 것이니 그 속에 있는 것에 이르러서는 내가 살아온 것에 기인하는 것이다. 얼굴이 악단渥丹(붉고 광택 있는 것) 같이 아름답고도 사나운 자가 있으니 어찌 용모로써 그 진부眞否를 단정하겠는가. 김 군이 웅대하고 웅박雄博한 학문과 큼직하고 민첩한 재능으로, 조정에 벼슬한 지 여러 해 되어 대간의 요직을 역임하고 시종 직에 오랫동안 있어, 빛나는 명성이 매우 겸손하여 부귀를 사모함이 없이 장차 초옥에서 평생을 마칠 것 같이 하니, 그 수양한 바를 가히 알겠다. 이른바 내 비난할 바가 없다는 그 말이 바로 이 사람에 해당한 말이 아니겠는가." 하였다.

창룡蒼龍(갑신년) 임가년 가을 8월 12일에 소오자小烏子는 쓴다.

권근의 《양촌집》 권21 '설說'에 실린 글이다. 대머리를 자신 있게 대머리라고 하고, 얼굴빛이 검어 까마귀라고 부르면 "그래 나는 까마귀처럼 얼굴이 검으니 나를 까마귀라고 불러라. 오늘부터 내 별호는 까마귀다."라고 말할 수 있는 당당함이, 이 땅을 당당하게 살다간 사람들의 본연의 자존이었을 것이다. 그런데 먹고 사는 것, 입고 쓰는 것이 그렇게 부족한 것이 없는 시대를 살면서 왜 그리 콤플렉스도 많고 당당하지 못한 것이 많아서 여러 가지 일들이 꼬리에 꼬리를 물고 일어나는지 모르겠다.

바람의 집

— 김매순의 바람에 대한 탁견

석릉자(김매순의 호)가 미수漢水 가에 파손된 집을 얻어 수리하여 거처하였는데 그 집은 원래 사랑방이 없었다. 중문中門 오른쪽에 기둥 셋을 세우고 그 반을 벽을 치고 방을 만드니, 흙은 흙손이 지났지마는 잘 고를 틈이 없고 나무는 톱만 지났지 대패로 다듬을 겨를이 없었다. 기와, 벽돌, 섬돌, 주춧돌, 금속, 철재 등의 집 짓는데 소용되는 것은 일체의 비용을 덜고 일을 빨리하여 화려하고 견고한 것은 사용할 겨를이 없었다. 터는 우뚝하고 처마는 위로 들려 나지막하면서 엉거주춤하고 한 창문에 종이를 발라 울타리에 겸하였으니, 바라보면 마치 새가 나무에 사는 것 같아서 간들간들 떨어질 듯하다.

일하는 사람이 "바깥문을 만들지 않으면 바람에 괴로울 것입니다" 하였는데, 석릉자가 옳다고 하였다. 하지만 형편이 어려워서 하지 못하였다. 매번 바람이 서남쪽에서 불어와 언덕과 골짜기를 진동시키고, 숲의 나무를 흔들며 모래와 먼지를 날리고, 파도를 격랑시켜 강으로 곤두박질쳐 동쪽으로 나갈 때는 창을 밀치고 문설주를 스쳐가 책상을 흔들고

자리에까지 불어와서 방구석에까지 언제나 소슬하게 소리가 난다. 이것은 마치 손백부(삼국시대 손책의 자), 이아자(후당 사람)가 백만의 군사를 이끌고 광대한 벌판에서 전쟁을 벌여 외로운 성과 하나의 방축으로 그 공격을 막는 것 같으니, 오로지 힘써서 선봉을 무찌르지 않는다면 군사가 지나가는 곳에 베개를 높이 하고 놀 사람도 드물 것이다. 그래서 이름을 풍서風樓라고 지었다.

석룽자는 일찍이 약관에 과거에 합격하여 안으로 믿을 만한 재산이 없고 밖으로 끌어주는 사람도 없었으나 화려한 벼슬과 요긴한 자리를 두루 겪었는데, 동년배로서 나보다 낙후된 사람들이 혹 나를 보고 영화롭다고 생각한다. 그러나 나 자신을 돌아보면 도량이 작고 성정이 심히 옹졸하여 움직이기만 하면 시세와 어긋나서, 훼방이 뼈를 녹이는 데는 이르지 않았지마는 충분히 전진을 가로막았으며, 시기가 이르는 데까지는 이르지 않지만 충분히 은총을 만나는 것을 이간시키니, 대체 십수 년을 관직에 있었지만 흔들려 하루도 편한 날이 없었다. 그 뒤 얼마 지나지 않아 난리가 일어나니 칼날과 살촉이 미치지는 못하였으나 그물로 덮자 인적이 드물어지고 금수들도 사라지고 말았다. 이리하여 여러 사람이 석룽자를 걱정하고, 석룽자 자신도 반드시 다행하지 못할 것으로 생각하였다. 그리하여 밥 먹고 물 마시는 것과 처자의 봉양을 평소와 같이 하기를, 바람이 심한 때라도 집안에서 돗자리를 깔고 거처하는 것처럼 하였다.

어떤 사람이 말하기를 "바람風이란 요동하는 물건이요, 깃드는 집樓은 편안한 곳이다. 편안하면서도 요동하는 것을 면치 못하고 요동하면서도 편안함을 잃지 않으니, 바람과 깃드는 집은 서로 순환하여 마지않는 것이며, 석릉자의 뜻과 행동이 여기에 있는 것인가?" 하였다.

석릉자가 말하기를 "바람은 진실로 사실을 기록한 것이다. 자네가 그것을 광범위하게 설명하기를 원하는가? 대체로 해와 달, 추위와 더위, 바람과 비, 뇌성과 벼락은 모두 하늘과 땅의 가르침인 것이다. 그러나 해는 양을 맡고 달은 음을 맡으며, 더위는 사물을 펴주고 추위는 거두며, 비는 사물을 불어나게 하고 벼락은 내려치니, 저들은 오로지 한 가지의 기능이 있는 것이지 나머지 것을 서로 통할 수는 없는 것이다. 그러나 바람은 그렇지가 않다. 방위를 맡아서는 사방이 되고, 천지의 모퉁이를 합해서는 팔방풍이 되고, 소식을 전하여 24풍이 되고 네 계절에 조화로와 72풍이 되어서 한시도 바람이 아닌 때가 없다. 북쪽 바다에서 일어나서 남쪽 바다로 들어가기까지 왕궁과 여염집을 가리지 않고 불어대니 한 곳도 바람이 오지 않는 곳이 없으며 큰 나무는 뽑아버리는 일이 있지만 굽은 싹은 길러주고, 몹시 단단한 얼음이 얼지만 물결의 파란을 일으키니, 하나의 일도 바람이 아닌 것이 없는 것이다. 저 하늘과 땅 사이에서 형체를 받은 것이 하루라도 바람을 떠나서 살 수 있는 것이 있겠는가?

석가는 땅, 물, 불, 바람을 외계의 사대四大로 삼으니 형체와 바탕이 있는 것은 땅이요, 진액津液을 불어나게 해주는 것은 물이요, 찌는 듯이 덮이는 것은 불인 것이다. 그러나 그것을 불거나 빨아 넣거나 굽히거나 뻗게 하는 것과, 가고 멎고 앉고 눕게 하는 것과, 빈축하며 웃거나 소리쳐 부르는 것 등 모든 한 몸의 운동과 한 세상의 작용이, 가는 곳마다 바람이 아닌 것이 없다. (중략) 아침에는 바람이 화한 듯하다가 저녁에는 분란을 일으키는 것이니, 특히 바람으로서는 작고 작은 것이라 바람이 아니라 하여도 무방할 것이다. 남도 바람이요, 나도 바람이니 유독 나에게만 그러하겠으며 옛날도 바람이요, 지금 역시 바람이니 단지 이 집만 그러하랴?

생각하건대, 바람에 처하는 데에 길이 있으니 막막한 데에 정신을 모으고 빈 데에 형체를 맡겨서 가해 오더라도 어기지 말고 거슬러 오더라도 부딪치지 말며, 바람도 나를 어떻게 하겠는가? 편안도 없고, 요동도 없고, 바람도 없고, 깃들 것도 없다면 면할 것이 뭐가 있어 기쁘겠으며 잃을 것이 뭐가 있어서 두렵겠는가? 그대 말이 근사하기는 하나 그 경지를 벗어나지 못한 것이 아닌가." 하였다.

그래서 이 글을 써서 풍서기風棲記라고 이른다.

대산 김매순의 〈풍서기〉로 《여한십가문초麗韓十家文抄》에 실려 있는데, 스트븐 리 웨인버그는 《람타》라는 책에서 바람을 다음과 같이 묘사했다.

나에게 바람은 궁극적인 본질이었다. 왜냐하면 바람은 영속하고, 자유롭게 움직이며, 어디든지 스며드니까 경계도 없고, 형태도 없으니까 마술 같고, 탐구적이며, 모험을 좋아하니까 (중략) 바람은 인간을 심판하지 않는다. 바람은 결코 인간을 용서하지도 않는다. 부르기만 하면 바람은 당신에게 다가올 것이다. 사랑으로, 내 이상은 바로 그런 것이었다. 그래서 나는 바람이 되고 싶었다.

우리가 매일 접하면서도 접하는 줄 모르는 것들이 바로 빛이며 바람이며 공기일 것이다. 박재삼 시인은 〈바람 앞에서〉라는 시에서 "바람아, 바람아, 나는 네 앞에서 늘 앞이 캄캄해진다"라고 했고, 발레리는 "바람이 분다, 살아야겠다"라고 노래한 것처럼 우리가 고통이나 절망 때문에 그냥 앉아 있을 때 우리를 일으켜 세우는 것이 한 줄기 바람이다. 바람이 불 때 그 바람의 숨결로 말미암아 다시 길을 걸을 수 있는 것도 바람의 힘이다.

봄바람이 분다거나 눅눅한 여름바람과 가을바람, 하늬바람이라고 부르는 그 바람을 이토록 세밀하게 묘사한 글을 읽다가 보니 바람 부는 벌판에 나아가서 바람을 맞고 싶다.

나는 것은 순서가 있어도
가는 것은 순서가 없으니

- 노년에 대하여

민찬성은 나이 칠십이 넘어서 손수 과일나무 접을 붙이니, 같은 마을에 사는 여러 젊은 명관名官들이 이것을 보고 웃으면서 "귀공은 아직도 백년 계획을 세우는 것인지요" 하였다. 그 말을 들은 민찬성이 "바로 그대들을 위해 선물을 남기고 싶네" 하였다. 그 뒤 민공이 아흔네 살이 되어 그때 그에게 말을 건넸던 여러 명관의 제삿날에 손수 그 과일을 따서 부조를 하였다.

옛날 송나라 사람인 양대년(대년은 양억의 자)이 약관일 적에 주한과 주앙과 함께 한림원에 있었는데, 이 두 사람은 이미 머리가 하얗게 세었다. 매사를 의논할 때마다 양대년은 그들을 업신여겨 "두 노인의 생각은 어떻습니까?"라고 하였다. 주한은 매우 불쾌하게 생각하여 다음과 같이 대답했다.

"그대는 늙은이를 그리 깔보지 마쇼. 필경은 이 백발을 남겨 그대에게 꼭 선물할 것이네."

그 말을 받아 주앙도 "백발을 남겨서 그를 주지 마시오. 다른 사람

이 그를 깔보는 것을 못하도록 해야죠." 하였는데 그 말처럼 양대년은
과연 오십도 살지 못하고 죽고 말았다.

_ 박지원, 《열하일기熱河日記》

사람이 젊을 적에는 앞길이 멀고 보니 자기는 늙을 날이 없을 듯
이 무슨 이야기를 하다가 노인을 업신여기는 실수를 가끔 범한다.
이것은 비단 철없는 어린 소년의 경박한 짓일 뿐 아니라 대개는 앞
날의 복도 받지 못하는 것이니 불가불 조심해야 할 것이다. 사람이
태어나는 것은 순서가 있지만 가는 것은 순서가 없다는 말, 가슴에
새겨둘 일이다.

좋아하는 것과 싫어하는 것

– 서로 다른 기호에 대한 인정

사람의 기호가 같지 않은 것은 성질이 그렇게 하는 것이다. 재추 김순은 구실口實을 잘 먹고 일임은 국수를 잘 먹으며, 서후산은 대구탕을 잘 먹고 나의 백형은 노태蘆薈를 좋아하니, 이 네 가지는 모두 맛있는 것이 아니었으나 아주 좋아하였다. 배재지는 국수를 싫어하여 국수를 보기만 하면 반드시 상 밑에 내려놓는지라, 사람들이 그 까닭을 물었더니 "사람들이 국수를 먹을 때 입속에 가득히 넣고, 쭉쭉 빠는 것을 보면 심신이 떨리고 흔들린다"고 대답하였다.

손계성은 수박을 싫어해서 "한 조각이라도 입에 들어가면 속이 받지 않는다" 하고, 최제학은 대구탕을 싫어하여 "이 고기의 냄새만 맡아도 머리가 아파서 찢어질 것 같다"고 하였고, 신정랑은 순채를 싫어하여 "만약 엉기어 미끈미끈한 것만 없으면 먹겠다"고 하니, 이 네 가지는 모두 맛있는 것이지만 싫어하기를 이와 같이 하니, 사람이 음식을 좋아하고 싫어하는 것은 본시 정해진 것이라 바꿀 수 없는 것이다.

_ 성현, 《용재총화》 권7

늘 생활한복만 입고 다니고 오래전에 '전라세시풍속보존회'를 발족하여 활동하고 있는 내가 커피와 콜라, 그리고 클래식 음악을 좋아하며 아파트에 살고 있다는 사실을 알고 사람들은 놀래기 일쑤이다. 녹차에다 우리 전통 음악인 판소리나 풍물 가락을 좋아하고 고즈넉한 마을의 한옥에서 살고 있을 것 같은 내가 엉뚱하게도 자본주의의 상징인 코카콜라와 커피, 그리고 브람스와 모든 음악가들의 레퀴엠을 좋아한다는 사실에 지레 배반감을 느끼는지는 모른다. 하지만 한 사람 한 사람이 서로 다른 우주라고 볼 때 좋아하는 것이 맞을 수도 있지만 틀릴 수도 있다는 것이 당연하리라.

어떤 사람은 개고기를 좋아하고 어떤 사람은 매우 싫어하는데 나 같은 경우는 일 년에 몇 차례씩 보신탕집에 간다. 어떤 사람은 홍시를 좋아하고 어떤 사람은 사과를 좋아하고, 그렇게 좋아하고 싫어함이 서로 다르다. 그런데도 남의 우주를 두고 이러쿵저러쿵하는 것은 자기와 다른 우주를 자기 우주의 기준으로 보기 때문에 그러는 것으로 생각한다면 나를 생각해주는 사람들에 대한 예의가 아닐까?

이마를 만지기를 원하오
- 손님을 접대하는 방법

한 수령이 손님을 접대하는데 반찬의 등분을 상중하 세 가지로 나누고 언제나 담당 아전과 약속하기를 후하게 대접해야 할 손님이면 머리를 만지고, 그보다 낮은 손님이면 코를 만지고, 그 다음 손님은 턱을 어루만지기로 약속하여 풍성하고 검약하게 대접하는 것을 이것으로 신호를 삼고 있었다. 한 손님이 수령이 턱을 만지는 것을 지켜보고 자리를 피하면서 "일찍부터 친한 사이인데 이마를 만지기를 원하오" 하니 수령이 얼굴을 붉히고 반찬도 풍성하였다.

《해동잡록》권4에 실려 있는 글이다. 도시에서는 지금은 그런 풍속을 찾아보기 어렵지만 아직도 시골마을은 정초 때에는 손님들이 많이 찾아온다. 사는 게 넉넉하다면야 별문제 없지만 형편이 여의치 않을 땐 손님맞이가 얼마나 힘겨운 일인지 모른다. 좋은 쪽으로 해석하면 그 고을의 살림살이가 그리 풍족하지 않았을 터이고, 나쁜 쪽으로 보자면 수령의 사람 차별이다. 어쨌든 수령의 손님 차별은 아니꼽지만, 손님의 재치있는 언변은 재미있다. 프로야구 경기장에서 감독과 투수가 서로 사인을 보내다 미리 알아차리면 홈런에 안타에 혼쭐이 나는 것처럼 미리 알려져 홍당무가 되어버린 수령, 그것조차도 세상이라는 요지경 속의 한 부분일까?

자식을 낳으면 서울로 보내고 말을 낳으면 제주로 보내라?

- 뿌리 깊은 서울 선호사상

오성부원군 이항복이 말했다.

"준마가 경성에서 새끼를 나면 마땅히 외방外方에서 길러야 하고, 선비가 외방에서 태어나면 마땅히 경사京師(서울)에서 길러야 한다." 진실로 이 말은 맞다. 근래에는 경사도 물자가 모자라서 아무리 좋은 말이 있어도 먹여 기를 수가 없으니, 준마의 재주를 완성하고자 하면 의당 외방에서 길러야 한다. 외방의 유학儒學하는 선비들은 즐겨 공부에 힘쓰지 않아서 비록 재주 있는 자식이 있어도 성취할 수가 없으니, 그 아들이 성취하기를 바란다면 마땅히 경사에서 길러야 할 것이다.

내가 보건대, 조정의 반열 가운데 무소 뿔, 금, 은으로 띠를 한 높은 품계의 관리는 모두 서울 사람인데, 이는 조정에서 사람을 등용하는 것이 편파적이어서가 아니다. 근래에 서울에서 오랫동안 벼슬살이하는 괴로움은 외방보다 더 심하다. 외방 출신 조정의 선비들은 서울에서 오랫동안 벼슬살이하는 것을 즐겨하지 않는다. 아! 도성 십 리 안에 인재가 몇이나 되건대 조정에 가득한 높은 관리들이 모두 이들 중에서 나온단 말인가? 지금 장래가 촉망되는 인재로 높은 관직을 원하는 사람은 서울을 버리고 어디로 갈 것인가? 그렇다면 외방의 인사들은 서울의 망아지와 비교할 것인가?

_ 유몽인, 《어우야담》

오늘의 현실과 비슷하다. 서울, 특히 강남 지역의 학생들이 서울의 뛰어난 대학에 들어가고 그들이 좋은 직종을 독차지하는 것이 어제오늘의 일이 아니다. 계속해서 이어온 서울 선호사상은 그 뿌리가 깊다. 민족의 스승이라고 일컬어지는 다산 선생도 그의 아들에게 서울에서 살도록 하라는 편지를 보냈다.

"내가 요즘 죄인이 되어 너희들에게 아직은 시골에 숨어서 앞으로의 계획을 세우라고 하였다만 사람이 살 곳은 오직 서울의 십 리 안팎뿐이다. 만약 집안의 힘이 쇠락하여 서울 한복판으로 깊이 들어갈 수 없다면 잠시 동안 서울 근교에서 살면서 과일과 채소를 심으며 삶을 유지하다가 자금이 점점 불어나면 서둘러 도시 복판으로 들어간다 해도 늦지는 않다."

다산의 글을 읽으면 지방에 살고 있는 대다수의 힘도 없고 줄도 없는 부모들이 자식들에게 하는 신신당부 같아서 가슴이 멍해진다. 자식을 낳으면 서울로 보내고 말을 낳으면 제주로 보내라는 말이 언제까지 이어질 것인가?

나를 사랑하듯 남을 사랑하라
- 박지원의 애오려제영愛吾廬題詠

도연명의 시에 '애오려愛吾廬'

라는 것은 내 집을 사랑한다는 것이고, 홍군 덕보(홍대용)가 자기 거실에 이름을 지어 붙이기를 '애오려'라고 한 것은 나를 사랑한다는 것으로써 집 이름을 지은 것이다. 내가 듣건대 인자仁者는 남을 사랑한다고 하였으나 나를 사랑한다고는 하지 않았다. 비록 그러하기는 하지마는 나를 사랑하듯이 남을 사랑하는 것이 옳은 것이다.

왜냐하면 대개 내가 태어남에 이목백체耳目百體가 있고 덕성이 마음에 간직하게 된다. 그리하여 내 귀를 사랑하면 귀가 밝아지고, 내 눈을 사랑하면 눈이 밝아지며, 내 백체가 사랑을 얻게 되면 순하여지고, 내 덕성이 사랑을 얻게 되면 바르게 되어 사랑을 받지 아니함이 없게 된다. (중략) 그러므로 군자는 오직 나를 사랑하는 도에 힘써서 실력을 다할 뿐이니 이것이 바로 덕보의 뜻이로다. 그러나 나를 사랑하는 것이 남을 사랑할 수 있으리라는 것만 알고 남이 곧 한 큰 나라는 것을 알지 못하면 어찌하겠는가?

모두 다 잠든 새벽에 일어나 박지원의 글 한 편을 읽으며 나를 생각한다. 그대도 나이고 임도 결국 나라고 볼 때 세상의 사물 그 어느 것 한 가지도 나 아닌 것이 없음을 안다. 그러한 내가 이 세상에 깨어있을 때, 그래서 흐르는 시간의 소리를 하나 둘 세고 있음이 문득 슬픔처럼 느껴지고, 부스스 일어나 그대를 생각한다. 내가 그리는 세상, 그대가 그리는 세상이 항상 허공을 맴돌고 있지만 언젠가는 그 세상에서 활짝 웃으며 만날 수 있으리라는 믿음이 있기에 오늘 이 아침이 더욱 정갈한지도 모르겠다.

　나를 사랑하듯 세상을 사랑하는 하루가 되고 한 달이 되어 한 해가 마무리되고 내 인생이 저물어 가기를 바랄 뿐이다. 가는 그 시간 환한 웃음 머금고 다가오는 그대가 되기를 바랄 뿐이다.

배가 물에 흘러내리듯 걸어야

– 최한기의 걸음걸이설

행동이란 온몸의 가지는 태도가 나타나는 것이어서, 이목구비나 사지四肢로 길흉을 알아내는 것과 비교할 수 없다. 착한 사람의 걸음걸이는 배가 물에 흘러내리듯 하여 몸은 신중하고 다리는 가벼우며, 소인의 걸음걸이는 불이 타오르듯 하여 몸은 경솔하고 다리는 무겁다. 그러므로 걸음걸이는 머리를 뒤로 재끼고 다리를 구부리지 말아야 하고 또 몸을 비틀어 꺾어서도 안 된다. 걸음이 지나치게 높으면 오만하고 지나치게 낮으면 비굴하며, 지나치게 급하면 난폭하고 지나치게 더디면 느리다. 주선周旋과 진퇴進退가 각각 절도에 맞고 거동이 단정하여 남이 보고 감동하며, 행동거지가 조용하여 남의 눈에 거슬림이 없는 것은 모두 귀격貴格의 행동이다.

사지가 제각기 움직이고 삼절三節이 구부정하며, 발을 끌어서 느리게 옮기거나 몸이 나아가면서 곧바로 가지 않으며, 좌우를 훔쳐보아 마치 무슨 물건을 도둑질할 생각을 품은 듯하거나 걷다가 고개를 돌려 뒤를 돌아보는 것은 심장이 놀라거나 산란한 것이며, 까치가 뛰는 듯 깡충 깡충 걷거나 뱀이 기듯 꾸물거리는 걸음은 모두 좋지 못하다.

대개 행보의 동작이 귀천과 직접 관계되는 것은 아니나, 선악은 걸음걸이 사이에 자연 나타난다. 귀천은 행동에서 얻어지는 것이니 행하는 일이 선하면 이것은 참 귀한 걸음걸이요, 행하는 일이 천하면 행보의 동작이 비록 귀격貴格이라도 이것은 실로 천한 걸음걸이이다.

_ 최한기, 《인정》 권3

내가 걷는 걸음걸이가 그런대로 괜찮다고 생각한 것은 그리 오래전 일이 아니다. 모든 것에 자신이 없었던 나는 걷는 내 걸음걸이조차 자신이 없어서 불안하다고 느꼈고 그래서 남과 같이 걸을 때에도 앞에서 걷지 못하고 뒤에서만 걸었다. 그러다 수많은 길을 걷게 되면서 사는 것도 결국 혼자서 살고 걷는 것도 누구의 힘을 빌리지 않고 걷는데 어느 것에 개의하랴, 하는 생각을 하게 되면서 내 걸음걸이에 신경을 쓰지 않게 되었다. 며칠 전 함께 걸었던 서울의 어느 도반이 자기는 팔자걸음을 걷는데, 친정어머니가 팔자걸음을 걷고 자기도 그렇게 걷는 것을 보면 그것도 유전인지 모르겠다는 말을 들으며 사람들은 누구나 자기의 걷는 걸음걸이마저도 자유스럽지 못하다는 것을 깨달았다. 헤르만 헤세는 말한다.

"인생의 길이란 급히 가건 느리게 가건 앞길에는 허다한 길이 있고, 재물은 악한 방법으로 모으건 좋은 방법으로 모으건 죽음에 이르러서는 결국 한바탕의 빈 것이 되고 만다." 당신은 어떤 것을 꿈꾸며 어떤 자세로 세상이라는 길을 걸어가고 있는가?

백이 숙제가 원수

– 박지원의 해학

　　　　　　　　　　"어제 이제 묘 앞에서 점심
을 먹을 때 고사리 넣은 닭찜이 나왔다. 맛이 매우 아름답고 또 길에서
변변한 음식을 먹지 못한 끝이라 별안간 입맛이 당기는 대로 달게 먹었
으나, 그것이 구례舊例인 줄은 몰랐다. 오후에 길에서 소낙비를 만나서 겉
은 춥고 속은 막히어 먹은 것이 내려가지 않고 가슴에 그득히 체하여 한
번 트림을 하면 고사리 냄새가 목을 찌르는 듯하여 생강차를 해 마셔도
속이 오히려 편하지 않기에 이 한창 가을에 철 아닌 고사리를 주방廚房은
어디서 구득해 왔는고?" 하고 물었더니, 옆에 있는 사람이 말하였다.

　　"이제 묘에서 점심참을 대는 것이 준례가 되어 있사오며, 또 사시를
막론하고 여기서는 반드시 고사리를 먹는 법이 없기에 주방이 우리나라
에서 마른 고사리를 미리 준비해 가져와 여기에서 국을 끓여서 일행을
먹이는 것이 이제 벌써 고사古事로 되었답니다. 10여 년 전에 건량청乾糧廳
이 이를 잊어버리고는 갖고 오지 않아서 이곳에 이르자 궐공闕供되었으
므로, 건량관乾糧官이 서장관에게 매를 맞고서 물가에 앉아 푸념하기를

'백이 숙제 백이 숙제야, 나하고 무슨 원수야 나하고 무슨 원수야' 라고 하였답니다. 소인의 소견으로서는 고사리가 고기만 못하고, 또 듣자온즉 백이들은 고사리를 뜯어 먹고 굶어 죽었다 하오니, 고사리는 참 사람 죽이는 독물인가 하옵니다." 하니 여러 사람들이 모두 허리를 잡았다.

태휘란 사람은 노참봉의 마두馬頭인데, 초행일 뿐더러 위인이 경망해서 조장을 지나다가 대추나무가 비바람에 꺾이어 담 밖에 넘어진 것을 보고는, 그 풋열매를 따 먹고 배앓이에 폭설이 멎지 않아서 방장 속이 허하고 몸이 달고 마음이 답답하고 목이 타는 듯하다가 급기야 고사리 독이 사람 죽인다는 말을 듣고 큰 소리로 몸부림치면서 "아이고, 백이 숙채熟菜(삶은 나물)가 사람 죽이네. 백이 숙채가 사람 죽인다"고 하니, 숙제와 숙채가 음이 비슷한지라, 또한 당에 가득한 사람들이 깔깔거리고 웃었다.

_ 박지원,《열하일기》

박지원의 글을 읽으면 배꼽을 쥐고 웃어야 할 때가 많이 있다. 특히《열하일기》중에 그런 구절이 많은데 조선 사대부들이 그토록 닮고자 했던 백이 숙제의 고사리를 주제로 이렇게 신선하고 또 방정맞다고 볼 수 있는 글을 쓸 수 있었던 그 용기에 실로 탄복할 뿐이다. 또 박지원은《열하일기》〈구외이문〉 여음리麗音離 동두등절東頭殳切에서 우리가 자주 쓰면서도 그 전래되었던 연유를 모르는 고린내와 동이에 대해 다음과 같이 말한다.

역졸이나 구종군들이 배운 중국말은 틀린 것이 많았다. 그들의 말은 저희도 모르는 채 그대로 쓰고 있다. 냄새가 몹시 고약한 것을 '고린내(高麗臭고려취)'라고 한다. 그 이유는 고려 사람들이 목욕을 하지 않으므로 발에서 나는 냄새가 몹시 나쁜 까닭이다. 그리고 물건을 잃고는 '뚱이(東夷동이)'라고 한다. 이 말은 동이가 훔쳐 갔다는 말이다. 그러면 려麗의 음은 리離요, 동東은 터우떵頭登의 절음切音임에 불과하고, 우리나라 사람들은 이를 알지 못한 채 나쁜 냄새가 나면 '아이, 고린내'하고, 어떤 사람이 물건을 훔쳐갔다고 생각될 때에는 '아무개가 뚱이東夷야'한다. 그리하여 뚱이는 물건을 훔쳤다는 별명인 양 되었으니, 어찌 한심하지 않으랴.

탐관의 해악은 작고 청관의 해악은 크다
- 이탁오의 '탐관과 청관' 론

소인이 나라를 그르치면 그래도 구제할 수가 있는데, 만약 군자가 나라를 그르치면 어떻게 할 수가 없다. 왜냐? 그들은 대체로 스스로 군자라서 마음에 부끄러움이 없다고 생각한다. 그러므로 그들의 담이 더욱 커지고, 의지가 더욱 굳어진다. 그러니 누가 막을 수 있겠는가? 주자 같은 경우 역시 이와 같다. 그러므로 나는 매번 탐관貪官의 해악은 작고 청관淸官의 해악은 크다고 하는 것이다. 탐관의 해악은 백성에게까지 미치고, 청관의 해악은 아들 손자에게까지 미친다.

청관의 해악 중에 세 가지가 있는데《노잔유기老殘遊記》에 나오는 강필이라는 청관은 스스로 돈을 도모하지 않는다고 여겨 사람 목숨을 파리 목숨처럼 죽이고도 마음에 부끄러움을 느끼지 않았다. 둘째는 자신을 경세제민經世濟民에 두었다고 생각하는 청관으로 고집스럽게 자기 뜻대로 하면서 걸핏하면 철완鐵腕의 수단을 선택하였다. 이처럼 높은 자리에 있는 청관의 방침이 일단 잘못되면 그 해악의 거대함은 상상을 초월하고 아무 생각 없는 탐관이 저지른 것을 훨씬 초과한다.

위의 글은 《분서焚書》의 저자로 감옥에서 자살한 이탁오의 《독승암집讀升庵集》 당적비當籍碑의 이론 중에서 '청관의 해악이 탐관보다 더 크다'라는 글이다. 이탁오는 대표적인 탐관을 왕안석으로 보았으며, 마지막 청관으로 꼽은 사람이 주자였다. 주자는 '천리를 보존한다在天理'라는 깃발을 높이 들고 사상적으로 수많은 해독을 끼쳤다.

그런 연유로 청나라 때의 학자인 대진은 《맹자자의소증孟子字義疎證》에서 "사람이 법에 의해 죽으면 그래도 가련히 여기는 자가 있는데, 이理에 의해 죽으면 누가 가련히 여기겠는가? 정程, 주朱가 제시한 이理와 욕欲의 구분은 바로 잔인하게 죽이는 도구가 되었다."라고 주, 정자의 사상을 통렬하게 비판하였다.

지금의 시대도 그 시대나 마찬가지이다. 탐관은 그때나 지금이나 득실거리고 이름만 바뀌었을 뿐이지 "내가 00에 있을 때 너희는 이밥을 먹지 않았느냐?"고 외치다가 청관이 된 일부 사람들은 "△△ 때문에 도끼자루 썩는지 모른다"는 옛 속담처럼 스스로 꾐에 빠져 세월 가는 줄 모른다. 세월은 잘도 가는데.

논어 병풍에
한서 이불

【 글 · 책 · 마음 이야기 】

책을 읽을 뿐

- 황희 정승의 여유

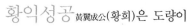황익성공黃翼成公(황희)은 도량이
넓어서 조그만 일에 거리끼지 아니하고 나이가 많고 지위가 높을수록 더
욱 스스로 겸손하여, 나이가 90세인데도 방에 앉아서 종일 말없이 두 눈
을 번갈아 뜨면서 책을 읽을 뿐이었다. 방 밖의 서리 맞은 복숭아가 잘
익었는데 이웃 아이들이 와서 함부로 따자, 느린 소리로 "나도 맛보고
싶으니 다 따가지는 마라" 하였지만 조금 있다가 나가보니 한 나무의 열
매가 모두 없어지고 말았다. 아침저녁 식사를 할 때마다 아이들이 모여
들면 밥을 덜어주며, 떠들썩하게 서로 먹으려고 다투더라도 공은 웃을
따름이었으니, 사람들이 모두 그 도량에 탄복하였다. 재상 된 지 20년
동안 조정은 공을 의지하였고 중히 여겼으니, 개국 이후 재상을 논하는
자는 모두 공을 으뜸으로 삼았다.

_ 성현, 《용재총화》 권3

임어당은 《생활의 발견》에서 "책은 인생의 그림이나 도시의 사

진과 같은 것이다. 뉴욕이나 파리의 사진을 보았으나 정말 본 적이 없는 사람이 많다. 그러나 현자는 글과 함께 인생 자체를 읽는다. 우주는 한 편의 커다란 책이다. 그리고 인생은 커다란 학교이다." 라고 했다. 수많은 책들 중에서도 정선된 좋은 책을 읽다가 보면 세상의 재미가 다 그 속에 있음을 알게 되고, 그러다 보면 인생이 책과 같고 책이 인생과 같은 경지에 이를지도 모른다. 그 다음에 우리가 아웅다웅 할 그 무엇이 있겠는가?

마음 속 도둑과 마음 바깥 도둑

— 명재상 허조 이야기

조선시대 최고의 명재상으로 알려진 황희와 함께 쌍명상雙名相으로 손꼽히는 허조는 수신제가를 이룬 사람으로도 유명하다. 그는 평생에 걸쳐 한번도 닭이 운 뒤에 일어난 적이 없다는 절도 어린 엄격한 생활로 일관하였다. 그가 밤중에 단정하게 책상 앞에 앉아 있을 때 집안에 도둑이 들어 물건을 훔쳐간 적이 있었다. 그때 허조는 졸지도 않으면서 마치 진흙으로 만들어 놓은 허수아비처럼 앉아 있었다. 도둑이 간 지 오래되어 집안사람들이 도둑을 맞은 것을 눈치 채고 그를 쫓았지만 붙잡지 못하고 분통을 터트리며 눈 뜨고 있으면서 도둑맞은 것을 탓하자 그는 다음과 같이 말했다고 한다.

"이보다 더 심한 도둑이 마음속에서 싸우고 있는데, 어느 여가에 바깥 도둑을 걱정하겠는가?"

정암 조광조의 시문집인 《정암집靜庵集》에 소개되어 있는 일화인데, 이 고사는 수산이 삼매경을 나타내는 것으로 후세 사람들이 곧 잘 인용한 글이다. 가장 무서운 적은 바깥에 있는 것이 아니고 내 안에 있다. 내 마음속의 적도 무찌르지 못하면서 어찌 외부의 적을 이길 수 있겠는가? 대부분의 세상 사람들이 괴로워하고 슬퍼하는 것은 먼 곳에 있는 사람이나 멀리 있는 것 때문이 아니라 가장 가까운 사람이거나 그 자신 때문인 경우가 더 많다. 현재 당신의 적은 누구이며, 무엇 때문에 그처럼 괴로워하는가?

학문에 뜻을 두고서

– 퇴계 이황의 마음 이야기 1

 말하였다.

"나는 젊어서부터 학문에 뜻을 두었으나 나에게는 학문의 뜻을 깨우쳐줄 만한 스승이나 벗이 없어서 10년 동안 공부에 착수하고도 들어갈 길을 몰라 헛되게 생각만 하고 갈팡질팡하였다. 때로는 눕지도 않고 고요히 앉아서 밤을 새운 적도 있었는데 드디어는 마음의 병을 얻게 되어 여러 해 동안 학문을 중지하지 않으면 안 되었다. 만약 참된 스승이나 벗을 만나 아득한 학문의 길을 지시받았더라면 어찌 구태여 심력心力을 헛되이 써서 늙은 지금에 이르기까지 얻은 바가 없기에 이르렀겠는가?"

_ 이황, 《퇴계집》

그리스의 철학자인 소크라테스가 "나는 내가 아무것도 모른다는 것을 알 뿐이다"라는 말을 남겼듯이, 대학자인 퇴계는 그 자신의 학문이 깊지 못함을 한탄했다. 허나 그때나 지금이나 나 자신이 그 분야에서 가장 전문가라고 뻐기는 사람들이 여전히 많다. 아래 백락

천의 시구가 가슴 속을 파고든다.

번거로움을 면하려면 고요가 제일이요,

졸렬함을 면하려면 부지런함이 제일이다

사람이 사람의 마음을 가지고 산다는 것

- 퇴계 이황의 마음 이야기 2

한 해가 간다고 여기저기서 떠들썩하면 이 생각 저 생각에 잠겨 있다가 이런 계획 저런 계획을 세워본다. 하지만 어떤 계획은 하루도 안 가서 모래성처럼 무너지고 어떤 계획은 며칠도 못 가서 무너지고 만다. 내가 나를 안다는 것이 이다지도 어렵고, 그래서 내가 나와 약속한 그것마저 제대로 지키지 못하면서 나 아닌 그대를 비판하고 나무라는 것은 얼마나 부조리한 일인가.

퇴계 선생이 말하기를 "어느 날 내가 금문원(이름은 난수로 퇴계의 제자)의 집에 갔는데 산길이 몹시 험했다. 그래서 갈 적에는 말고삐를 잔뜩 잡고 조심하는 마음을 놓지 않았는데, 돌아올 때에는 술이 거나하게 취해서 갈 때의 그 험하던 것을 아주 잊어버리고 마치 탄탄한 큰길을 가듯 하였으니, 마음을 잡고 놓음이란 참으로 무서운 일이 아닐 수 없다고 하겠다."고 하였다.

또 어느 날 퇴계는 "사람이 사람의 마음을 가지고 산다는 것은 심히 어려운 일이다. 내가 일찍이 걸음을 걸으면서 시험해 보았는데, 한 걸음 동안이라도 마음을 가지고 살기가 또한 어려웠다."고 하였다. 학봉 김성일이 스승을 생각하며 전한 말이다.

한 사람이 하루 동안 하는 생각이 대체로 오만 가지쯤 된다는데 그 생각 중에는 곧은 생각도 있고 구부러진 생각도 있고 별의별 생각들이 다 있을 것인데 어떻게 제대로 된 생각만 할 수가 있겠는가? 하지만 매 순간 계획하고 수정하다 없어질지라도, 다시 무엇인가를 계획하고, 그리고 부서져 가는 것을 바라보며 씁쓸해할지라도 나는 다시 새로운 꿈을 꾸고서 길을 나설 것이다.

마음에 얽힌 퇴계 이황의 다른 이야기가 전한다. 퇴계의 제자인 이국필이 전한 말이다.

이국필이 어느 날 퇴계 선생에게 묻기를 "돌아가신 아버지를 곰곰이 생각하다 보니 일찍이 국필國弼이란 제 이름이 천하기도 하고 뜻도 없는 이름이라 하시면서 늘 고치고자 하였는데, 이제 아버지의 그 뜻을 따라서 아버지의 영전에 고하고 고치는 것이 어떻겠습니까? 또 국필은 본래부터 성질이 경박하여 깊고 무거운 구석이 없으니, 청하건대 그윽한 뜻을 이름자 가운데 넣으면 고명사의顧名思義(이름을 보고 뜻을 생각하는)의 보람이 있지 않을까 싶습니다." 하였다.

이국필의 말을 들은 퇴계 선생은 "비록 아버지께서 고치고자 하는 뜻은 있었다고 하지만 이미 고치지 않았으니, 지금도 고치지 않는 것이

나을 것으로 생각한다. 하물며 현재의 정한 이름이 뜻이 없다거나 천하지 않은 데에야 말할 수 있는가. 또 그대가 성질이 경박해서 깊고 무거운 곳이 없는 결점을 이미 알고 있었다면, 마땅히 마음을 두고 힘을 써서 허물을 고쳐 착한 데로 옮겨가면 넉넉한데, 어찌 이름을 고친 다음에야 그 결점이 고쳐질 것이라고 할 수 있는가. 가령 이름을 고치고도 그 허물을 고치지 못한다면, 또 그 허물을 이름이 잘못된 데 돌리어, 또 이름을 고쳐서 허물을 고치려고 들 것인가. 이게 또한 그대의 결점이자 병통이다." 하였다.

또 퇴계의 제자인 이덕홍이 젊었을 때의 일이다.

퇴계 선생이 이덕홍을 불러서 "너는 너의 이름의 뜻을 알고 있느냐?" 하고 묻자 이덕홍이 "저는 모릅니다" 하였다. 선생은, "덕德 자는 행行을 따르고 곧음을 따르고 마음을 따를 것이니, 곧 '곧은 마음을 행한다'는 말이다. 옛 사람은 이름을 지을 때에 반드시 그 사람에게 관계를 주는 것이다. 너도 이름을 본받아라." 하였다.

몇 년 전 장수 팔공산에 있는 어느 절에 갔을 때의 일이다. 주지 스님이 차를 따르며 내 이름을 물어서 매울 신辛, 바를 정正, 한 일一 이라고 말하자 대뜸 한다는 말씀이 "처사님, 그 이름 짊어지고 사느라 힘들었겠습니다" 하셨다. 하지만 그 전에 내 이름을 찬찬히 살펴보니 세상 사람들이 좋아하는 돈이나 명예와는 맞지 않은 이름이라는 것을 깨달을 수 있었고, 그때부터 내가 돈 버는 일을 포기했으므로 새삼스러운 말은 아니었다. 그러나 퇴계 선생의 말은 지극히 원론적인 말이고, 이름 때문에 피해의식을 가지고 사는 사람이 얼마나 많은가. 그래서 범죄의 소지가 있다고 개명을 안 해 주던 정부에서도 꼭 문제가 되지 않는 사람의 이름이라면 대폭적으로 개명을 해주는 시대가 이 시대이다.

자기에게 마땅치 않다고 여기는 이름만 바꾸고도 얼마나 기분이 새롭고 새로운 이름을 가지고 얼마나 새로운 세상을 경험하고 살게 되는가. 당신은 당신의 이름을 어떻게 생각하는가?

하늘 아래 새로운 것이 어디 있으랴

– 기대승의 자부심과 정사룡의 글에 대한 태도

문장을 하는 선비들을 몇 가지 부류로 나눌 수가 있다. 그가 쓴 글의 결점을 말해주면 기뻐하며 즐겨듣고 고치기를 흐르는 물처럼 하는 사람이 있기도 하지만, 스스로 그 결점을 알면서도 화를 내고 일부러 고치지 않는 사람도 있다.

고봉 기대승은 자신의 문장에 대해 자부심이 대단했으므로 남의 말을 듣지 않았다. 지제교(임금의 교서를 쓰는 담당관) 지은 글에 승정원 찌를 붙여 그 결점을 지적하자, 화를 버럭 내면서 아전을 꾸짖고는 한 글자도 고치지 않았다. 하지만 정사룡은 기대승과는 정반대였다. 자신이 지은 시를 사람들에게 보여주어 누군가 결점을 지적해주면 허심탄회하게 받아들이고서 고치기를 흐르는 물처럼 하였다. 퇴계 이황이 어쩌다 부족한 것을 지적하여 주면 정사룡은 붓을 들어 조금도 싫어하는 기색을 보이지 않고 고쳤는데, 퇴계도 그가 거스르지 않음을 아름답게 여겼다.

일찍이 정시庭試(대궐 뜰에서 관원에게 보이던 시험)에 퇴계는 등왕각騰
王閣을 제목으로 한 배율 20운을 짓고는 정사룡의 율시를 보자고 청하니,
정사룡은 자신이 기초한 시를 보여주었다. 퇴계가 정사룡이 지은 "달빛
이 처마의 빈 곳으로 들어오니 새벽에 앞서서 밝고, 바람이 성긴 주렴에
스며드니 가을 안 되었는데도 서늘하구나"라는 대목을 읽다가 말고 무
릎을 치면서 감탄하기를, "오늘 시험에 당신이 장원이 되지 않는다면 그
누가 장원이 되겠는가?" 하고서 퇴계는 자신이 쓴 시는 소매에 넣고 끝
내 내놓지 않았다. 결국 퇴계는 시험지도 제출하지 않은 채 돌아갔다.

유몽인의 《어우야담》 '오기傲忌' 편에 실린 글이다. 중국 속담에
"마누라는 남의 마누라가 예뻐 보이고, 글은 자기가 쓴 글이 좋다"
라는 말이 있다. 글을 쓰는 사람들은 나름대로 자신의 글에 자부한
다. 그래서 글자의 한 획이라도 바꾸는 것을 싫어하는 사람이 있는
반면, 편집자에게 재량권을 주면서 책을 만드는 사람도 있다. 두 가
지 다 타당성은 있다. 나는 그 두 가지 중 후자에 속하는 사람으로
저자나 편집자나 책을 잘 만들고자 하는 마음이 같을 것이라 믿기
때문이다.

"훌륭한 문장의 원작자 다음 가는 자는 그것의 첫 인용자이다"라
고 에머슨은 《문학과 사회목적》에서 말했고, 벤저민 프랭클린은
"자기 작품들이 다른 박식한 작가들에 의해서 정중히 인용된 것을
보는 것처럼 작가에게 많은 즐거움을 주는 것도 없다"라고 했다.
C. C. 콜은은 〈라콘〉에서 "우리가 현대물에서 사상을 도용하면 표

절이라고 헐뜯을 것이요, 고전에서 뽑으면 박식하다고 추켜세울 것이다"라고 했는데, 하늘 아래 새로운 것이 어디 있으랴. 어제의 일이 오늘로 이어지고 오늘의 일이 내일로 이어지니, 그래서 나는 풍수에서 이야기하는 "온전히 아름다운 땅은 없다風水無全美"라는 말을 좋아한다. 온전히 아름답지 않기 때문에 아름다워지고자 노력하고 온전해지고자 온 힘을 다해 사는 것, 그것이 세상에 태어나 살아가면서 견지해야 할 사람의 자세가 아닐까?

논어 병풍에 한서 이불

– 간서치 이덕무

18세기의 선비 이덕무는 집안
형편이 몹시 어려웠다. 그가 지은 《아정유고雅亭遺稿》에 다음과 같은
이야기가 나온다.

일찍이 글을 읽을 때 밤이면 추워서 잠을 이루지 못하므로, 《논어》
한 질은 바람이 들어오는 곳에 쌓아놓고 《한서》를 나란히 잇대 이불로 덮
으니, 친구들이 "누가 형암炯菴을 가난하다 하랴"라고 조롱하였다. "논어
병풍과 한서 이불이 비단 장막과 비취 이불을 당할 수 없다"고 하였다.

대개 초가집에서 겨울을 나기가 쉽지만은 않았다. 우리 집 역시
단칸방에 여섯 식구가 살았는데, 그 방의 크기가 반듯하게 여섯 명
이 누울 공간이 아니고 옆으로 누워서 칼잠을 자지 않으면 안 될 공
간이었는데도 아우는 가끔 친구를 데리고 와서 잠을 자고는 했다.
불을 끄라는 성화에도 못들은 체 호롱불을 켜놓고 책을 읽다가 나

는 허황한 꿈을 꾸고는 했다. 아직 읽지도 않은 책을 베고 자고 나면 그 책 내용이 머릿속에 들어와 박히는 꿈 말이다. 그런 꿈을 꾸는 날이면 바람은 더 매섭게 불어 외풍은 더욱 문풍지를 때렸다. 그때 그 밤을 같이 지냈던 그 책들 중 지금도 내 서재에서 밤을 지내는 책들은 과연 몇 권이나 되는지.

이덕무는 또한 책만 읽는 바보라는 뜻의 간서치看書癡로도 일컬어졌는데, 다음은 그에 대한 세간의 평가를 알 수 있는 글이다.

집에 서적이 없어서 늘 남에게 빌려서 보았는데, 비록 비장秘藏한 책이라 해도 이덕무가 빌려달라고 간청하면 반드시 빌려주며 말하기를 "모某(이덕무를 말함)는 참으로 책을 좋아하는 사람인데 모의 눈을 거치지 않은 책이라면 어찌 책 구실을 하랴"하면서, 좋은 책이 있으면 빌려 달라고 하기도 전에 먼저 싸서 보내 주곤 하였다. 이덕무가 말하기를 "남의 서책을 빌려도 남에게 빌려주거나 파손하거나 더럽히지 않고 기한을 어기지 않으므로 남들이 나에게 빌려주기를 싫어하지 않았다"고 하였다.

모든 것은 한 치에서 시작하여
천 길에 이른다

- 정제두의 마음경영

오호라! 나무는 한 치에서 시작
하여 천 길에 이르니 가히 더디다고 이르겠다. 그러나 그 천 길이란 것도
처음에는 반드시 한 치에서 출발하였으니 짧은 한 치밖에는 또 달리 이
른바 천 길이란 없는 것이다. 아! 진실로 쉬지 않는다면 한 치도 천 길이
될 수 있다. 이를 근본이 있다고 한 것이니 마음을 다스리고 천하를 다스
리는 방법에 비유할 수가 있을 것이다. 이제 저 나무의 줄기는 아름드리
고 가지나 잎은 우거졌는데 살아 있는 생기를 본다면 하나다. 줄기도 오
직 이 생기요, 가지나 잎도 오직 이 생기일 뿐이니, 아름드리의 크기로서
도 부족한 것이 아니요, 무성한 지엽枝葉이 가늘다고 하여 남음이 있는 것
도 아니다. 왜냐하면 이 기운밖에는 줄기도 없으며, 이 기운밖에는 가지
나 잎도 없는 것이니 어찌 항상 그 기운이 가지와 잎만 살게 할 수 있고,
줄기는 살게 하지 못하겠는가?

천하를 다스리는 것은 진실로 크고 사물을 다스리는 것은 작은 것
이다. 그러나 이 마음을 가지고 마련해내는 것은 하나인 것이다. 천하를

다스리는 것도 다만 이 마음이요. 사물을 다스리는 것도 다만 이 마음이니, 작은 일이라고 하여 남음이 있는 것이 아니고, 큰일이라고 해서 모자란 것도 아닐 것이요, 다른 것이 아니다. 이 마음 밖에는 천하가 없고, 이 마음 밖에는 사물도 없기 때문이다. 따라서 그 마음이 그 본체를 온전히 한다면 사물을 다스리고 천하를 다스려서 만물을 화육化育함을 돕기에 이르는 것은 뜻하지 않아도 되는 것이다. 일에는 크고 작은 것이 있지만 마음에는 크고 작은 것을 구별함이 없기 때문이 아니겠는가? 그렇다면 천하국가도 없고, 큰일 작은 일도 없으며, 이 마음이 없으면 다스려지는 것도 아니요, 이 마음이 없으면 다스려지지 않는 것이다. 아! 나무의 성性을 다하는 자는 사람의 성性도 다할 수 있는 것이며, 사람의 성을 다하는 자는 천지의 화육도 다할 수 있는 것이다.

_ 정제두, 《하곡집霞谷集》 '잡저'

"내 그대를 생각함은 항상 그대가 앉아 있는 배경에서 / 해가 지고 달이 뜨는 것처럼 사소한 일일 것이나 // 언젠가 그대가 한없이 괴로움 속을 헤매일 때에 / 오랫동안 전해오던 그 사소함으로 내 그대를 불러보리라." 황동규의 시 〈즐거운 편지〉 중의 일부분이다. 사소하다는 단어가 두 번이나 연이어 나오는 이 시를 사람들이 좋아하는 것은 무슨 연유일까? 작은 지류가 모여 큰 강이 되어 바다로 들어가듯 한 치의 나무가 천 길에 이르는 것이다. 우리가 살면서 놓치고 나중에야 깨닫고서 후회하는 것, 그대가 지금 놓치고 있는 것은 무엇인가?

몸에 이가 많았던 성현

- 성현의 공부법

부족함이 없이 고귀한 집에
서 자란 조선 중기의 문신 성현은 성품이 글 읽기를 좋아하였다. 옛것이
나 지금의 것이나 누구에게서든 어떤 책에 대해 들었다 하면 찾지 않는
것이 없고, 그 책을 얻었다 하면 보지 않는 것이 없었다. 그가 거처하는
곳에서 책을 베고 또는 깔고 잤으므로 평생 몸에 이가 많았다. 그 이를
잡아서 책 속에 끼워 뒀다. 그가 죽고 그 자손이 그 책을 다른 사람에게
빌려주었는데, 마른 이가 책갈피처럼 책 속에 끼어 있는 것을 볼 수 있었
다. 성현은 항상 사람들에게 다음과 같이 말했다고 한다.

"평생 문장을 심히 좋아하여 공부하기를 다른 사람의 두 배나 하였
습니다. 그러나 본분에 이르러서는 끝내 사람에게 부여된 것에서 조금도
더한 것도 덜한 것도 없고, 공부로 해서 늘이거나 줄일 수도 없었습니다."

내 의견은 성현의 생각과 다르다. 무릇 기질을 변화시키는 것은 그
렇게 어려운 일이 아니다.

_유몽인, 《어우야담》

나는 아직 책을 깔고 자지는 못했고 가끔 좋아하는 책을 베고 자면서 다른 사람들에게 "책을 베고 자면 책의 내용이 잠결에 쏙 들어온다"고 말하면서 성현의 말에 공감한다. 더해진 것도 늘어나거나 줄어든 것도 없는 내 공부, 그렇다고 지금 중단할 수도 없는 공부가 언제쯤 끝날 것인지는 나도 모르고 그대도 모른다. 청춘시절의 내 책갈피에는 봄이면 푸른 풀이 꽂혀 있었고 가을이면 붉은 감잎과 단풍잎들이 꽂혀 있었는데 지금 내 책의 책갈피에는 아무것도 꽂혀 있지 않고 페이지만 접혀 있다. 접다가 접다가 하면 어느 땐가는 내 의식의 뒤안길에서 그 페이지들이 물안개처럼 피어올라, 흥얼거리듯 노래를 부르는 것처럼 그렇게 풀리는 날이 올지도 모르겠다.

함 안에 책을 넣어 보내다

- 한 상자의 황금과 한 권의 경서

유호통 선생의 아들 중에 정
승 황보인의 딸에게 장가를 든 자가 있었다. 당시의 풍속에, 장가들 때
돈 많은 사람은 반드시 진귀한 보물을 함에 담아 함쟁이에게 짊어지어
예물로 하였다. 많이 보내는 사람은 3~4개의 함에 이르렀는데, 유씨의
아들도 함을 예물로 하였다. 황보인이 함을 재촉하여 들여다가 손님 앞
에서 열어보니 모두가 책뿐이었다. 자리에 있던 사람들이 깜짝 놀랐다.
나중에 황보인이 사돈 유씨를 만나 "혼인 날 예물함에 왜 책만 보냈습니
까?"하고 묻자 유호인이 다음과 같이 대답하였다. "황금이 상자에 가득
차 있더라도 자식에게 한 권의 경서를 가르치는 것만 못하다는 말이 있
는데, 혼인 날 함에 어찌하여 책을 쓰지 못하겠습니까?" 하였다.

_ 이육, 《청파극담》

요즘 선물로 책을 주는 경우가 자꾸 사라지는 것은 대개 선물을
현금이나 귀중품만을 원하기 때문이다. 함 속에 넣을 수 있거나 평

생을 가슴에 꼭 껴안고 간직하고 싶은 책, 이 세상에서 진정으로 좋은 책은 어떤 책일까?

빈틈없이 거듭거듭 높이 치솟아서 망원경으로조차 꼭대기를 보기가 어려울 만큼 드높은 그런 생애를 볼 때 양심의 가책을 느끼지 않을 수가 없다. 그러나 양심이 큰 상처를 입는 것은 좋은 일이다. 그럼으로써 양심은 온갖 상처에 대해 더욱 민감해지기 때문이다. 나는 오로지 꼭 물거나 쿡쿡 찌르는 책만을 읽어야 한다고 생각한다. 우리가 읽는 책이 단한 주먹으로 정수리를 갈겨 우리를 각성시키지 않는다면 도대체 무엇 때문에 우리가 책을 읽겠는가? 자네 말대로 우리를 행복하게 해주도록? 맙소사, 책을 읽어 행복할 수 있다면 책이 없어도 마찬가지로 행복할 것이다. 그리고 우리를 행복하게 해주는 것이 책이라면 아쉬운 대로 우리 자신이 쓸 수도 있을 것이다. 그렇지만 우리가 필요로 한 책이란 우리를 고통스럽게 해주는 불행처럼, 우리가 모든 사람을 떠나 인적 없는 숲 속으로 추방당한 것처럼, 자살처럼, 우리에게 다가오는 책이다. 한 권의 책은 우리 내면의 얼어붙은 바다를 깨는 도끼여야 한다.

프란츠 카프카가 오스카 폴락에게 쓴 글이다. 당신이 생각하는 좋은 책은 어떤 책인가? 혹자는 사람의 마음을 불편하게 하는 책이 좋다고 하던데.

동봉의 독서가 가장 좋아

― 매월당 김시습의 독서법

김시습은 글을 읽을 때 글
뜻에 구애되지 않고 대체의 요지를 보고, 중심이 되는 큰 뜻만을 음미할
뿐이었다. 내가 〈정부원征夫怨〉 10수를 지어 〈원유산시元遺山詩〉에 화답하였
는데, 그 한 편에 이르기를 "풀은 서리에 시들고 달은 하늘에 밝은데, 군
마는 해마다 동서를 마구 달리네. 군령도 엄한 들판에 즐비한 막사의 밤
이면 대오가 고각鼓角 중에 서로 손짓하네." 하였다.

동봉이 보고 실소하면서 "선비 틀렸소. 군령이 엄한 때에 어떻게 서
로 손짓을 할 수 있겠소?" 하고 《시경》의 '소아' 편을 가지고 나에게 보
였는데 그 시에 "이 사람은 정벌하는데 소문은 있으나 소리는 없도다.
이 어진 군자여, 발전하여 크게 이루었도다."라고 쓰여 있었다. 내가 그
말에 깊이 탄복하고 돌아와 홍여경에게 말했더니 홍여경은 감탄하기를
"동봉의 독서가 가장 좋아, 가장 좋아" 하였다.

　_ 남효온, 《추강냉화秋江冷話》, 《대동야승》

한때 속독법이 유행했던 때가 있었다. 아직 나이도 어린 사람들이 나와 페이지를 막 넘기고 다 읽었다고 할 때 그렇게 못 읽는 사람들이 느끼던 비애감과 부러움. 그들은 하나같이 책을 대각선으로 읽는다고도 했고, 몇 줄을 한꺼번에 읽는다고도 했지만 제대로 그 원리를 모르는 사람들은 그 말을 액면 그대로 믿을 수밖에 없었다. 나중에야 그것이 다 쓸데없는 거짓말 내지는 속임수였다고 알려졌으나 지금 생각해보면 김시습의 독서법이 글을 많이 읽는 사람에게 가장 근접한 독서법이라고 여겨진다.

독서는 이로움만 있고 해로움은 없으며, 시내와 산을 사랑하는 것은 이로움만 있고 해로움은 없으며, 꽃과 대나무와 바람과 달을 완상玩賞하는 것은 이로움만 있고 해로움은 없으며, 단정히 앉아 고요히 입을 다무는 것은 이로움만 있고 해로움은 없다.

신흠의 글이다. "어떤 책은 맛을 음미하고, 어떤 책은 그것을 삼켜야 하며, 어떤 책은 반드시 소화시켜야 한다"고 프란시스 베이컨은 말하고, J. 스위프트는 〈통 이야기〉에서 "책들은 그 저자인 인간과 마찬가지로 세상에 나오는 데는 한 가지 길밖에 없지만, 세상에서 가는 길은 1만 가지나 되며, 다시는 돌아오지 않는다"고 했는데 당신은 어떤 책을 벗하며 그 미지의 길을 가고 싶은가?

공부하는 것을 노는 것처럼
– 매월당 김시습의 공부법

어느 집에 가나 아이들뿐만
이 아니라 어른들까지도 숙제와 공부 때문에 편치가 않다. 잠을 자
도 편치가 않고 답사를 가서도 편치가 않은 것은 세상의 이치 때문
이 아니라 세상 속에서 행여 도태될까봐 안달하는 것이 알고 보면
자기 마음속의 조바심에서 생긴 것인지도 모른다. 공부도 숙제도
스스로 우러나서 노는 놀이처럼 한다면 얼마나 좋을까만 그렇지 않
은 것이 아련한 슬픔일지도 모르겠다. 매월당 김시습의 글 중에 〈공
부〉가 있다.

옛 사람이 말하기를 "배우고 생각하지 아니하면 없어지고, 생각만
하고 배우지 아니하면 위태롭다"고 하였다. 또 말하기를 "널리 배우며,
자세하게 물으며, 조심하여 생각하며, 밝게 분별하며, 돈독하게 행하라"
고 하였으니, 공부를 면밀하게 하여 중간에 중단하는 것이 없도록 하는
것이 어떤가? 배우고 또 이것을 익히면 또한 즐겁지 아니하랴?

선철先哲이 이르기를 "열悅은 기쁘다는 뜻이니, 때때로 생각을 엮어 마음속에 흡족하면 기쁜 것이다"고 하였고, 또 자여子輿(맹자)가 말하기를 "즐거우면 생기가 나는 것이니, 생기가 나면 어찌 그만둘 수가 있겠는가? 어떻게든 그만둘 수 없다면 모르는 사이에 손이 춤추고 발이 움직이게 된다."고 하였다.

이것은 바로 공부가 십분 도달한 곳으로, 옛날에 없던 것이 돌연하게 생긴 것이 아닌 까닭에 기뻐할 만한 것이요, 기기하고 괴괴하여 남의 이목을 놀라게 하는 것도 아닌 까닭에 기뻐할 만한 것이다.

매월당과는 약간 다른 삶을 살았던 박지원은 '문단의 붉은 기치'라는 말로 표제를 삼은 글인 〈소단작치인騷壇赤幟引〉에서 글을 쓰는 것은 전쟁과 같다고 표현했다.

글을 잘 쓰는 사람이면 전쟁하는 법을 알 것이다. 글자는 비유하자면 사졸이고, 뜻은 비유하자면 장수이다. 제목이라는 것은 적국敵國이고, 고사古事라고 하는 것은 전쟁터이며 성루이다. 글자를 묶어서 구절을 만들고, 구절을 모아서 장을 이루는 것은 대오의 행진과 같으며, 운으로써 소리를 내고, 수식으로 빛을 내는 것은 악기를 울리고 깃발을 날리는 거동과 같다. 조응하는 것은 봉화대이고, 비유라는 것은 유기遊騎이다.

배운다는 것도, 공부를 한다는 것도 즐거운 일이면서도 전쟁을 하는 것과 같다. 하지만 그렇게 배운 공부를 다른 사람과 함께 공유

할 수 있다는 것은 얼마나 즐거운 일인지, 그 즐거움을 어떻게 나누는 것이 아름답고 현명한 일인지. 늦은 밤까지 책을 읽으면 눈이 아파서 눈을 부비고 읽는 때가 많은데, 오늘 밤에는 눈이 아파도 그 눈을 정성스레 비비며 즐거운 마음으로 아니 전쟁을 하는 심정으로 책을 읽어야겠다.

책을 돌려주시면 고맙겠습니다

– 책 빌려 읽고 책 빌려주기

지금이야 어느 집이고 몇 권의 책이 없는 집이 없고 학교나 집 가까운 문화의 집 또는 공공도서관에 책들이 넘쳐 나지만 내가 어린 시절과 청소년 시절을 보냈던 때만 해도 읽을 만한 책 몇 권 있는 집들을 찾기가 어려웠다. 학교 도서관과 친구들 집, 그리고 친척 집에 있는 책들을 다 읽고 난 뒤 책에 대한 굶주림으로 방황했던 시절, 혹여 누가 어느 집에 책이 있다 하면 서둘러 찾아가 힘들여 빌려오다 오는 길에 다 읽어버리고 허망했던 그 기억들이 새삼 떠오른다.

세월이 지나고 내가 책을 모으기 시작하면서 나에게 책을 빌려가는 사람들이 많아졌고 그러면서 나는 책을 빌려주고 되돌려받지 못하는 경우가 늘어나면서 책을 빌려주어야 하는가, 아니면 어떤 일이 있어도 빌려주지 말아야 하는가 하는 고민에 빠지기 시작했다. 어쩌다 내게 책을 빌려간 사람의 집에 갔을 때 내가 빌려준 그 책이 그 사람의 책꽂이에 버젓이 꽂혀 있을 때 이 책을 달라고 해서 가져갈 것인가 그냥 못 본 체 갈 것인가 고민하다가 그냥 되돌아오면서 느끼는 갈등, 그것이 나만의 것이 아니었음을 허균의 글을 읽으며 깨닫는다.

조선시대의 대표적 아웃사이더였고 혁명가였던 허균이 정구라는 사람이 빌려간 책을 돌려주지 않자 편지를 보낸다.

옛 사람은 책을 빌려주면 항상 돌아오지 않는 것이 더디다고 했다지요. 더디다는 것은 1년이나 2년을 가리키는 것입니다. 《사강史綱》을 빌려 드린 지가 10년이 다 되어 갑니다. 돌려주시면 고맙겠습니다. 저 또한 벼슬길에 뜻을 끊고 강릉으로 돌아가 이것을 읽으며 무료함을 달래려 합니다. 감히 여쭙니다.

하지만 다른 경우도 있다. 연암 박지원은 책에다 장서인을 찍어 두고 다른 사람에게 책을 빌려주지 않는 친구에게 편지를 쓴다.

그대가 옛 책을 쌓아두고도 남에게는 책을 빌려주지 않는다 하니 어찌 그다지도 딱하십니까? 그대가 장차 이것을 대대로 전하려 하는 것입니까? 대저 천하의 물건은 대대로 전할 수 없게 된 지가 오래입니다. 요순이 전하지 않는 바이고 진시황을 어리석다고 여기는 까닭입니다. 그런데도 그대는 오히려 몇 질의 책을 대대로 지켜 내겠다고 하니 어찌 잘못이 아니겠습니까? 책은 정해진 주인이 없고, 선善을 즐거워하고 배움을 좋아하는 자가 이를 소유할 뿐입니다.

허균을 그르다고 연암의 친구를 그르다고 할 수 없는 게 오늘의 현실이다. 책을 좋아하는 사람이 책을 선뜻 빌려 주기도 쉽지 않고 빌려준 책을 돌려받기도 쉽지가 않은 게 우리나라의 책 인심 같다. 나는 요즈음 책을 빌려 달라 할 때 책을 살 형편이 못 되는 사람에겐 책을 그냥 준 뒤에 다시 사고, 책을 살 만한 사람이 빌리기를 청할 때면 그냥 한 권 사서 보시라 권한다.

죽기 전까지 떠날 수 없는 친구 같고 연인 같고 내 분신 같은 오, 그대 책이여!

글자는 공통적인 것이나
글은 독자적인 것이다

– 연암 박지원의 〈답창애答蒼厓〉

　　　　　　　　　　보여주신 글들은 양치질하고
손 씻고 무릎을 꿇고 앉아서 정중하게 읽었습니다. 문장이 참으로 묘하
다고 하겠습니다. 그러나 물건의 명칭들을 많이 빌려 왔는데, 그 인거引據
가 적실하지 못한 것이 옥에 티입니다. 노형老兄을 위해 저의 소견을 말씀
드리겠습니다. 글에는 방도가 있으니, 마치 소송하는 사람이 증거를 제
시하듯 해야 하고, 행상이 자기 상품의 이름을 외치듯 해야 합니다. 아무
리 진술의 논리가 명쾌하고 정직하다 하더라도 다른 증거가 없다면 어떻
게 승소하겠습니까? 그래서 글을 쓰는 데 있어 이것저것 경전의 말을 인
용하다가 자신의 의사를 증명하는 것입니다. (중략) 그러므로 글을 쓰는
데는 아무리 누추해도 그 이름을 피하지 않고, 아무리 비속해도 그 사실
을 매몰시키지 않습니다. 맹자는 말하기를 "성은 공통적인 것이나 이름
은 독자적인 것이다"라고 했습니다마는 역시 이런 방식으로 말한다면
"글자는 공통적인 것이나 글은 독자적인 것이다"라고 하겠습니다.

위의 글은 《연암집》에 있는 〈답창애〉라는 글이다. 언제였던가. 이 글을 읽었던 아침 나도 역시 양치질을 하고 손 씻고 무릎을 꿇고 정중히 앉아서 책을 읽고자 하였지만 습관이 비스듬하게 누워 있거나 아니면 벽에 기대어 책을 읽는 버릇 때문에 금세 포기하고 말았다. 그 뒤로도 컴퓨터 책상에 앉아서 책을 읽거나 기대어 보는 습관을 버리지 못해서 연암처럼 책을 못 읽고 있으니 진정 "습관이 오래되면 성품이 된다"는 연암의 말이 맞기는 맞는가보다.

연암 박지원이 화가 김덕형이 펴낸 《백화보百花譜》의 서문을 썼다.

독창적인 정신을 갖추고 전문의 기예를 익히는 것은 벽癖이 있는 사람만 가능하다. 아아! 저 벌벌 떨고 비비대며 천하의 큰일을 그르치면서도 스스로 지나친 병통이 없다고 여기는 자들은 이 책을 보고서 경계로 삼을진저.

그렇다. 지금이라도 연암의 말처럼 좀 더 바른 공부법을 익혀야겠다. 더욱 정직하게, 더욱 바르게, 좀 더 독자적이며 독창적이게.

독서하기 좋은 때

– 동우의 삼여설三餘說

새벽에 일어나 창문을 열고 새벽 공기를 받아들인 뒤 커피를 마신다. 어제 보다만 책들을 제자리에 다시 꽂아놓고 눈에 걸리는 곳이라도 있으면 청소를 한다. 머리를 미지근한 물로 개운하게 감고서 식사를 한 뒤 커피 한 잔을 더 마신 뒤 책을 펼친다. 책을 읽다가 글을 쓰고 글을 쓰다가 책을 펼치고, 그렇게 하루가 가고 어둠이 내려도 끝나지 않은 책읽기가 막을 내리는 시간은 밤 열한 시쯤, 눈이 아프고 눈물이 두 눈에 고이기 시작한다. 눈이 아프면 그때에 책을 접는다. 나의 몇 년간 변하지 않는 독서법이다.

독서에는 좋은 때가 있다. 그러므로 동자童子(동우를 말한다)의 삼여三餘의 설이 가장 일리가 있다.

밤은 낮의 여분이요, 비 오는 날은 보통 날의 여분이요, 겨울이란 한 해의 여분이다. 이 여분의 시간에는 사람이 다소 뜸하여 한 마음으로

윤덕희, 독서하는 여인, 마본설채, 20.0x14.3cm, 서울대학교박물관 소장.

집중하여 공부할 수 있다.

　그러면 어떻게 하는가? 맑은 날 밤에 등불을 켜고 차를 달이면 온 세상이 죽은 듯 고요하고, 간간이 종소리 들려올 때, 이러한 아름다운 정경 속에서 책을 대하여 피로를 잊고 이부자리를 걷고 여자를 가까이 하지 않는다. 이것이 첫 번째 즐거움이다.

　풍우風雨가 길을 막으면 문을 잠그고 방을 깨끗이 청소한다. 사람의 출입은 끊어지고, 서책은 앞에 가득히 쌓였다. 흥에 따라 아무 책이나 뽑아든다. 시냇물 소리는 졸졸졸 들려오고 처마 밑 고드름에 벼루를 씻는다. 이러한 그윽한 고요가 두 번째 즐거움이다.

　또 낙엽이 진 나무숲에 세모는 저물고, 싸락눈이 내리거나 눈이 깊게 쌓인다. 마른 나무 가지를 바람이 흔들며 지나가면 겨울새는 들녘에서 우짖는다. 방안에서 난로를 끼고 앉아 있으면 차 향기에 술이 익는다. 시사詩詞를 모아 엮으면 좋은 친구를 대하는 것 같다. 이러한 정경이 세번째 즐거움이다.

　나는 일찍이 이러한 의미를 알았기 때문에 그러한 것을 부연하여 여러 사람과 같이 나누고자 한다.

　_오종선, 《소창청기》

예전에는 TV를 하루 종일 켜 놓고 누군가 말했던 리모콘맨처럼 하루에도 수백 번씩 채널을 돌리며 책을 읽고 글을 썼는데 지난 해 봄부터 라디오 에프엠으로 고정시키고 음악을 듣는다. 그러나 어떤 때는 음악 소리가 몇 시간이고 들리지 않을 때도 있다. 그만큼 책에 빠져 있어서 그런지, 내가 무심해서 그런지는 모르겠다.

사휴거사의 집에 3묘의 동산이 있어 꽃나무가 무성한데, 손님이 찾아오면 차를 달이고 술을 내놓고는, 인간의 기쁜 일들을 서로 담론하다가 차와 술이 식어버리는 것도 주객主客이 모두 모르고는 하였다.

명나라 사람 도목의 《옥호빙玉壺氷》에 실린 글이다. 지금도 몇 시간 동안 책을 읽거나 글을 쓰면서 라디오를 틀어놓는데, 라디오에서 나오는 그 음악 소리가 들리지 않는다고 하면 내가 이상한가. 설문청은 말하였다.

독서는 고요하고 여유 있으며, 자세하게 해야 마음이 그 가운데 들어가 독서의 묘미를 얻을 수 있다. 만약 시끄럽고, 조급하게, 건성으로 하면 이른바 《중용》에 나오는 말처럼, 보아도 보이지 않고, 들어도 들리지 않으며, 먹어도 그 맛을 모르게 되니, 어떻게 그 묘미를 얻을 수 있겠는가?

_《독서록》

릴케가 편지를 쓰려면 지필묵보다 고독과 마음이 한가한 시간이 필요하다고 했던 것처럼 저마다 독서법은 다 다르다. 차를 타고 읽어도 괜찮고 누워서 앉아서도 괜찮은 것을 보면 나는 타고난 책보인지도 모르겠다. 송나라 때 사람인 예사가 이렇게 말하였다.

소나무에 바람이 지나가는 소리, 시냇물이 흘러가는 소리, 산새 우는 소리, 들에 벌레 우는 소리, 학이 우는 소리, 거문고 소리, 바둑돌 놓는 소리, 비가 층계에 떨어지는 소리, 눈이 창밖을 스치는 소리, 차를 끓이는 소리들은 매우 맑은 소리이다. 그러나 그 중에 독서하는 소리가 가장 좋다. 그리고 남이 독서하는 소리는 그렇게 기쁘지 않지만 자기 자제子弟의 독서하는 소리는 그것을 들을 때 기쁘기가 이루 말할 수 없다.

예전에야 소리 내어 책을 읽었기 때문에 그 소리를 들을 수 있었지만 지금은 정적을 깨뜨리는 책장 넘기는 소리뿐이다. 지하철이나 공원의 벤치에 앉아서 책을 읽는 사람을 만나면 처음 만나는 사람 같지가 않고 오래 된 친구처럼 느껴져 바라보는 눈길이 봄바람 같은 것은 책이 주는 미더움 때문이리라.

"천하의 일이란 이해利害가 각각 반반씩인데, 전적으로 이利만 있고 조그만 해害도 없는 것은 오직 책뿐이다"라는 글이 《암서유사》에 실려 있고, "보지 못한 책을 읽을 때는 좋은 친구를 얻은 것 같고, 이미 읽은 책을 보면 옛 친구를 만난 것 같다"는 글은 《미공비급》에 있는데, 요즘 우리들의 독서는 어떠한가?

온 세상 사람이 좋아하기를 바란다면

– 좋아함의 역설

글을 쓰는데 온 세상 사람이
그 글을 좋아하기를 바란다면 나는 그 글을 쓴다는 것을 슬프게 여기고,
온 세상 사람이 다 자기를 좋아하기를 바란다면 나는 그 사람됨을 슬프
게 여길 것이다.

《소창청기》에 실린 글이다. 너무도 당연한 얘기인데도 가끔 그
도를 벗어난 뒤에야 내 정신의 그릇이 작다는 것을 안다. 데카르트
가 말한 대로 "살면서 어쩔 수 없이 부딪치게 될 사람들이 아닌 내
가 선택할 수 있었던 사람들이 필요하다"고 할 때 그 몇 사람만 있
으면 되고, "내가 모르는 것이 바다라면 내가 아는 것은 그 바다에
서 퍼 올린 한 주먹 안의 바닷물에 불과하다"는 것을 너무 잘 알면
서도 조그만 일에도 상처를 입고 마음이 이토록 갈래갈래 찢어지는
듯 아플 때가 있다. 이럴 때 김수영 시인의 시 〈어느 날 고궁을 나오
면서〉의 마지막 부분이 위로가 된다.

모래야 나는 얼마큼 적으냐

바람아 먼지야 풀아 나는 얼마큼 적으냐

정말 얼마큼 적으냐……

| 참고문헌 |

기대승 지음, 《국역 고봉집》 1~3, 민족문화추진회, 1989.

박제가 지음, 김성규 편저, 《초정집》 1~3, 한국인문과학원, 1990.

김시습 지음, 《국역 매월당집》, 세종대왕기념사업회, 1978.

김인후 지음, 《국역 하서전집》, 상·중·하, 하서선생기념사업회, 1987.

김진영 지음, 《이규보 문학연구》, 집문당, 1984.

박제가 지음, 이우성 편, 《초정전서》 상·하, 아세아문화사, 1992.

박종채 지음, 박희병 옮김, 《나의 아버지 박지원》, 돌베개, 1998.

박지원 지음, 신호열, 김명호 옮김, 《연암집》, 민족문화추진회, 2005.

서거정 편, 《국역 동문선》, 민족문화추진회, 1968~1970.

서경덕 지음, 《국역 화담집》, 고려대 민족문화연구소, 1971.

성현 외 지음, 《대동야승》, 민족문화추진회, 1977.

신흠 지음, 《상촌선생집》, 민족문화추진회, 1990.

안대회 지음, 《조선의 프로페셔널》, 휴머니스트, 2007.

옌이에산연, 주지엔구오 지음, 홍승직 옮김, 《이탁오 평전》, 돌베개, 2005.

유몽인 지음, 박명희 옮김, 《어우야담》, 전통문화연구회, 2001.

이규보 지음, 《국역 동국이상국집》 1~6, 민족문화추진회, 1979.

이규태 지음, 《한국인의 의식구조》, 신원문화사, 2000.

이덕무 지음, 《국역 청장관전서》, 민족문화추진회, 1979~1981.

이색 지음, 《국역 목은집》, 민족문화추진회, 2000.

이수광 지음, 정해렴 옮김, 《지봉유설》, 현대실학사, 2000.

이익 지음, 《국역 성호사설》, 민족문화추진회, 1977.

이항복 지음, 임정기 옮김, 《국역 백사집》 1~3, 민족문화추진회, 1998~1999.

이희준 지음, 유화수, 이은숙 옮김, 《계서야담》, 국학자료원, 2003.

임어당 지음, 박병진 옮김, 《생활의 발견》, 육문사, 1991.

정도전 지음, 《국역 삼봉집》, 민족문화추진회, 1977.

조식 지음, 《국역 남명집》, 경상대남명학연구소, 1995.

조신 지음, 정용수 옮김, 《소문쇄록》, 국학자료원, 1997.

최병규 지음, 《풍류정신으로 본 중국문학사》, 예문서원, 1998.

최익현 지음, 《국역 면암집》 1~3, 민족문화추진회, 1977.

허균 지음, 《국역 성소부부고》, 민족문화추진회, 1986.

홍대용 지음, 《국역 담헌서》 상·하, 경인문화사, 1969.

홍만종 지음, 정용수 옮김, 《고금소총·명엽지해》, 국학자료원, 1998.

풍류 옛 사람과 나누는 술 한 잔

초판 1쇄 찍은날 | 2007년 4월 13일
초판 1쇄 펴낸날 | 2006년 4월 20일

지은이 | 신정일
펴낸이 | 김기옥
펴낸곳 | 한얼미디어 · 한즈미디어(주)

주소 | 121-839 서울시 마포구 서교동 392-34 강원빌딩 5층
전화 | 02) 7070-337 팩스 | 02) 7070-198
이메일 | hanerlmedia@hanmail.net
출판신고번호 | 제2004 1-3호
신고일자 | 2004년 6월 14일

ISBN 978-89-91087-49-1 03810